Henry Jaeger

Schnee

Henry Jaeger

Schnee

Roman

Herbig

Schutzumschlaggestaltung: Sander & Krause
Werbeagentur GmbH, München
Schutzumschlagmotiv: Mauritius, Mittenwald
Satz: Schaber Satz- und Datentechnik, Wels
Gesetzt aus: 11/14 Punkt Stone Serif in PostScript
Druck und Binden: Graphischer Großbetrieb Pößneck GmbH
Printed in Germany
ISBN 3-7766-1905-8

AN EINEM DIESER WUNDERBAREN TAGE im Mai, die bereits Sommer vortäuschen, kam es im obersten Stockwerk des Polizeipräsidiums zu einer für Kommissar Günter Stein entscheidenden Unterredung. Der Chef der Frankfurter Kriminalpolizei, ein Herr Schwarz, der von allen Beamten mit dem Titel Herr Direktor anzureden war, und Kriminalrat Weber, ein umgänglicher Mensch, der auf Titel keinen Wert legte, saßen sich gegenüber und besprachen die kriminologischen Probleme ihrer Stadt, von denen eines geradezu unlösbar geworden war - das Rauschgift.

Schon äußerlich waren diese beiden Männer Gegensätze. Kriminaldirektor Schwarz wirkte asketisch, er war groß und hager, und alle, die mit ihm zu tun hatten, wußten, daß er stets versuchte, perfekt zu sein. Er war überzeugter Nichtraucher und ein erklärter Feind des Alkohols. Der rundliche Kriminalrat Weber dagegen wurde von seinen Beamten als gemütlich geschätzt, allerdings konnte er bei der Verfolgung von Delikten eine überraschende Härte entwickeln. Er trank gern ein Glas Wein und rauchte Pfeife, was der Kriminaldirektor nicht ausstehen konnte. Überhaupt gab es zwischen den beiden Männern eine nahezu greifbare Spannung. Es war nicht Unzufriedenheit, sondern eine gewisse Ungeduld, die den Direktor jetzt sagen ließ: »Unsere Erfolge in Sachen Rauschgift sind geradezu beschämend. Verstehen Sie mich nicht falsch, Herr Weber, ich will Ihre Bemühungen keineswegs schmälern. Aber Tatsache ist doch: Wir kriegen das Problem überhaupt nicht in den Griff. Es ist, als würden wir versuchen, mit einer Fliegenklatsche einen Schwarm Heuschrecken zu bekämpfen ...«

»Der Vergleich ist treffend«, antwortete Weber.

Selbstzufrieden lehnte sich der Direktor in seinem Sessel zurück und blickte den Kriminalrat abwartend an. Er hatte um Vortrag gebeten. Es ging um Kommissar Günter Stein, der Chef des Rauschgiftdezernats werden sollte, und zwar mit erweiterten Befugnissen und in einem wesentlich großzügigeren Rahmen.

»Unser bester Mann«, sagte Weber. »Intelligent, unerschrocken, ein Angreifer, aber mit Augenmaß und Überlegung.«

»Der Mann sieht blendend aus ...« Es klang fast wie ein Vorwurf.

»... ist aber ohne jede Eitelkeit«, ergänzte Weber.

»Ich mag schöne Männer nicht. Meist haben sie eine charakterliche Macke.«

»Stein nicht. Er ist charakterfest und absolut vertrauenswürdig. Ich kann mich für ihn verbürgen.«

»Wenn Sie das sagen, Herr Weber. Ich hatte in der kurzen Zeit, in der ich hier bin, noch keine Gelegenheit, ihn gründlich kennenzulernen. Ich weiß nur, daß er neunundvierzig Jahre alt ist, in seinen jungen Jahren ein paar Semester Philosophie studiert hat, seit neunzehn Jahren bei der Kriminalpolizei ist, als dynamisch und austrainiert gilt. – Aber etwas bereitet mir Kopfzerbrechen. Er hat doch seine Frau verloren bei einem Unfall, hat das keine Spuren bei ihm hinterlassen?«

»Es hat ihn schwer mitgenommen, Herr Direktor. Aber Stein hat genug Substanz, um auch das zu verkraften.«

Der Direktor nickte, blätterte dann in einer umfangreichen Akte und sagte schließlich: »Da war doch vor sechs Jahren die Geschichte mit diesem Mörder, der ihm durch die Lappen gegangen ist. Stein hätte schießen müssen, hat aber nicht geschossen.«

Der Fall war bekannt und hatte damals Schlagzeilen gemacht. Weber erinnerte sich genau. Der Mann war auf dem Gang vor den Vernehmungszimmern plötzlich durch eine Fensterscheibe gesprungen und war verletzt davongekommen. Stein hätte ihn vom Fenster aus erledigen können, denn der Entflohene mußte einen fünfzig Meter breiten Hof überqueren. Zeit genug für einen gezielten Schuß. Wegen dieser Sache mußte er sich später ein Versagen vorwerfen lassen.

»Er hat es mir damals erklärt«, sagte Weber. »Er hat es nicht fertiggebracht, auf ihn zu schießen. Und wissen Sie, was er zu mir gesagt hat? Er hat gesagt: ›Ich habe seine Augen gesehen. Er war ein Opfer. Ich konnte nicht schießen.‹«

Der Direktor räusperte sich und sagte dann nur: »Na ja ...«

Weber begann Steins Erfolge aufzulisten: »Vor allem hat er einige verdeckte Ermittler in die Szene eingeschleust, die hervorragend gearbeitet haben. Ganze Verteilerringe konnten wir knacken.«

All das wußte der Kriminaldirektor, der stumm seine Zustimmung signalisierte. Schließlich kam er zu seinem eigentlichen Anliegen: »Herr Weber, ich habe Stein als Referent für die kommende Kriminologentagung vorgesehen. Es werden Professoren, Strafrechtler, Wissenschaftler, Soziologen und Ministerialbeamte teilnehmen. Es wurde nach einem Mann von der Basis gefragt, der in einem Referat seine Erfahrungen zum Thema Rauschgift zusammenfassen könnte. Man will endlich Nägel mit Köpfen machen, denn so wie bisher kann es nicht weitergehen. Glauben Sie, daß er vor einer derart hochkarätigen Versammlung sprechen kann?«

»Da bin ich absolut sicher. Er hat schon viele Vorträge auf Kongressen und Tagungen gehalten. Ich habe Ihnen hier eine Kassette mitgebracht, einen Vortrag von Stein, aus dem Sie hören können, wie treffend er formuliert. Warten Sie, ich lege sie ein.«

Er suchte die richtige Stelle auf dem Band. Dann ertönte aus dem Gerät Steins Stimme: »Die Droge ist schlimmer als jede Seuche. Sie hat sich um die Welt verbreitet und ist unaufhaltsam auf dem Vormarsch. Die Auswirkungen können nur mit einem Krieg verglichen werden. Weltweit, in allen Bevölkerungsschichten, vernichtet das Rauschgift Menschen. Aber all dies ist schon lange bekannt ...«

»Er scheint wirklich engagiert zu sein«, meinte Schwarz. Dann fügte er nachdenklich hinzu: »Aber leider führen wir einen aussichtslosen Kampf. Wir können die Drogen nicht mit kriminalistischen Mitteln besiegen. Wir müssen ganz anders an das Problem herangehen. Aus dem Mund eines Kriminalisten mag das zwar paradox klingen, aber wir müssen die Drogen freigeben, um das Umfeld zu entkriminalisieren. Es kommt darauf an, den kriminellen Sumpf auszutrocknen. Denken Sie nur an die Zeit der Prohibition in Amerika. Die begleitende Kriminalität war wesentlich schlimmer als die Auswirkungen des Alkohols. Das alles sage ich Ihnen vertraulich, Herr Weber. Es liegt noch ein schwerer Weg vor uns.«

Kriminalrat Weber war völlig überrascht. Gedanken und Schlußfolgerungen dieser Art hätte er seinem Vorgesetzten niemals zugetraut. Gewiß, es waren immer öfter Stimmen laut geworden, die für die Freigabe der Drogen plädierten, aber Schwarz...? Weber entdeckte, daß sich sein Vorgesetzter mehr Gedanken machte, als er vermutet hatte.

»Ich sehe, Sie sind überrascht.«

»Ja, das bin ich tatsächlich, Herr Direktor. Um ehrlich zu sein – mit diesen Schlußfolgerungen habe ich nicht gerechnet.«

Der Kriminaldirektor nickte: »Viele unserer Probleme erwachsen aus inkonsequentem Denken... Die Art, wie wir unsere Mittel einsetzen, ist falsch und wirkungslos. Und wir tun dies wider besseres

Wissen. Wir belügen uns selbst und zeigen nach außen hin einen scheinheiligen Einklang mit der gesellschaftlichen Meinung. Das ist der eigentliche Skandal.«

Kriminalrat Weber sah ihn nachdenklich an. Der Direktor ergänzte: »Merken Sie sich zu dieser Sache den Satz eines Philosophen. Spinoza meinte: ›Was man nicht verhindern kann, hat notwendigerweise gestattet zu werden.‹ Trifft unsere Situation perfekt. Es gibt keinen anderen Weg. Ich habe lange darüber nachgedacht.«

Weber schwieg und grübelte. Die Idee der Freigabe weckte ein tiefsitzendes Unbehagen in ihm. Doch konnte auch er sich der Faszination ihrer verblüffenden Einfachheit nicht entziehen.

Schwarz erriet die Gedanken des Kriminalrats und setzte noch einmal nach: »Natürlich muß die Drogenabgabe unter ärztlicher Kontrolle geschehen. Die Erfahrungen aus der Praxis sind durchaus positiv.«

Weber wiegte zweifelnd den Kopf: »Aber die Schwierigkeiten ...«

»Da müssen wir durch!« erklärte der Direktor mit einer energischen Handbewegung. Dann, als hätte er mit dieser Geste das Thema vom Tisch gewischt, fragte er: »Wo ist Stein jetzt?«

»Er hatte Bereitschaft und mußte zu einem Fall ...«

»Was für ein Fall?«

»Ein Überfall auf eine kleine Bankfiliale, nichts Besonderes. Wahrscheinlich ein Amateur. Ein Zeuge hat telefoniert. Stein wird wohl bald zurückkommen.«

»Ich möchte ihn dann sofort sehen«, sagte der Chef.

Zu diesem Treffen kam es aber erst am nächsten Nachmittag, denn die Klärung des Raubüberfalls nahm mehr Zeit in Anspruch als geplant. Ohne ein Wort der Begrüßung machte der Direktor dabei seinem Unmut Luft und begann das Gespräch mit einem Vorwurf: »Wie konnte Ihnen denn dieser Anfänger entwischen, Herr Stein? Das ist doch beschämend für einen Kriminalisten mit Ihrer Erfahrung ...«

»Er ist mir nicht entwischt, Herr Direktor. Er hat einen Fluchtversuch riskiert und ist von einem Kollegen durch einen Schuß ins Bein gestellt worden, das ist alles.«

»Ja, zum Glück standen noch drei Beamte draußen. Wieso sind Sie eigentlich allein in die Bank hineingegangen?«

»Ich wollte einen Schußwechsel vermeiden. Es waren ja immerhin Kunden im Schalterraum. Wir hatten den Täter vorher durch die Scheiben beobachtet und gesehen, daß er kein Profi war, sondern ein unsicherer Anfänger, der nicht die Nerven für eine solche Sache besaß.«

»Das haben Sie so schnell erkannt, aus der Entfernung?«

»Ja, das habe ich. Ein junger, verrückter Kerl, der

dann ja auch völlig konfus reagierte, als ich mit dem Megaphon in die Bank hineinrief.« Stein ärgerte sich. Jetzt mußte er die ganze Geschichte noch einmal erzählen. Er hatte gerufen, die Bank sei umstellt, Widerstand wäre zwecklos. »Ich komme jetzt hinein. Ich werde mit Ihnen sprechen. Ich komme unbewaffnet.«

»Und dann haben Sie riskiert, da hineinzugehen?«

»Ja, ich habe den sicheren Eindruck gehabt, der Mann würde nicht auf mich schießen. Und das hat er ja auch nicht getan.«

»Aber er ist Ihnen davongelaufen!«

»Ich sagte doch bereits, daß er nicht davonlaufen konnte. Als er aus der Tür kam, hat ihn Assistent Becker mit einem Schuß ins Bein gestellt.«

»Mit einem Schuß ins Bein...«, wiederholte der Direktor.

»Es war ein Streifschuß. Becker schießt sehr genau.«

»Jaja, ich weiß. Sie sind ja ein Team, Becker und Sie. Ein sehr gutes«, ergänzte er hastig.

Was wollte der Direktor von ihm? Er war es nicht gewohnt nach einer gelungenen Aktion auf diese Weise befragt zu werden. Vermutlich will er mich testen, dachte Stein. Aber wozu? Er kennt mich doch, auch wenn er noch nicht lange hier ist.

Die durchdringenden Augen des Direktors forschten in seinem Gesicht. Dieser Blick war gefürchtet, jemand hatte sogar behauptet, ihm sei nicht standzuhalten. Günter Stein hielt ihm stand und bleib dabei völlig gelassen.

»Sagen Sie, das ist jetzt der zweite Mann, der Ihnen durch die Lappen gegangen ist. Dieser Fall vor sechs Jahren ...«

»Ja, der Sprung aus dem Fenster. Eine beachtliche sportliche Leistung. Der Mann hatte gute Anlagen. Aber ihm war schwer mitgespielt worden. Seine Frau hatte ihn belogen und betrogen.«

»Keine Entschuldigung für einen Mord.«

»Nein, gewiß nicht. Für Mord gibt es keine Entschuldigung.« Was wollte dieser Schwarz von ihm?

»Ich habe Pläne mit Ihnen, Herr Stein«, kam der Direktor endlich zur Sache. »Sie sollen ein Referat auf der Kriminologischen Tagung halten, die in drei Wochen in Frankfurt stattfindet. Trauen Sie sich das zu? Sie sind doch ein intelligenter Mann. Ich wüßte keinen besseren für einen solchen Vortrag. Außerdem besitzen Sie die nötige Erfahrung. Sagen Sie mir, warum haben Sie in Ihren jungen Jahren Philosophie studiert? Das interessiert mich ...«

»Ich wollte grundsätzliche Zusammenhänge über die Menschen und ihr Verhältnis zur Welt erfahren. Aber das Studium hat mich nicht befriedigt. Ich habe es aufgegeben und bin statt dessen Kriminalist geworden.«

»Auch eine Art von Philosophie, wenn man den richtigen Standpunkt einnimmt. Sie trauen sich das Referat also zu?«

»Ganz gewiß, Herr Direktor.«

Das Gespräch wurde jetzt lockerer. Herr Schwarz fragte nach dem Hund, von dem er schon viel gehört hatte. Er wollte auch noch wissen, wie der Einsatz mit verdeckten Ermittlern im Detail vor sich ginge und wie viele davon in Frankfurt eingesetzt seien.

»Es gibt da einen akuten Fall«, entgegnete Stein. »Morgen oder übermorgen schlagen wir los ...«

Er dachte bereits an die Arbeit der kommenden Tage, hatte allerdings die Befürchtung, daß er sich eine Grippe eingefangen hatte. Die ersten Anzeichen zeigten sich bereits, Gliederschmerzen und eine Dumpfheit im Kopf. Das fehlt mir gerade noch, dachte er.

GÜNTER STEIN HÄTTE später nicht zu sagen gewußt, wie lange er mit seinem Hund in diesem Büro nur so dagesessen und nachgedacht hatte, immer wieder über dieselbe Frage: Wie kann ein Mann allein weiterleben, nachdem er über zwanzig Jahre lang in glücklicher Ehe mit einer bewundernswerten Frau verbracht hat?

Er war an seinen Schmerz gekettet wie ein Verurteilter. Dieser Vergleich drängte sich ihm auf. Aber dann kam stets der Augenblick, in dem er sich sagte: Wenn du weiter in diese Richtung denkst, wirst du niemals darüber hinwegkommen.

Er wollte seine Aktivität nicht vom Schmerz reduzieren lassen, denn er arbeitete mit Menschen zusammen, die ihm vertrauten und auf seinen vollen

Einsatz bauten. An wichtigen Aktionen, in denen es um Leben und Tod ging, war er beteiligt.

Es herrscht Krieg zwischen den Menschen! Das war eine seiner Maximen, mit denen er die Kripo-Anwärter auf ihre zukünftigen Aufgaben vorbereitete. Er meinte es genau so, wie er es sagte. Menschen, die andere umbringen wollen, haben den Krieg erklärt. Sie verkaufen Rauschgift und wissen, daß sie den Tod verkaufen. Dafür gibt es keine Entschuldigung.

In diesen Stunden spitzte sich wieder ein brisanter Fall zu.

Stein hatte alles genau überlegt: Zwei Wagen mit je drei Mann, dazu noch die »grüne Minna« mit Bereitschaftspolizisten; das müßte ausreichen, um die drei Dealer festzunehmen.

Es ging jetzt bereits auf Mitternacht zu, und Becker, sein Assistent, hätte sich längst einmal melden können. Die Männer waren immerhin schon fast zwei Stunden unterwegs. In dieser Zeit kann viel geschehen, besonders in Frankfurt. Günter Stein kannte die Nächte in dieser Stadt, das zwielichtige Gewimmel in diesem Quadratkilometer um den Frankfurter Hauptbahnhof. Dort sammelte sich die gesamte Palette des Verbrechens: Rauschgift, Prostitution etc.

In dem karg möblierten Dienstzimmer wurde das Warten besonders lästig. Stein hätte Zeitungen lesen können, aber er konnte sich nicht konzentrieren und war wieder in diese Stimmung geglitten, die ihn mit seinem Schicksal hadern ließ. Außerdem plagte ihn seit zwei Tagen die Grippe, er hatte Fieber. Im Bett hätte er liegen müssen.

Der Stoff sollte um elf Uhr übergeben werden: Kokain und Heroin im Wert von einer Million Mark. Ein Fixer, dem Kommissar Stein geholfen hatte, vom Stoff loszukommen, hatte den Tip gegeben. Es war ein Zeichen der Dankbarkeit. Dieser Mann, den Günter Stein wieder auf die Füße gestellt hatte, meldete sich telefonisch. Seine Stimme hatte vor Aufregung gezittert, als er sagte: »Sie treffen sich in der kleinen Kneipe hinter dem städtischen Schwimmbad. Aber Vorsicht, diese Burschen sind bewaffnet, und sie schießen auch, wenn es sein muß.«

Stein hätte den Einsatz geleitet, wenn diese Grippe nicht gewesen wäre. Jetzt war es so schlimm, daß er ein ständiges Flimmern vor den Augen hatte. Sein Kopf war hochrot, und Kriminalassistent Becker hatte schon vor zwei Stunden mit Nachdruck gesagt: »Bleiben Sie hier, Herr Kommissar. Nehmen Sie noch ein paar Tabletten und einen heißen Tee, das wird Ihnen helfen. Noch besser wäre es, Sie gingen nach Hause.«

Aber das wollte Stein nicht, denn kurz nach der Verhaftung war der beste Zeitpunkt für ein Verhör. Da liegt der Stoff auf dem Tisch und belastet seine Besitzer.

Er kannte diese Burschen, die mit Mord ihr Geschäft machten. Und es lief auf Mord hinaus, darüber gab es keinen Zweifel. Die erste Dosis wurde oft umsonst gegeben. Die Opfer wurden systematisch süchtig gemacht. Die Entwicklung war bekannt. Es war nur eine Frage der Zeit, bis die Süchtigen schließlich am Heroin zugrunde gingen. Es war Mord.

Günter Stein war für seinen abgrundtiefen Haß gegenüber den Dealern bekannt. Er verfolgte sie mit geradezu fanatischer Unerbittlichkeit, obwohl ihm Fanatismus eigentlich fremd war. Doch nur wenige kannten den wahren Grund für sein Verhalten. Es hatte mit dem Unfalltod seiner Frau zu tun. Der Fahrer, der den Wagen gerammt hatte, in dem er mit seiner Frau saß, war mit Rauschgift vollgepumpt gewesen.

Wie ein Besessener hatte er sich in der ersten Zeit nach ihrem Tod in die Arbeit gestürzt. Aber von Zeit zu Zeit fiel der Schmerz über ihn her wie ein Schock, ein geliebter Mensch läßt sich nicht ersetzen.

Günter Stein lebte seither allein mit seinem Hund, der ein seltsames Geschöpf war: eine Kreuzung, in der Rottweiler und Deutsche Dogge eine kaum vorstellbare Mischung ergeben hatten, ein großes, kräftiges Tier mit einem gutmütigen Kopf, in dem sofort die intelligenten Augen auffielen.

Günter Stein und seine Frau hatten diesen Hund zur Urlaubszeit auf der Autobahn gefunden – ausgesetzt. Er hatte zu seiner Frau gesagt: »Das waren Unmenschen, die das getan haben. Wir nehmen ihn mit.«

Es war ihnen nicht gleich ein Name für das Tier eingefallen. Aber seine Wachsamkeit brachte sie auf eine Idee. »Er paßt auf wie ein Luchs«, sagte seine Frau, und von da an hatte dieser männliche, noch sehr junge Hund den Namen Luchs.

Er lag jetzt neben dem Schreibtisch und hatte den Kopf so auf die Vorderpfoten gelegt, daß er seinen Herrn stets im Auge behalten konnte.

Stein sagte dann und wann ein Wort zu ihm, irgend etwas Belangloses, aber doch so freundlich im Tonfall, daß die Verbindung zwischen ihnen nicht abriß.

Er wollte aufstehen und sich noch etwas Tee machen. Er tupfte sich mit dem Taschentuch den Schweiß von der Stirn. In diesem Augenblick meldete sich Becker: »Herr Kommissar. Wir haben sie. Alle drei, dazu den Stoff und einen Koffer mit Geld. Wir haben blitzschnell zugeschlagen. Sie konnten ihre Kanonen nicht mehr ziehen ...«

»Gut, Becker. Bringt sie her. Ich will die Kerle heute nacht noch verhören.«

EINE VIERTELSTUNDE später standen die drei Rauschgifthändler in Handschellen vor Kommissar Stein. Ein Türke, ein Libanese und ein Deutscher. Keiner älter als fünfundzwanzig, trotzdem schon abgebrühte Burschen, die angesichts des überwältigenden Beweismaterials völlig ungerührt schienen.

Der Libanese grinste Kommissar Stein mit schräggeneigtem Kopf an und sagte: »Ich nix wissen. Ich kommen in Bar und da plötzlich erscheint Polizei ...«

»Natürlich«, lächelte Günter Stein. »Für eine Million Rauschgift und nix wissen... Und Sie«, wandte er sich an den Türken. »Selbstverständlich auch nix wissen! Und Sie natürlich auch nicht«, sagte er zu dem Deutschen. »Alle seid ihr nur mal hier in Frankfurt spazierengegangen, und das Kokain und Heroin, das habt ihr auch nur spazierengetragen. Und dieser Koffer voller Geld, alles der reine Zufall...«

Er lachte bitter auf, und es war ihm anzumerken, daß er nur mühsam seinen Zorn beherrschte.

Becker erklärte ganz leise: »Ich habe den Wirt kurz vernommen, es hat sich herausgestellt, daß er nichts mit der Sache zu tun hat. Er konnte uns aber wertvolle Hinweise geben. Die beiden«, er deutete auf den Türken und den Libanesen, »kamen mit dem Koffer, in dem der Stoff liegt. Er hier«, der Deutsche war gemeint, »brachte das Geld.«

Der Deutsche hieß Silbernagel, ein Mann mit einem intelligenten Gesicht, dessen unruhige Augen ihm jedoch etwas Verschlagenes gaben. Er zuckte nur mit den Schultern. »Ich will meinen Anwalt sprechen, vorher mache ich keine Aussage.«

»Das habe ich mir gedacht«, sagte Stein. »Aber aus dieser Klemme kommt ihr drei nicht mehr heraus. Wir haben das Rauschgift, das Geld und einen Belastungszeugen, der genau wußte, daß ihr verabredet ward.«

Stein lehnte sich in einen Sessel zurück, betrachtete die drei Überführten nachdenklich. »Ja«, sagte er, »alles Zufall. Und zufällig hatte auch jeder von euch eine Pistole dabei. Die wirkt natürlich strafverschärfend. Ich werde alles dafür tun, daß ihr nicht unter fünf bis sechs Jahren davonkommt.«

Die drei Dealer schauten ihn schweigend an. Sie waren keineswegs geknickt, obwohl an den Worten Steins nicht zu zweifeln war. Sie hatten von ihm gehört. Es war bekannt, daß er die Parole ausgegeben hatte: »Kein Pardon für Rauschgifthändler!«

Stein hatte sie richtig eingeschätzt. Eigentlich hatte er beim Verhör in Details gehen wollen, aber diese drei, das sah er sofort, würden keinerlei Angaben machen. Sie würden sich hinter ihren Anwälten verschanzen, waren von der Sorte der polizeierfahrenen Gangster, die beim ersten Verhör keinen Fehler machten. Sollte er sie trennen, noch einmal versuchen, an Hintergründe heranzukommen? Er wußte, wie es ausgehen würde. Zwecklos.

»Abführen!« befahl er.

Die drei Männer wurden in Handschellen von den Bereitschaftspolizisten in die Mitte genommen. Wortlos verließen sie das Dienstzimmer.

»Mörderpack!« entfuhr es Günter Stein.

»Sie sollten jetzt wirklich nach Hause gehen und sich ins Bett legen«, mahnte Becker. »Man sieht Ihnen an, daß Sie Fieber haben.«

Stein nickte: »Ja, ein bißchen Fieber, daran stirbt man nicht. Aber an dem Zeug da«, er deutete auf den Tisch, auf dem die geöffneten Koffer lagen, »an diesem Zeug stirbt man gewiß!«

Er riß eine Tüte auf. Etwas von dem weißen Pulver rieselte auf den Tisch. »Schnee«, stieß er voller

Verachtung hervor. »Wieso haben die Menschen diesen Dreck eigentlich Schnee genannt?«

Stein erhob sich aus seinem Sessel. Er war ein großer, schlanker Mann, dem niemand die neunundvierzig Jahre ansah, obwohl es ein paar harte Linien in seinem Gesicht gab. Bis vor kurzem hatte er noch Sport getrieben, hatte Handball gespielt und war regelmäßig auf der Aschenbahn gelaufen. Dann kam der tödliche Unfall seiner Frau. Und von da an hatte er aufgehört mit dem Sport. Es war, als hätte ihm plötzlich die Energie gefehlt, die Lust auf körperliche Anstrengung. Er war anders geworden, stiller und in sich gekehrt. Alle seine Mitarbeiter hatten gemerkt, wie schwer der Mann getroffen war.

Luchs stand wartend bei der Tür und schaute seinen Herrn wachsam an. Die Übereinstimmung von Herr und Hund war perfekt. Sie verstanden sich ohne viele Worte, nur mit kleinen Gesten, die der Hund genau befolgte.

»Wir gehen, Luchs«, sagte Kommissar Stein. »Meine Herren, Sie haben gute Arbeit geleistet, diese drei, das sind ganz dicke Fische ... Bis morgen dann.«

»Bis morgen, Herr Kommissar«, antwortete Becker.

Zwei noch sehr junge Beamte beeilten sich, dem Kommissar die Tür zu öffnen. »Gute Besserung, Herr Kommissar«, sagten sie und schauten dem Mann nach, wie er, dicht gefolgt von seinem Hund, langsam den Korridor hinunterging.

»Ich habe viel von Stein gelernt«, sagte Becker zu

ihnen. »Er ist einer der besten Kriminalisten, die ich kenne. Ich bin froh, daß ich bei ihm Assistent sein darf.«

Kommissar Stein hatte darauf verzichtet, sich nach Hause fahren zu lassen. Er wollte noch etwas frische Luft schnappen und Luchs spazieren führen. Er wohnte nur knapp zwanzig Minuten vom Polizeipräsidium entfernt in einer stillen Gegend am Rande des Frankfurter Westends.

Wie jedesmal, wenn er sich auf dem Weg nach Hause befand, spürte er bereits das Unbehagen, jetzt in die leere Wohnung zu kommen. Denn auch Claudia, seine zwanzigjährige Tochter, war vor ein paar Tagen ausgezogen. Sie war mit einem Pressefotografen verlobt, der Günter Stein ganz und gar nicht gefiel. »Er ist ein Windhund«, hatte er von ihm gesagt. »So ein glatter, mit allen Wassern gewaschener Pressemensch.«

Sie liebte ihn, dagegen war nichts zu machen, und er wollte seine Tochter auch nicht auf unerträgliche Weise bevormunden.

Es ist seltsam, dachte Günter Stein, während er durch die stillen Straßen ging, jahrelang denkt man nicht daran, daß man eines Tages allein sein wird. Und dann, wenn es soweit ist, wirft es einen glatt um. Die Stille in der Wohnung, kein Gegenüber... Es bleibt einem nur die Arbeit – und der Hund.

Luchs lief schnuppernd vor ihm her. Er entfernte

sich nie weit von seinem Herrn. Manchmal blieb er stehen, wartete, bis Stein nahe herangekommen war und stupste ihn dann mit der Nase zärtlich gegen das Bein.

»Jaja«, sagte Günter Stein dann.

Als sie den Hilferuf hörten, blieben sie beide wie angewurzelt stehen. Luchs hatte den Kopf gehoben. Mit aufgestellten Ohren spähte er in die Richtung des Rufes. Es war eine Frau, sie mußte in Not sein. Dreimal der Ruf: »Hilfe!« Nicht weit von hier, um die nächste Ecke.

»Los, Luchs!« sagte Stein.

Der Hund sprang in langen Sätzen davon. Der Kommissar folgte ihm, aber er merkte, daß ihm schwindelig wurde während des Laufens. Diese verdammte Grippe! dachte er.

Die Frau stand neben einem Hauseingang und starrte Stein erschreckt an. Luchs saß bereits neben ihr. Stein wollte nach seiner Pistole tasten, aber er merkte, daß er sie im Präsidium vergessen hatte.

»Was ist passiert?« fragte er.

»Ein junger Mann«, sagte die Frau. »Er hat mich überfallen und mir die Handtasche weggerissen. Ich habe um Hilfe gerufen. Dann kam der Hund. Ich glaube, er hat ihn ins Bein gebissen. Der Mann ist dort über die Mauer. Der Hund hat ihm noch die Hose zerrissen, während er hinaufkletterte.«

»Was ist hinter der Mauer?«

»Nur Hinterhöfe, ein paar Gärten und Begrenzungsmauern.«

Günter Stein streichelte Luchs und klopfte ihm

anerkennend auf den Rücken. »War viel Geld in der Tasche?«

»Nein, nur knapp hundert Mark. Aber meine Papiere, Ausweis, Führerschein und so weiter …«

»Können Sie eine Beschreibung des Täters geben?«

»Er war ziemlich jung, höchstens zweiundzwanzig, dunkelblond. Nicht sehr kräftig. Zuerst dachte ich, er wäre angetrunken. Er hatte so etwas Starres im Blick. Aber vielleicht stand er auch unter Drogen. Sollten wir nicht die Polizei rufen? Jedenfalls danke ich Ihnen sehr, daß Sie mir zu Hilfe gekommen sind. Stellen Sie sich vor, da drüben am Toreingang standen zwei ausgewachsene große Männer, die haben alles mit angesehen und meine Hilferufe gehört. Sie haben nicht geholfen. Dumm geschaut haben sie und sich dann aus dem Staub gemacht. Sie wollten nichts mit der Sache zu tun haben. Der Kerl hätte mich hier ermorden können, und sie hätten nicht eingegriffen. Vielleicht rufen wir jetzt doch die Polizei?«

»Nicht nötig, ich bin von der Polizei. Mein Name ist Günter Stein, Kriminalkommissar.«

Im Licht der Straßenlaterne sah er, daß diese Frau außerordentlich gepflegt war. Ihr offenes Gesicht machte einen intelligenten und symphatischen Eindruck.

»Oh«, sagte sie, »das ist aber ein glücklicher Zufall.« Sie streichelte Luchs. »Ein ausgezeichneter Hund. Wir hatten früher auch Hunde, mein Mann und ich.«

»Sie wohnen hier?« fragte Stein und deutete auf die Haustür.

»Ja, ich wohne hier im zweiten Stock. Mein Name ist Inge Klein.«

Sie streckte ihm die Hand entgegen, und als sie seine Hand spürte, erschrak sie: »Um Gottes willen, Sie müssen Fieber haben. Ihre Hand ist ganz heiß.«

»Nur eine kleine Grippe, nichts weiter.«

»Kommen Sie mit nach oben. Sie müssen ja sowieso telefonieren. Ich gebe Ihnen dann ein Aspirin, und einen heißen Tee könnte ich Ihnen auch machen. Zum Glück hatte ich meinen Schlüssel in der Manteltasche.«

Während sie nach oben gingen, regte sich Zorn in Günter Stein. Was waren das für Menschen, die tatenlos zusahen, wie eine wehrlose Frau überfallen wurde. Er kannte viele Fälle völliger Teilnahmslosigkeit. Erst kürzlich hatten mehrere Jugendliche auf offener Straße einen sechsundsechzigjährigen Rentner überfallen und zusammengeschlagen. Niemand hatte geholfen. Keiner hatte die Polizei gerufen. Der Rentner war später an seinen inneren Verletzungen gestorben.

»Sie wissen nicht, wer die Männer waren, die da drüben standen und nichts für Sie getan haben?«

»Nein, leider weiß ich es nicht. Aber es hat mich zutiefst getroffen, daß es so etwas gibt.«

»Solche Leute sollte man zur Rechenschaft ziehen wegen unterlassener Hilfeleistung.«

Sie waren oben angekommen. Frau Klein schloß die Wohnungstür auf. »Bitte, treten Sie ein.«

In der kurzen Zeitspanne, die auf dem Weg zum Telefon verging, konnte er erkennen, daß er sich in einer sehr geschmackvoll eingerichteten Wohnung befand.

Inge Klein hatte sich beruhigt. Ihre Tasche mit den Papieren und dem Bargeld würde wohl nicht mehr auftauchen, doch wichtiger schien ihr, daß nichts passiert war. Das sagte sie auch Kommissar Stein: »Es war halt ein furchtbarer Schreck, und es gibt einem das Gefühl, in dieser Stadt völlig preisgegeben und schutzlos zu sein. Man kann sich kaum mehr allein auf die Straße wagen, das ist doch ein Dschungel ...«

»Ich weiß, was Sie meinen«, sagte er.

Sie hörte dann zu, wie Stein telefonierte: »Das war vermutlich irgendein Fixer, der sich schnell das Geld für einen Schuß holen wollte. Wenn ihr die Straßen hier in der Gegend durchkämmt, geht er euch wahrscheinlich ins Netz. Er kann noch nicht weit sein, die Sache ist vor etwa fünf Minuten passiert. Mein Hund scheint ihn ins Bein gebissen zu haben.« Er gab noch die Nummer von Frau Klein durch und legte dann auf.

»So, das wäre erledigt. Die Funkstreife kontrolliert nun jeden in dieser Gegend, der nur ungefähr so aussieht wie der von ihnen beschriebene Täter.«

»Ich verstehe diese Menschen nicht«, murmelte Inge Klein vor sich hin. »Wegen ein paar Mark riskieren sie Kopf und Kragen.«

»Süchtige«, sagte Stein nur.

Sie bestand darauf, eine Tasse Tee für ihn zu kochen. »Jetzt nehmen Sie aber erst einmal zwei Aspirin.«

Sie ignorierte seine Weigerung und ging in die Küche. Mit den Tabletten und einem Glas Wasser kam sie zurück. Ein Fieberthermometer hatte sie auch mitgebracht. »Sie haben mir geholfen, jetzt helfe ich Ihnen.«

»Na schön«, gab er nach.

Er beobachtete sie, wie sie vom Zimmer wieder in die Küche ging, um den Teetisch zu decken. Eine schlanke, mittelgroße Frau, deren Alter er auf Mitte Dreißig schätzte.

Sie saßen in dem gemütlichen Wohnzimmer, das, wie alles in dieser Wohnung, mit sicherem Geschmack eingerichtet war. Luchs hatte es sich auf dem Perserteppich bequem gemacht. Die Schnauze auf dem Boden, lag er ganz still und folgte mit den Augen jeder Bewegung der Frau. Sie schien ihn zu interessieren.

Der Tee dampfte in den Tassen, die sie auf den Tisch gestellt hatte. Inge Klein goß einen Schuß Rum hinzu und sagte: »Probieren Sie, wenn es zuwenig ist, gießen Sie nach.«

Sie war eine Dame und hatte die natürliche Sicherheit im Auftreten, die eine gute Erziehung verriet. Aber wo war ihr Mann? Er war jetzt neugierig geworden. »Sie erwähnten vorhin Ihren Mann, ist er nicht...«

Sie kannte diese Frage, sie war ihr in den letzten zwei Jahren oft gestellt worden und hatte sie manchmal verärgert, denn ihr Mann war ein dunkles Kapitel in ihrem Leben. Wie sollte man da antworten? Es war so demütigend gewesen. Sie hatte Briefe gefunden, in denen ganz unmißverständlich davon die Rede war, sie loszuwerden. Rechnungen waren ins Haus geflattert, die Übernachtungen für zwei Personen bescheinigten. Und eines Tages war der Ekel so groß geworden, daß sie unmöglich weiter mit ihm zusammenleben konnte.

»Was soll ich groß erzählen«, sagte sie jetzt. »Er ist aus der Ehe ausgebrochen, hatte stets so junge Dinger um sich herum. Ich habe das nicht mehr ausgehalten.«

Sie hatte sich dafür entschieden, allein zu leben. Und diese Lebensform wollte sie nicht mehr aufgeben – für keinen Mann dieser Welt. Das sagte sie nicht, aber sie dachte es.

»Entschuldigen Sie, ich wollte nicht aufdringlich sein ...«

Sie hatte gesehen, daß er einen Ehering trug. Sie fragte nicht, und er sagte nichts darüber. Diesen Ring hatte er nie abgelegt und wollte ihn auch weiterhin tragen.

Sie erzählte dann noch, daß ihr Mann ein Bauingenieur gewesen sei, der gut verdiente, aber unter einem enormen Leistungsdruck stand und deshalb immer wieder über die Stränge schlug. Er habe gesagt, er brauche das zum Ausgleich ... Sie lachte bitter auf: »Männer, sie machen es sich leicht, ihre Schwächen müssen stets von anderen getragen werden ...«

Er sagte nichts dazu, hatte begriffen, daß er es

mit einer verbitterten Frau zu tun hatte, die die Verachtung ihres Mannes auf alle Männer ausdehnte. Er verstand Frauen dieser Art, obwohl sie ungerecht wurden.

Plötzlich fiel ihr ein: »Oh, wir haben das Thermometer vergessen!«

Er nahm das Thermometer unter dem Arm hervor. Mit gerunzelter Stirn las sie ab: »Neununddreißig acht... Das ist ja richtig hohes Fieber, Sie müssen unbedingt ins Bett.«

»Ich wohne nicht weit von hier, ich mache mich sofort auf den Weg.«

»Haben Sie jemand, der für Sie sorgt?

»Ich hatte jemand. Meine Tochter hat bis vor kurzem noch bei mir gewohnt.«

Sie schaute ihn zweifelnd an. Er merkte, daß sie über ihn nachdachte, doch er wollte jetzt kein Mitgefühl. Sie verstand ihn und sagte nichts mehr. Noch ein »Danke schön« bei der Tür, dann hörte sie ihn die Treppe hinuntergehen. Sie blieb ein paar Sekunden hinter der Tür stehen, denn sein Gang klang nicht sehr sicher. Ein Vorwurf meldete sich: Ich hätte ihm ein Taxi rufen müssen... Dazu war es jetzt zu spät.

Er war noch nicht unten aus der Haustür gekommen, als bei Inge Klein das Telefon klingelte und eine energische Männerstimme sich meldete: »Ich möchte Herrn Kommissar Stein sprechen. Es ist dringend.«

Sie antwortete: »Er ist gerade vor einer halben Minute die Treppe hinuntergegangen. Warten Sie bitte, ich gehe ihm nach und kann ihn wohl noch erreichen.«

Sie lief die Treppe hinunter, so schnell sie konnte. Nicht sehr weit entfernt, unter dem Lichtkegel einer Laterne, sah sie seine Umrisse. Er mußte es sein, denn da war noch ein kleinerer Schatten – der Hund. Sie rief laut seinen Namen, winkte mit der Hand, hoffte, daß er sie sehen würde. Tatsächlich blieb er stehen, kam dann zurück und fragte: »Was ist denn passiert?«

»Sie werden am Telefon verlangt.«

»Das kann nur ein Streifenwagen sein. Wahrscheinlich haben sie den Kerl geschnappt, der Sie überfallen hat.«

Damit hatte er sich nicht geirrt. Als er den Hörer nahm und seinen Namen nannte, sagte die Stimme: »Herr Kommissar, wir haben ihn gefaßt. Ihr Hund hat ihn kräftig ins Bein gebissen. Wir sahen einen Mann, der hinkte. Er hat nichts geleugnet, war bereits butterweich vor Schmerzen. Wir müssen ihm schnell einen richtigen Verband anlegen.«

»Bringt ihn her«, sagte Stein. »Hat er die Tasche und die Papiere von Frau Klein noch bei sich gehabt?«

»Ja, es ist alles da. Wir bringen ihn dann vorbei.«

Günter Stein legte auf und fragte: »Es ist Ihnen doch recht, daß er Ihnen hier gegenübergestellt wird?«

»Das muß ja wohl sein«, antwortete sie.

Es dauerte dann doch noch fast zwanzig Minuten, bis die Polizisten des Streifenwagens vor der Tür standen. Zwei drahtige Männer in Uniform, die einen schmächtigen Jungen von höchstens zwanzig Jahren rechts und links am Arm hielten. Er hatte die Augen niedergeschlagen und war den Tränen nahe. Hinkend ging er zwischen den beiden Polizisten ins Wohnzimmer. Sein Gesicht war schneeweiß.

»Wir mußten erst noch zum Arzt mit ihm«, erklärten die Beamten. »Er hat Spritzen bekommen und einen richtigen Verband.«

Luchs war aufgestanden und knurrte leise, aber er bewegte sich nicht einen Zentimeter von seinem Platz. Er hatte den Mann sofort wiedererkannt.

Stein sagte: »Eigentlich ist ja alles klar, doch ich muß Sie trotzdem fragen: Ist dies der Mann, der Sie überfallen hat?«

Inge Klein nickte und sagte leise: »Ja, er ist es.«

»Gut, dann könnt ihr ihn mitnehmen und morgen früh dem Haftrichter vorführen.«

Inge Klein erhielt ihre Tasche, ihr Geld und ihre Papiere zurück. »Es ist alles da«, sagte sie. Ihre Stimme vibrierte. Mit großen Augen schaute sie unablässig den Jungen an, und Stein sah, daß sie voller Mitleid war. Er konnte sich ihre Gedanken vorstellen. Da ruiniert sich jemand sein Leben für hundert Mark...

»Ja«, sagte er schroff. »So geht das. Sie brauchten einen neuen Schuß und da sahen Sie die Frau mit der Handtasche. Es ist Rauschgift, nicht wahr?«

Der Junge hob den Kopf, seine Augen wanderten

von Günter Stein zu Frau Klein. »Es tut mir leid«, sagte er mit tonloser Stimme. »Ja, es ist Rauschgift.«

Sein Selbstwertgefühl schien jetzt auf den Nullpunkt gesunken. Doch trotz seiner verwahrlosten Erscheinung war da etwas in seinem Gesicht, das sympathisch wirkte. Sicher war er auch intelligent, das konnte nicht übersehen werden.

Und plötzlich straffte er sich, griff an: »Ich bin nicht der einzige, es gibt Tausende wie mich. Auch in Ihrer Familie, Herr Kommissar. Ja, da staunen Sie, ich kenne Sie, und ich kenne auch Claudia, Ihre Tochter ...«

Günter Stein hatte sich im Sessel jäh aufgerichtet. »Meine Tochter?« fragte er.

»Ja, Ferdy ist der jüngere Bruder von Paul. Und Ferdy nimmt Heroin. Ich bin mit ihm befreundet.«

Günter Stein begriff: Paul war der Pressefotograf, den seine Tochter heiraten wollte. Ferdy war dessen Bruder.

»Nimmt Paul etwa auch Rauschgift?« fragte er. Es hätte ihn nicht sonderlich überrascht, aber die Antwort war überzeugend.

»Paul? Aber nein, dazu ist der viel zu clever. Aber Ferdy ist ziemlich am Ende. Und der gehört schließlich auch zu Ihrer Familie.«

Bedächtig schüttelte Günter Stein den Kopf: »Er gehört noch nicht zu meiner Familie, und es ist gar nicht so sicher, daß Claudia und Paul heiraten. Dazu gehören immer noch zwei Personen ...«

»Ich bin mir da ganz sicher«, sagte der Junge. »Claudia ist verrückt nach Paul. Er hat ja auch alles, was ein Mädchen beeindrucken kann. Er sieht gut aus, hat einen tollen Job, ist immer erstklassig angezogen. Alles hat er, ganz einfach alles.«

»... zum Beispiel einen Bruder, der sich langsam zu Tode spritzt!« rief Günter Stein.

Der Junge schwieg jetzt wieder. Es war nur ein kurz aufflammender Protest gewesen.

»Sie haben recht«, sagte er dann. »Es macht alle kaputt, die damit angefangen haben. Und die Dealer werden immer aggressiver. Jetzt stehen sie schon vor den Schulen und warten auf die Zwölfjährigen. Aber das wollte ich Ihnen noch sagen: Um Claudia brauchen Sie sich bestimmt keine Sorgen zu machen.«

»Und woher kennen Sie Ferdy? Ich habe noch nie von ihm gehört ...«

»Wir waren zusammen auf dem Gymnasium und haben beide ein mieses Abitur gebaut. Gute Stellen waren bei uns nicht drin. Wir jobben ab und zu – was sich halt so anbietet.«

Stein nickte: »Ja, ich kenne das. Was ist Ihr Vater von Beruf?«

»Meine Eltern sind geschieden.«

»Ich habe nach seinem Beruf gefragt.«

»Er ist Zahnarzt, aber er kümmert sich nicht um uns.«

»Sind Sie vorbestraft?«

»Nein.«

»Dann will ich hoffen, daß Sie einen milden Richter finden. Ich gebe Ihnen hier meine Karte. Nachdem Sie beim Haftrichter waren, werden Sie wahrscheinlich bis zur Hauptverhandlung wieder auf freien Fuß gesetzt. Sie können mich dann anrufen. Ich bin an einer Organisation beteiligt, die seit etwa einem Jahr Entziehungskuren anbietet. Ich könnte mich um einen Platz für Sie bemühen.«

»Wie groß ist der Erfolg?« fragte der Junge, und seine Augen wurden hellwach.

»Wir haben natürlich nicht immer Erfolg, aber wir geben uns Mühe, und die Mühe lohnt sich, wenn wir nur zehn Prozent vom Stoff befreien können. So hoch ist die langfristige Erfolgsquote ...«

Der Junge nickte vor sich hin. »Ich werde anrufen«, murmelte er.

Stein wandte sich an die Polizisten: »Sie können ihn jetzt mitnehmen.«

Der Junge hieß Hans Richter, und ehe er mit den Beamten das Zimmer verließ, drehte er sich noch einmal um und sagte: »Ich danke Ihnen, Herr Kommissar.«

»Für was?« fragte Stein.

»Dafür, daß Sie ... daß Sie mich menschlich behandelt haben.«

Die Schritte der drei Männer verhallten im Treppenhaus, unten wurde der Wagen angelassen. Stein und Frau Klein sagten noch immer kein Wort. Sie betrachtete ihn. Sein Gesicht war sorgenvoll, nachdenklich.

»Sie waren bestürzt, daß er Ihre Tochter kannte?«

»Nicht bestürzt, sondern überrascht. Der Freund meiner Tochter hat diesen Bruder verschwiegen. Und dafür hat er offenbar gute Gründe.«

»Ein seltsamer Zufall, nicht wahr. Ein Täter kennt Ihre Tochter ...«

»Mit dem Zufall habe ich oft zu tun in meinem Beruf.«

»Dieser Hans Richter tut mir leid. So jung und schon so aus der Bahn geworfen.«

»Ich habe gesehen, daß er Ihnen leid getan hat. Mir tut er auch leid. Aber er muß einen Denkzettel bekommen für das, was er getan hat. Vielleicht bekommt er eine Strafe auf Bewährung. Das wichtigste ist, daß er vom Stoff loskommt.«

Luchs, der sich völlig still verhalten hatte, kam heran und legte den Kopf auf Steins Oberschenkel.

»Ja, ich weiß, wir gehen jetzt nach Hause. Es wird ja allmählich Zeit.«

»Wie fühlen Sie sich jetzt?« fragte Frau Klein. »Sie sehen nicht gut aus. Ihr Kopf ist feuerrot.«

»Es geht schon noch. Natürlich wäre es übertrieben, wenn ich sagen würde, ich fühlte mich wohl.«

»In diesem Zustand können Sie unmöglich bis zu Ihrer Wohnung laufen ...«

Er lächelte matt, sagte: »Ja, fahren wäre schon besser für mich.«

Natürlich hätte er einen Streifenwagen rufen können, aber er widersprach nicht, als sie zum Telefon ging und ein Taxi bestellte. Sie war fürsorglich, fragte: »Kann ich noch etwas für Sie tun, vielleicht noch ein Aspirin?«

»Nein, vielen Dank. Ich werde mich jetzt ins Bett legen und die Sache ausschwitzen.«

Als unten der Wagen vorfuhr, sagte Inge Klein: »Ich habe noch eine Bitte an Sie ...«

»Ja?«

»Geben Sie mir auch so eine Karte mit Ihrem Namen und Ihrer Adresse.« Sie wirkte jetzt ein wenig verlegen.

Er grinste sie an: »Sind Sie etwa auch süchtig?«

»Ich möchte heute nachmittag bei Ihnen anrufen, um zu erfahren, wie es Ihnen geht ...«

»Das ist doch nicht so wichtig.«

»Doch, für mich ist es wichtig. Sie haben einiges getan für mich, obwohl Sie krank sind. Es ist doch meine Pflicht, mich nach Ihnen zu erkundigen. Eine Grippe kann ja schließlich auch gefährlich werden.«

»Na schön«, sagte er.

Er stieg in den Wagen, Luchs folgte ihm. Als der Fahrer anfuhr, hatte Stein das Gefühl, er werde ohnmächtig. Das war ihm noch nie passiert, und er dachte: Schleunigst ins Bett, das war ein anstrengender Tag. Jetzt erst fiel ihm ein, daß er den ganzen Tag so gut wie nichts gegessen hatte.

Er nahm ein Glas Milch zu sich, während er mit Luchs in der Küche stand. Für den Hund war reichlich Futter in der Speisekammer. Er schaute noch zu, wie Luchs gierig fraß, dann ging er ins Bett.

Als er endlich lag, konnte er nicht gleich einschlafen. Viele Dinge gingen ihm durch den Kopf. Vor allem dieser Hans Richter. Ob der es noch einmal schaffen würde? Viele dieser Menschen gingen unter. Er hatte es Hunderte Male erlebt, und es hatte ihn jedesmal betroffen gemacht. Wie konnte man diesen Menschen helfen? Es müßte etwas geben, das sie gegen das Rauschgift immunisierte. Etwas, das man einnahm wie eine Medizin. Vielleicht würde das eines Tages gefunden werden ...

An die Frau dachte er nur ganz kurz. Eine interessante Frau, gewiß, aber das war auch alles, was er für sie in Gedanken erübrigte.

Die verhafteten Rauschgiftdealer beschäftigten ihn da schon viel mehr. Sie waren überführt, das war sicher, doch die Hintermänner waren unsichtbar geblieben.

Er sank in einen tiefen, traumlosen Schlaf und wachte erst gegen Mittag wieder auf. Sämtliche Knochen taten ihm weh, und er fluchte leise vor sich hin. Seine Tochter hatte er anrufen wollen, doch warum sollte er sie beunruhigen? Sie würde sich melden, und sie würde auch mal wieder vorbeikommen. Er rief nicht an und schlief wieder ein, obwohl er das Gefühl hatte, etwas Dringendes vergessen zu haben.

Claudia Stein sass vor dem Fernseher, als Paul Kress nach Hause kam. Es war schon neun Uhr abends, doch daran war sie gewöhnt. Als Pressefotograf war Paul oft bis spät in die Nacht unterwegs. Das hatte jedoch den Vorteil, daß er meistens erst gegen zwölf Uhr mittags in die Redaktion gehen mußte.

Nach einem flüchtigen Kuß auf die Wange sagte

Paul sofort: »Dein Herr Vater hat wieder groß zugeschlagen. Er hat drei ganz dicke Fische geschnappt und dann in der Nacht noch einen kleinen Räuber, der eine Handtasche weggerissen hat, um sich einen Schuß zu besorgen ...«

Claudias hübsches Gesicht verdüsterte sich, wie immer, wenn sie sich ärgerte. Paul Kress kannte das Zeichen genau: Zwei steile Falten über der Nasenwurzel.

»Nun sei nicht gleich sauer, wenn ich etwas Gutes über deinen Vater berichte.«

»Warum dieser hämische Ton?« fragte sie. »Er tut seine Pflicht, und ich glaube, er tut sogar mehr als das.«

»Ich habe nichts gegen ihn«, sagte Paul, während er lässig seine teure Kaschmirjacke über die Sessellehne warf. Er lockerte seine Krawatte und ließ sich dann in einen der großen Sessel fallen. Er streckte sich, gähnte einmal herzhaft und sagte: »Nein, wirklich, ich habe nichts gegen ihn, aber er hat etwas gegen mich. Und das hat er mir schon recht deutlich zu verstehen gegeben.«

»Ihr hattet Meinungsverschiedenheiten, das ist alles.«

»Ja, sehr kräftige Meinungsverschiedenheiten ...« Er lachte und zeigte dabei seine makellosen weißen Zähne.

Sie wußte, daß er sich über ihren Vater geärgert hatte. Günter Stein hatte einmal zu ihm gesagt: »Sie sind das, was man zu meiner Zeit einen flotten Hirsch genannt hat. Ich gebe zu, Sie sehen blendend aus und Sie verdienen gutes Geld, aber ob Sie Claudia auf die Dauer glücklich machen werden, wage ich zu bezweifeln.«

Er hatte dann eine Anspielung auf Pauls Nebentätigkeit gemacht, bei der er sich eine beachtliche Verdienstquelle erschlossen hatte, indem er in den Morgenstunden für verschiedene Modezeitschriften Aufnahmen von Mannequins machte. Ziemlich heiße Fotos waren darunter, und zwar von sehr attraktiven Frauen.

Claudia hatte oft diese Fotos angesehen und sich gesagt: Mit denen kann ich es ja doch nicht aufnehmen ... Sie war jedoch nicht über Gebühr eifersüchtig, denn sie vertraute Paul. Es gab keinen Grund, an seiner Liebe zu zweifeln. Aber hatte die Liebe in dieser Zeit überhaupt noch Bestand? Eine Liebe, wie sie zwischen ihren Eltern existierte, hatte sie in keiner anderen Ehe gesehen. Sie waren für sie die große Ausnahme gewesen.

Sie liebte Paul und war der Überzeugung, er würde sich mit der Zeit mehr und mehr in Richtung ihres Vaters entwickeln. Dieser Vorstellung hatte auch die Kritik des Vaters nichts anhaben können. Was ist überhaupt Liebe? Wie sie ihn da vor sich sah, liebte sie alles an ihm. Er schien ihr makellos, war schlank und hatte einen römischen Kopf mit fast schwarzen Haaren, die er sorgfältig pflegte.

Paul stand jetzt vom Sessel auf, ging zweimal in dem großen Wohnzimmer hin und her und sagte: »Ich muß dir noch etwas erzählen, das dich interessieren wird. Du kennst doch Hans Richter, den Freund meines Bruders? Er war es, der die Handtasche geraubt hat. Dein Vater kam zufällig vorbei. Sein Hund hat ihn ins Bein gebissen ...«

»Hans Richter?« fragte Claudia gedehnt. »Oh, mein Gott, er ist so schwach. Er kann sich nicht helfen, genau wie dein Bruder. Der kommt auch nicht mehr vom Stoff los. Du solltest dich mehr um ihn kümmern.«

»Soll ich das Kindermädchen für meinen Bruder spielen?« entgegnete Paul Kress schroff. »Ich gebe ihm monatlich vierhundert Mark und rede ihm ständig zu, er solle sich einen anständigen Job suchen! Kann ich mehr tun?«

Er stand dicht vor ihr, sah ihr genau ins Gesicht.

»Du hilfst ihm, ja, aber du bist hart und zeigst ihm, daß du seine Schwäche verachtest.«

Paul überlegte, während er wieder auf und ab ging. Ja, Claudia mochte recht haben. Er war nicht immer geduldig mit Ferdy. Aber hätte er ihn mit Samthandschuhen anfassen sollen, wenn er sah, daß er immer mehr in die Rauschgiftszene abglitt, fünfmal in der Woche in die Diskothek ging und die Arbeit nur als eine lästige Nebensache betrachtete? Er gab ihm die vierhundert Mark, damit er nicht verkam, halbwegs anständige Kleider auf dem Leib trug und den Namen Kress nicht in Mißkredit brachte.

»Ich helfe ihm doch, und du weißt, wie hart ich für mein Geld arbeite.«

Claudia stand auf, ging auf ihn zu und schlang

die Arme um seinen Nacken. »Wir wollen uns nicht streiten, Paul. Aber Ferdy braucht nicht nur dein Geld, er braucht auch Zuneigung.«

»Ja, ja«, nickte er und umschlang sie mit beiden Armen.

Dann hielt er sie abrupt auf Armeslänge vor sich fest, sah ihr ins Gesicht und fragte: »Weißt du, was Dreck ist. Hast du schon mal Läuse auf einem Kopf herumlaufen sehen?«

»Wie kommst du auf so etwas?« fragte sie fast erschrocken.

»So war mein Bruder. Er hat sich nicht mehr richtig gewaschen. Er fing an zu stinken, und eines Tages hatte er tatsächlich Läuse auf dem Kopf. Er tickte nicht mehr richtig.«

Sie schaute ihn verunsichert an.

»Ist schon gut«, lenkte er ein. »Wir wollen uns nicht streiten.« Er küßte sie und gab zärtliche Versprechungen auf den späteren Abend, die sie wortlos verstand und erleichtert aufnahm.

Sie strahlten sich an, hatten ihre liebevolle Stimmung wiedergefunden. »Ich habe einen Bärenhunger«, sagte er vergnügt. »Hast du etwas zu essen im Haus?«

»Nun, wir haben Lachs, Schwarzwälder Schinken ...«, begann sie aufzuzählen.

»Großartig!« rief er. »Ich habe übrigens gehört, dein Vater sei krank. Er soll eine schwere Grippe haben ...«

Erschrocken sah sie ihn an. »Dann muß ich sofort bei ihm anrufen«, sagte sie. »Er hat ja nun niemand mehr, seit ich ausgezogen bin. Vielleicht braucht er mich ...«

»Na gut«, sagte er, »rufe ihn vor dem Essen noch an.« Sie überhörte nicht den gereizten Ton.

Noch immer hatte sie manchmal ein schlechtes Gewissen, weil sie so kurz nach dem Tod der Mutter weggezogen war. Damals hatte sie gedacht: Ich bin über zwanzig Jahre alt und habe einen Mann gefunden, den ich liebe und den ich heiraten will. Soll ich trotzdem bei meinem Vater bleiben, nur damit jemand da ist, der für ihn sorgt?

Das war um die Zeit, als sich Paul diese große, schöne Wohnung zugelegt hatte. Sie hatten die Wohnung dann gemeinsam eingerichtet, mit viel Liebe und Freude am Detail. Paul hatte neun Zehntel der Unkosten getragen. Sie hatte gegeben, was sie geben konnte. Als Sekretärin verdiente sie nicht soviel wie er. Paul hatte fast dreißigtausend Mark investiert.

»Für uns beide«, hatte er gesagt.

KOMMISSAR STEIN LAG in einem unruhigen Halbschlaf. Der Polizeiarzt war am späten Nachmittag vorbeigekommen und hatte ihm eine Injektion mit Antibiotika gegeben. »Diese Grippe müssen Sie auskurieren«, hatte der Arzt gesagt. »Vor einer Woche ist nicht an Dienst zu denken ...«

Mürrisch hatte sich Günter Stein gefügt. Er schwitzte und fror abwechselnd, dachte aber, daß er nicht mehr als fünf Tage drangeben müsse.

Luchs lag neben seinem Bett und beobachtete ihn aufmerksam. Manchmal stand er auf und legte seinen Kopf auf die Bettkante. Günter Stein tätschelte ihn dann hinter den Ohren. Es war gut, ein lebendes Wesen bei sich zu haben. Dieser Hund war eine Persönlichkeit und ihm so ans Herz gewachsen, daß er ihm die Gesellschaft vieler Menschen ersetzte.

Günter Stein fühlte sich matt, es war nicht nur die Krankheit. Er hatte – wie schon so oft – von dem Unfall geträumt. Seine Frau saß neben ihm im Wagen. Er sah sie genau vor sich. Und dann, an der Kreuzung, von rechts kommend, dieser fremde Wagen, wie ein bösartiges Raubtier im Sprung. Das ohrenbetäubende Krachen und Klirren. Es war schon viele Monate her, aber die Eindrücke waren so frisch, als sei alles gestern geschehen.

Er hatte sich selbst noch einmal erlebt im Traum, wie er in der chirurgischen Abteilung der Klinik auf dem endlos langen Flur hin- und hergegangen war. Noch einmal traf ihn mit voller Wucht die Nachricht von ihrem Tod.

Im Traum hatte er aufgestöhnt und war dann wach geworden, in Schweiß gebadet.

UND WIEDER EINMAL hatte er sich gesagt: Das Leben geht weiter! Aber was half das schon? In einem Winkel seines Herzens würde immer etwas bleiben von dieser Katastrophe – und vom Verlust.

Claudia hatte ihm in jenen Wochen sehr geholfen, obwohl sie selber litt. Nun war auch sie fort. Das war der Lauf der Dinge.

Er spürte jedoch ein großes Unbehagen, wenn er an diesen Paul Kress dachte. Der Bursche war zu smart, zu glatt. Das war einer, der mit einem verliebten Mädchen machen konnte, was er wollte. Katz und Maus konnte er mit ihr spielen. Aber davor kann ich sie nicht bewahren, dachte er.

Als das Telefon klingelte, das neben ihm auf dem Nachttisch stand, hoffte er, es würde Claudia ein, aber eine fremde Stimme meldete sich und sagte: »Hier ist Inge Klein. Ich wollte wissen, wie es Ihnen geht, Herr Kommissar. Und ich wollte Sie fragen, ob ich nicht Ihren Hund eine halbe Stunde spazierenführen darf. Das können Sie doch jetzt nicht in Ihrem Zustand ...«

Er war überrascht, freute sich aber für Luchs. Eine gute Idee von dieser Frau.

»Ja, natürlich, gern. Luchs wird begeistert sein. Er geht zwar allein vors Haus, um sein Geschäft zu erledigen, aber Spaziergänge macht er nur in Begleitung.«

Schon zehn Minuten später klingelte es an der Tür. Luchs lief in den Flur und öffnete, indem er sich aufrichtete und mit den Vorderpfoten die Klinke herunterdrückte, ein Kunststück, das er allein erlernt hatte.

Luchs führte sie dann bis vor das Bett des Kommissars. Inge Klein staunte: »Das ist ja wirklich ein hochintelligenter Hund. Er hat mich mit den Augen aufgefordert, ihm zu folgen.«

Stein lächelte: »Ja, Luchs ist ein toller Kerl.«

Vor allem wollte Inge Klein wissen, wie es ihm ginge. Ist er bei einem Arzt gewesen? War das Fieber gesunken? Hatte er etwas gegessen? Vielleicht könnte sie ihm eine Kleinigkeit kochen?

Ihre Fürsorglichkeit machte ihn verlegen. Er wehrte ab: »Nein, nein, es geht schon alles in Ordnung hier. Ich habe Milch getrunken und ein Stück Brot gegessen. Mehr bringe ich nicht hinunter.«

»Sie stehen groß in der Zeitung«, sagte sie. »Mit ganz dicker Überschrift. Ihr Name wird zwar nicht genannt, aber ich weiß doch, von wem die Rede ist, wenn es heißt, der Kripo wäre ein entscheidender Schlag gegen die Rauschgiftgangster gelungen ...«

Er lächelte müde. »Ein Tropfen auf den heißen Stein. Es gibt zuviele von diesen Halunken.«

Sie fragte dann nach der Leine für Luchs, aber Stein sagte: »Sie brauchen keine für ihn. Er hält sich stets in Ihrer Nähe und kommt sofort, wenn Sie ihn rufen. Ich muß ihm nur noch sagen, daß er mit Ihnen gehen soll.«

Sie sah zu, wie er mit dem Hund sprach. Luchs verstand sofort und folgte ihr, als sie durch die Wohnung auf die Haustür zuging. Er freute sich unbändig, und das verbesserte auch Günter Steins Laune ein wenig. Er fühlte sich schon gesünder, obwohl er wußte, daß das eine Täuschung war.

Während er allein in der Wohnung war, dachte er daran, daß sich seine Tochter ruhig einmal melden könnte. Was war bloß los? Sie hatte doch sicher auch Zeitung gelesen, und wenn von einem Erfolg gegen das Rauschgift die Rede war, dann wußte auch sie, daß er dahintersteckte. War das nicht einen Anruf wert? Außerdem hatte er neue Ideen, die wollte er ihr erzählen. Neue Wege müssen gegangen werden gegen das Rauschgift, und er wußte, welchen Weg er einschlagen wollte. Er hätte gern darüber gesprochen.

Er hatte im Umgang mit Opfern und Tätern begriffen, wie wichtig vorbeugende Maßnahmen waren: von Kindheit an Aufklärung und eindrückliche Warnung. In den Grundschulen müßte bereits damit begonnen werden. Wie eine Impfung müßte es wirken. Jeder Jugendliche sollte wissen, daß da jemand nach seinem Leben trachtet, um zu Vermögen und Einfluß zu kommen.

In dieser halben Stunde, in der er allein in der Wohnung lag, nahm er sich vor, dem Innenministerium einen Bericht zu übermitteln, in dem er alle seine Erfahrungen verwerten würde. Das Referat... Ich werde sie aufrütteln. Dieser Gedanke beruhigte ein wenig sein Gewissen.

Als Inge Klein zurückkam, lobte sie Luchs überschwenglich. »Es ist ein Vergnügen, mit diesem Hund spazierenzugehen. Er hört aufs Wort...«

Sie blieb dann nur noch fünf Minuten und sagte, sie wolle am nächsten Abend wieder vorbeikommen, um die gleiche Zeit.

»Ja, ich danke Ihnen«, sagte er.

Günter Stein blieb die nächsten Stunden fast unbeweglich in seinem Bett liegen. Er grübelte über seine Offensive nach, und je mehr er darüber nachdachte, um so mehr schien ihm, er würde etwas bewirken können mit seinem Referat. Er hatte jetzt das Gefühl, er hätte ein gutes Erlebnis gehabt.

Seine Tochter Claudia rief an. Sie sagte: »Pappi, ich habe gehört, du bist krank... Soll ich kommen? Brauchst du etwas? Warum hast du mich nicht angerufen, ich wäre sofort gekommen! Auf jeden Fall werde ich morgen nachmittag gleich nach fünf Uhr bei dir sein...«

»Ja, ist gut, mein Schatz. Mach dir keine Sorgen, es ist nur eine Grippe, wie sie nun mal umgeht um diese Zeit. In ein paar Tagen bin ich wieder auf den Beinen.«

Natürlich hatte sie die Zeitung gelesen. Sie kannte seine intensiven Bemühungen um die Süchtigen und seinen Haß auf die Verteiler.

»Sag mal, was ist denn mit diesem Hans Richter passiert? Paul hat mir erzählt...« Sie wollte mehr über den Fall wissen. »Der Junge tut mir leid«, sagte sie. »Meinst du, du kannst ihm helfen?«

Warum bloß hatte sie ihm nie etwas vom Bruder Pauls erzählt? Sie hatte ihm einiges verschwiegen.

»Gibt es noch mehr, worüber du mir nichts sagen darfst?«

»Es ist mir peinlich, Pappi«, sagte sie. »Paul wollte es nicht, weil er meinte, sein Bruder Ferdy würde uns alle in Mißkredit bringen.«

»Das ist doch Unsinn! Er kann doch nichts dafür, daß sein Bruder rauschgiftsüchtig ist. Ich finde, du hättest es mir sagen können...«

Ob jemand für Luchs sorge, wollte sie noch wissen. Der Hund müsse doch auf die Straße geführt werden.

»Stell dir vor, ich habe jemand für ihn. Eine Frau, die ihn am frühen Abend ausführt…«

Sie wollte alles über diese Person erfahren. »Eine Frau?« fragte sie. »Wo hast du denn die her?«

Er lachte am Telefon über diese Bemerkung. »Du denkst wohl, mich nimmt keine mehr…«

»Ach was. Aber du hast doch selbst gesagt, daß du im Augenblick noch keine Beziehung eingehen willst.«

Zu seiner Verblüffung hatte Claudia eines Tages zu ihm gesagt: »Pappi, ich weiß, wie sehr du meine Mutter geliebt hast, aber auf die Dauer solltest du nicht allein bleiben. Dafür bist du noch zu jung…«

Was kann ein Mann antworten, wenn ihm die erwachsene Tochter derartig auf den Zahn fühlt. Er hatte nicht viel geantwortet, war sich irgendwie komisch vorgekommen.

Alle Menschen wollen lieben und geliebt werden. Das war keine neue Erkenntnis, aber wenn er mit der Tochter darüber sprechen sollte, wich er schnell aus: »Wir werden sehen«, hatte er gesagt, genau wissend, daß er nur eine Verlegenheitsfloskel von sich gegeben hatte. Sie wußte es auch.

INGE KLEIN SASS hinter dem Computer und tippte die Briefe, die ihr Chef diktiert hatte. Sie war nicht ganz bei der Sache und mußte an diesen Mann denken, der zufällig ein Kriminalkommissar war. Diese Art

Männer stand eigentlich nicht hoch bei ihr im Kurs. Wer kommt schon auf die Idee, sich ein Leben lang mit den Schwächen und Vergehen seiner Mitmenschen zu befassen, hatte sie gedacht. Ein solcher Mensch spielt seine Macht aus, indem er andere Menschen jagt. Was für ein Beruf!

Die Begegnung mit Günter Stein zwang sie zum Umdenken, denn was sie bisher von ihm gesehen hatte, machte einen tiefen Eindruck auf sie. Wie groß war seine Menschenkenntnis, sein Verständnis und seine Hilfsbereitschaft. Das ist ein bewundernswerter Mensch, hatte sie ein paarmal denken müssen.

Sein Lächeln – eigentlich war es traurig. Er lächelte wie ein Mensch, der einen großen seelischen Schmerz mit sich herumträgt. Sie hatte es mit dem feinen Gefühl einer Frau wahrgenommen, die selber Bekanntschaft mit dem Schmerz gemacht hatte.

Den Kummer um ihren Mann hatte sie überwunden. Was war das für ein Mann gewesen, der sie bei der kleinsten Gelegenheit betrog! Daß er mit anderen Frauen ins Bett gegangen war, war nicht das Wesentliche, sondern daß er mit Fremden über sie Gericht gehalten hatte, das war die unüberwindliche Enttäuschung gewesen.

Er hat ganz einfach nicht für ein Zusammenleben getaugt. Damit hatte sie sich abgefunden.

Sie faßte den Entschluß, gleich nach Büroschluß zu ihm zu gehen und seinen Hund spazierenzuführen. Sie hing bereits an Luchs, diesem außergewöhnlichen Hund, der sie in der Nacht des Überfalls beschützt hatte. Er schien alles zu verstehen, was man ihm sagte.

Während sie am Computer saß, erschien ihr Chef im Zimmer. Er stellte sich hinter sie, legte seine Hand leicht und zart auf ihre Schulter und fragte leise: »Das letztemal haben Sie mir einen Korb gegeben ... Darf ich Sie vielleicht heute abend so gegen acht zu einem kleinen Essen einladen?«

Er war nicht unsympathisch, ein Mann von 52 Jahren mit einem energischen, gutgeschnittenen Gesicht und angenehmen Umgangsformen. Er leitete die chemische Fabrik, in der sie arbeitete. Inge Klein hatte schon seit Wochen sein Interesse bemerkt. Aber sie wollte kein Verhältnis anfangen. Außerdem wußte sie, daß er verheiratet war, und diese Tatsache machte sie wütend. Es war doch ganz klar, was er wollte, und sicherlich war er in dieser Richtung schon oft erfolgreich gewesen. Er strahlte diese Sicherheit des an den Erfolg Gewöhnten aus. Eine Frau spürt so etwas.

»Es tut mir leid«, sagte sie. »Es geht nicht. Ich arbeite gern bei Ihnen, und ich schätze Sie als meinen Arbeitgeber. Ich möchte jedoch keine privaten Beziehungen, die mich belasten würden.«

Sie hatte es freundlich gesagt, aber doch mit der Beimischung von Energie, die einen erfahrenen Mann warnen sollte.

Und da er tatsächlich ein erfahrener Mann war, spielte er den Verständnislosen: »Mein Gott, eine Frau, die aussieht wie Sie, kann doch nicht ewig allein bleiben. Ein Abendessen ist doch völlig harmlos.«

»Ich weiß, es fängt immer harmlos an…« Sie lächelte und tippte den Brief zu Ende.

»Schade«, sagte ihr Chef nur noch, dann ging er hinaus ohne ein weiteres Wort.

Das war nichts Außergewöhnliches; als alleinstehende und attraktive Frau waren ihr schon oft Anträge von Männern gemacht worden, manche jedoch höchst geschmacklos und zugleich mit dem Hinweis verbunden, daß ein Schäferstündchen ihr bestimmt auch ganz gut täte…

Sie hatte nie einen Mann dazu ermutigt, hatte aber nicht verhindern können, daß sie auffiel: Die Männer drehten sich nun mal nach ihr um.

KURZ NACH FÜNF UHR räumte Inge Klein ihren Schreibtisch auf und verließ das Büro. Mit ihrem kleinen Wagen fuhr sie durch den stockenden Verkehr der Frankfurter Innenstadt. Sie freute sich mehr auf den Besuch, als sie sich eingestehen wollte.

Das Verkehrschaos war wieder schlimm. Nur mühsam kam sie vorwärts. Als sie vor dem Haus parkte, in dem Günter Stein wohnte, war es bereits halb sechs.

Sie klingelte an der Tür, wartete darauf, daß Luchs öffnen würde. Aber diesmal war es nicht Luchs, sondern eine adrette, junge Frau, in der sie sofort Günter Steins Tochter erkannte. Sie hätte nicht genau sagen können, woran. Vielleicht war es der Ausdruck der Augen.

Claudia war kurz nach fünf Uhr bei ihrem Vater eingetroffen. Es ging ihm schon etwas besser, aber er sah immer noch sehr angegriffen aus.

Er hatte zu ihr gesagt: »Nachher kommt Besuch, eine Frau, der ich geholfen habe und die mir geholfen hat. Ich werde dir das alles noch erklären. Sie kommt, um Luchs auszuführen. Na, das weißt du ja…«

Claudia war neugierig auf die Frau gewesen, denn da schien ihr doch mehr im Spiel zu sein, als die Sorge, Luchs bekäme zu wenig Auslauf. Wäre es nicht Zeit für ihren Vater…

Und nun stand diese Frau in der Tür. Sie war Claudia auf Anhieb sympathisch.

Inge Klein sagte: »Entschuldigen Sie, ich wußte nicht, daß Herr Stein Besuch hat. Ich bin nur gekommen, um Luchs auszuführen.«

»Mein Vater hat mir von Ihnen erzählt. Kommen Sie doch bitte herein.« Claudia lächelte freundlich und begleitete sie bis zum Bett ihres Vaters.

Sie spürte es, zwischen dieser Frau und ihrem Vater gab es eine innere Spannung. Aber das hatte bei seiner Abneigung gegen eine neue Bindung nicht viel zu bedeuten.

»Sie sehen schon etwas besser aus«, sagte Inge Klein. Luchs stand auf, drückte als Zeichen der Freundschaft seinen Kopf an ihr rechtes Bein und ließ sich von ihr kraulen. Claudia war beeindruckt, denn Luchs schloß nicht so schnell eine Freundschaft.

Ihr Vater schien seltsam gehemmt. Er lächelte heiter, war aber irgendwie verlegen. Sie kannte ihn gut genug, um zu erkennen, daß ihm diese Frau gefiel.

Eine winzige Regung von Eifersucht stieg in ihr auf. Sie gestand sich das zwar nicht ein, aber es war wie ein leiser Vorwurf, der mit ihrer toten Mutter zusammenhing.

Inge Klein blieb nur ganz kurz, dann ging sie mit Luchs hinaus. Der Hund jaulte vor Freude.

Claudia sagte: »Luchs mag sie.«

»Ja«, sagte er. »Das ist nicht zu übersehen.«

»Und du?« fragte Claudia direkt.

»Na ja«, sagte er gedehnt. »Sie ist schon auf ihre Weise außergewöhnlich. Eine gutaussehende Frau, und auch ... Ja, ich finde, sie ist auch sehr intelligent.«

Mehr sagte er nicht, aber an der Art, wie er gezögert und unsicher gesprochen hatte, konnte Claudia einiges erkennen.

Günter Stein sah, daß seine Tochter nachdachte. Plötzlich hörte er sie sagen: »Du solltest wieder heiraten.«

»Nein, nein«, sagte er und schüttelte darauf heftig den Kopf.

»Doch!« beharrte sie.

»Man muß doch nicht gleich heiraten. Man kann doch mit jemand befreundet sein ... Du bist ja auch nicht verheiratet und lebst mit diesem Paul Kress zusammen.«

»Aber wir wollen heiraten«, sagte sie.

Eigentlich war es gar nicht das gewesen, worüber

sie jetzt mit ihm reden wollte, und so lenkte sie das Gespräch noch einmal auf Hans Richter.

»Ich will dich nicht beeinflussen, aber kannst du nichts für ihn tun? Dieser Hans Richter braucht Hilfe ...« Sie sah ihn bittend an.

»Ich will doch etwas für ihn tun, aber nur dann, wenn er bereit ist, eine Entziehungskur zu machen. – Ich war übrigens ganz schön schockiert, als er mir sagte, daß er dich kennt.«

»Ich habe ihn ein paarmal getroffen, als er mit Ferdy bei uns zu Besuch war. Er hat wahrscheinlich dein Bild gesehen, das neben meinen Büchern im Regal steht. Deshalb hat er dich erkannt.«

WÄHREND INGE KLEIN mit Luchs spazierenging, dachte sie über die Tochter des Kommissars nach. Sie hatte eine winzige Regung des Mißtrauens gespürt, prüfende, abwägende Blicke. Aber gab es dafür einen Grund? Fürchtet sie, ich könnte ihr den Vater wegnehmen? Schon möglich, dachte sie.

Sie stellte sich die Frage, was sie für Günter Stein empfand, ob sie überhaupt etwas für ihn empfand? Sie war nicht in ihn verliebt, das wußte sie, aber sie wußte auch, daß er sie beeindruckt hatte. Das war ihr schon früher klar gewesen. Doch was bedeutete das schon? Sie war auch von ihrem Arzt beeindruckt, bei dem sie sich einmal im Jahr untersuchen ließ. Doch wäre sie nie auf die Idee gekommen, näher über ihn nachzudenken.

Als sie wieder in der Wohnung war, spürte sie sofort, daß es eine Verstimmung zwischen Vater und Tochter gegeben haben mußte. Sie konnte nicht wissen, daß in den letzten Minuten ein offenes Gespräch über den Fotografen Paul Kress stattgefunden hatte. Günter Stein hatte seine Tochter eindringlich vor ihm gewarnt, und Claudia hatte ihren Verlobten leidenschaftlich verteidigt.

Luchs legte seine Vorderpfoten auf die Bettkante und begrüßte seinen Herrn. Stein sagte: »Na, hast du es genossen?«

»Es hat ihm Freude gemacht«, sagte Inge Klein.

Sie fühlte sich jetzt überflüssig und suchte nach einer glaubhaften Ausrede, um sich zu verabschieden. »Ich muß dann gehen. Ich habe noch einige Einkäufe zu machen.«

Sie reichte Günter Stein die Hand. Claudia sagte: »Ich bringe Sie hinaus.«

Als sie sich vor der Tür gegenüberstanden, sagte Claudia: »Ich würde mich freuen, wenn Sie meinen Vater öfter besuchen würden. Es bedeutet ihm viel, das sehe ich ...«

Claudia sah, daß Inge Klein tatsächlich errötete. Sie fand das beinahe rührend und dachte sich: Das ist eine unverbrauchte Frau.

Sie vermied es, gleich wieder mit ihrem Vater über sie zu sprechen, denn sie wußte, wie störrisch er werden konnte, wenn man versuchte, ihm etwas einzureden.

Genau wie Inge Klein suchte jetzt Claudia nach

einer unverfänglichen Ausrede, um sich verabschieden zu können.

Sie sagte: »Ich muß nach Hause, denn Paul kommt heute früher als sonst ...«

Günter Stein schaute seine Tochter nachdenklich an. Er durchschaute die harmlose Lüge, in die sie sich geflüchtet hatte. Sie war verstimmt wie jedesmal, wenn er sie vor Paul Kress warnte.

»Bleib doch noch ein bißchen«, bat er. »Ich will noch ein paar Kleinigkeiten von dir wissen.«

»Ja?« Sie schaute ihn abwartend an.

»Da wäre zuerst einmal dieser Ferdy, der jüngere Bruder von Paul, was nimmt er?«

»Heroin, schon seit einiger Zeit. Dafür verbraucht er sein gesamtes Geld.«

»Und Hans Richter?«

»Er ist noch nicht lange dabei, fixt aber auch schon. Paul und ich wissen nicht, wie wir da helfen sollen. Wir kommen nicht an die beiden ran. Du weißt, was ich meine? Man kann ihr Innerstes nicht mehr treffen. Es prallt alles ab ...«

Er wußte genau, was sie meinte. Dies war das Hauptproblem: an die Menschen heranzukommen, ihre Selbsterhaltungskräfte zu mobilisieren. Sie redeten noch ein paar Minuten über die beiden. Claudia hatte das Gefühl, daß ihr Streit von vorhin jetzt beigelegt war.

»Ich werde mich für beide einsetzen«, sagte er. »Es gibt Möglichkeiten, sie sind zwar nicht groß, aber man muß jede Chance nutzen.«

Claudia nickte und sagte dazu: »Zuerst solltest du

einmal etwas für dich tun, und zwar gesund werden. Ich habe noch nie erlebt, daß dich eine Grippe so umgeworfen hat.«

Ja, seltsam, dachte er. Vielleicht ist es ein neuer Virus.

»Und dann solltest du schauen, daß du mit dieser Frau befreundet bleibst. Da hat Luchs Schicksal gespielt. Wenn du mich fragst: Ich glaube, sie mag dich. Vielleicht weiß sie es selbst noch nicht so genau. Ja, ja, ja, ich höre ja schon auf. Denk darüber nach. Du bist in Gefahr zu vereinsamen.«

CLAUDIA HATTE gelogen, als sie ihrem Vater sagte, Paul käme heute früher als sonst nach Hause, eine leicht zu durchschauende Verlegenheitslüge.

Paul kam nicht früh, er kam nicht spät – er kam in dieser Nacht überhaupt nicht. Sie wartete auf einen Telefonanruf, ging nervös in der Wohnung umher, bis in den Morgen. Aber der Anruf kam nicht.

Bei Paul Kress war einiges geschehen an diesem Tag. Etwa um zehn Uhr morgens war Pauls Bruder vorbeigekommen. Er war in Begleitung von Hans Richter, der noch jämmerlicher als sonst aussah. Stockend begann Ferdy: »Vor einer halben Stunde ist Hans vom Haftrichter auf freien Fuß gesetzt worden, weil er noch bei seiner Mutter gemeldet ist und somit einen festen Wohnsitz hat. Er kam gleich nach dem Haftprüfungstermin zu mir... Du, sag mal, kann Claudia nicht mit ihrem Vater reden?

Kann er bei Gericht nicht ein gutes Wort für ihn einlegen?«

Paul Kress, der seinen eleganten Morgenmantel trug und gerade gefrühstückt hatte, schaute die beiden mißbilligend an. »Mann o Mann, ihr seht vielleicht aus! Euch sieht man die Gier nach einem Schuß aus hundert Meter Entfernung an!«

Hans Richter zuckte verzweifelt mit den Schultern, als wolle er sagen: Dagegen kann man nichts tun.

Ferdy versuchte erst gar nicht, ihn zu beschwichtigen. »Du hast ja recht. Aber Hans hat mir erzählt, daß Kommissar Stein ihm Hoffnung auf eine Entziehungskur gemacht hat. Ich würde da sofort mitmachen. Wir wollen ja weg vom Stoff, aber wir schaffen es nicht alleine!«

Paul Kress schaute von einem zum anderen, dann sagte er verächtlich: »Ihr seid Wracks! Ihr seid zwar noch blutjung, aber trotzdem schon Wracks!«

Sie standen vor ihm wie geprügelte Hunde. Ferdy sagte schließlich: »Ich muß mal mit Claudia reden. Vielleicht können wir den Kommissar irgendwann sprechen. Wir wollen die Sache mit der Entziehung ganz schnell anfangen.«

»Kommissar Stein ist krank«, sagte Paul. »Er hat so eine Art asiatische Grippe und liegt im Bett.«

»Wir haben ja nur gedacht...

»Ihr habt gedacht?« höhnte Paul Kress.

»Daß das ein ganz toller Mann ist, der eine Menge Herz hat«, verteidigte sich Hans Richter.

»So«, sagte Paul Kress nur. Es klang wie ein Zweifel.

»Kannst du mir nicht ...«, begann Ferdy zögernd.

»Was?« fragte Paul scharf.

»Ich meine ... vielleicht hundert Mark ...«

»Ich habe dir diesen Monat bereits deine vierhundert Mark gegeben! Ihr wollt doch nur Geld für einen Schuß zusammengrapschen!«

»Wir haben Hunger«, sagte Ferdy leise. Hans Richter nickte stumm.

Paul Kress schaute die beiden Jammergestalten genau an. Sie waren grau im Gesicht, ausgemergelt und abgemagert. Es regte sich doch eine Spur Mitleid in ihm.

»Ich gebe jetzt jedem von euch zwanzig Mark, damit könnt ihr euch etwas zu essen kaufen, dann aber müßt ihr verschwinden. Ich habe zu tun. Über die Sache mit der Entziehung und Kommissar Stein werde ich mit Claudia sprechen.«

Er ging hinüber ins Schlafzimmer und kam mit zwei Zwanzigmarkscheinen zurück, die er den beiden gab.

Sie murmelten ihr Dankeschön und machten sich davon.

Paul Kress zog sich danach mit großer Sorgfalt an. Er kleidete sich stets exklusiv, weil er behauptete: »In meinem Beruf muß ich daherkommen wie aus dem Ei gepellt.«

Dagegen hatte Claudia nie etwas einzuwenden gehabt, aber sie wußte natürlich, daß es seinen Neigungen entsprach, sich teuer und elegant zu kleiden. Sie liebte ihn zu sehr, als daß sie gesagt hätte: Er ist eitel wie ein Pfau ...

Paul Kress hatte nicht zuviel behauptet, als er von der Menge der Arbeit gesprochen hatte, die auf ihn warte. Was auf ihn wartete, waren zwei Mannequins, die Dagmar und Polly hießen.

Er hatte den Auftrag, für eine bekannte Modezeitschrift mit den beiden eine Serie von Fotos zu machen, die unter dem Motto stand: »Ein Traum in Seide«. Immerhin eine Aufgabe, die ihm fünftausend Mark einbringen würde.

Für solche Zwecke hatte Paul Kress schon vor zwei Jahren ein kleines Atelier gemietet, von dem Claudia nichts wußte. Die Verheimlichung hatte er vor sich damit begründet, daß er nicht gestört werden dürfe. Von niemand...

Als er dort ankam, standen die beiden Frauen schon vor der Tür. Er ging sofort mit ihnen hinauf und sagte dann im Atelier: »Los, los, Kinder, ich habe genau vier Stunden Zeit für euch, dann muß ich in die Zeitung, meine Brötchen verdienen.«

Polly war eine kalte Schönheit mit einem Gesicht wie aus Marmor und arbeitete schon länger als ein Jahr mit ihm zusammen. Dagmar war ein bißchen üppiger, hatte ein freundliches, rundes Gesicht, in dem die glutvollen Augen, zusammen mit den pechschwarzen Haaren, den südländischen Typ betonten.

Die vorzuführenden Modelle wurden von den Firmen einen Tag zuvor ins Atelier gebracht. Einen Stock tiefer wohnte die Hausverwalterin, die den Schlüssel zum Atelier hatte und die auf seine Anordnung hin den Kühlschrank stets mit Sekt und Bier füllte.

Ehe er anfing, trank er gern zwei Gläser Sekt, um in Schwung zu kommen. So auch jetzt.

Die Frauen hatten inzwischen angefangen, sich auszuziehen. Sie waren völlig ungeniert, als wäre er kein Mann, sondern nur eine funktionierende Kamera.

Als er aus der Küche mit den drei Gläsern und der noch ungeöffneten Flasche zurückkam, blieb er wie angewurzelt stehen und starrte Dagmar an.

Sie war gewachsen wie eine Venus, während Polly einen fast knabenhaften Körper hatte. Für diesen überschlanken Frauentyp hatte er sich nie interessiert - aber Dagmar, das war etwas ganz anderes. Er sah sie heute zum erstenmal fast nackt und war wie elektrisiert.

Während der nächsten Stunden, in denen sie hart arbeiteten, spürte er genau, daß er Chancen bei ihr haben würde, wenn er es darauf anlegte.

Nein! sagte er zu sich selbst. Das kann ich Claudia nicht antun.

Sie beobachtete diesen Mann genau. Er gefiel ihr, ein gutaussehender, cleverer Bursche, der sein Handwerk perfekt beherrschte. Das hatte sie schon nach den ersten zehn Minuten erkannt.

Sie tranken einige Gläser. Später war der Redakteur Peters vorbeigekommen und hatte gesagt: »Paul, du brauchst heute nicht mehr in die Redaktion zu kommen. Ich habe veranlaßt, daß du heute frei hast, ich habe nämlich Geburtstag. Das wird groß gefeiert ...«

Peters und Paul Kress kannten sich seit Jahren und hatten miteinander schon oft einen gehoben.

Als Paul am nächsten Morgen gegen zehn Uhr zu Hause eintraf, sagte er zu Claudia: »Du weißt doch, wie so etwas geht. Wir sind dann zu acht in seine Wohnung gegangen ...«

»Du hättest anrufen können! Ich habe mir Sorgen gemacht. Das ist eine grobe Rücksichtslosigkeit.«

»Es tut mir leid, mein Liebling«, antwortete er.

»Wenn Peters Geburtstag hatte, wie du sagst, dann hättest du mich ja auch einladen können.«

»Ist ja alles wahr, was du sagst, aber glaube mir, ich wollte dich anrufen. Peters hatte jedoch kein Telefon in der neuen Wohnung, er ist ja erst vor zwei Wochen umgezogen. Und mit dem Wagen konnte ich nicht mehr fahren, dazu hatte ich zuviel getrunken. Um vier Uhr habe ich mich dann auf die Couch in seinem Arbeitszimmer gelegt und bin doch tatsächlich eingeschlafen. Wie gern hätte ich telefoniert, mein Schatz, wie gern ...«

Er log, daß sich die Balken bogen, aber sie glaubte ihm, weil sie ihm glauben wollte. Ein paar kleine Tränchen erschienen in ihren Augen. Er küßte sie fort, und sie war glücklich, daß er überhaupt wiedergekommen war. Es hätte ja etwas passieren können. Ein Autounfall, wer weiß ...

Bisher war Claudia noch nie zu spät an ihrem Arbeitsplatz erschienen. Sie hatte angerufen, daß sie später kommen würde. Seit zwei Jahren arbeitete sie in diesem Frankfurter Verlag, der nicht zu den ganz großen zählte, der aber unter den kleinen der größte war.

Sie schätzte ihren Arbeitsplatz, denn sie kam dort mit vielen Menschen zusammen, die alle irgendwie aus dem Rahmen fielen. Sie lernte Schriftsteller, Drehbuchautoren und Lektoren kennen, und dann und wann auch »richtige Poeten«, die tatsächlich noch Gedichte schrieben, eine seltene Gattung Mensch, die im Aussterben begriffen war, wie ihr Verleger manchmal sagte, wenn er mit seinen Mitarbeitern ein paar Gläsern Wein getrunken hatte.

Bei ihrem Telefonanruf hatte sie gelogen: »Ich habe Zahnschmerzen, ich muß zum Zahnarzt gehen«, hatte sie gesagt, während sie auf Paul gewartet hatte, der lange ausgeblieben war, ohne anzurufen. Es schien ihr eine unverzeihliche Lieblosigkeit, den Partner ganz einfach ohne Nachricht zu lassen. Sollte ihr Vater doch recht haben, der ihn als Windhund bezeichnet hatte? Sie wollte das nicht glauben.

Paul Kress hatte die kleine Verstimmung nicht ernst genommen. Der Redakteur Peters war eine hervorragende Entschuldigung, denn der sprach sogar manchmal im Radio, und im Fernsehen war er auch schon aufgetreten. Paul Kress wußte, daß Claudia von solchen Dingen beeindruckt war.

Auf ihren Einwand: »Es hätte schließlich auch etwas passiert sein können«, reagierte er mit einem spitzbübischen Lächeln. »Nein, nein, mein Schatz, mir passiert schon nichts.« Danach zog er seine Kleider aus und sagte: »Ich muß schlafen, ich bin immer noch todmüde.«

Claudia bemerkte, daß er sofort einschlief. Das beruhigte sie, denn sie war sicher, daß ein Mensch, der etwas Schlechtes getan hat, nicht mit dieser Seelenruhe einschlafen kann.

Ehe sie ging, hauchte sie ihm einen zarten Kuß auf die Stirn. Schlaftrunken murmelte er: »Ja, Claudia ...«

Sie liebte ihn in diesem Augenblick so sehr, daß ihr fast die Tränen der Rührung in die Augen traten.

Paul Kress schlief den Schlaf der Gerechten, er hatte nur eine winzige Spur der Unsicherheit gefühlt, als er sich in sein Bett legte.

Wie einen Film ließ er den gestrigen Tag noch einmal vor sich ablaufen: Peters war mächtig aufgekratzt. Er hatte ja schließlich Geburtstag. Er sah schmunzelnd den Aufnahmen zu und ging dann aus dem Haus, um noch drei Flaschen Champagner zu besorgen, während Paul im Atelier blieb und auf das Tempo drückte.

»Los, los, Kinder, die Bilder müssen in den Kasten!«

Der »Traum in Seide« machte schnell Fortschritte, denn auch die beiden Mädchen wollten es rasch hinter sich bringen. Außerdem wurden sie von der Gewißheit beflügelt, daß Kress sie vorteilhaft in Szene setzte. Er verstand es, sie zu Stellungen zu animieren, die sinnlich waren und an Eindeutigkeit nichts zu wünschen übrig ließen. Er drapierte die Stoffe und Kleider um sie herum, variierte die Lichtquellen und den Hintergrund. Er beherrschte sein Metier – und er beherrschte auch die Mädchen.

»Ja, so müßt ihr aussehen: verführerisch! Ihr könnt es doch, ihr wollt es doch! Schau mich an, Dagmar, und zeig mir, daß du mich haben willst! Ja, so ist es richtig. Jetzt glaub' ich dir. Du machst mich an, wenn du so schaust. Und du machst auch die andern an.«

Er war wirklich ein Meister seines Faches, und das sagten sie ihm. »Du machst mich ganz schön fertig«, meinte Dagmar. Und Polly sagte: »Er kann's. Ja, er kann's.«

Das wollte er hören; er wollte von diesen Mädchen bewundert werden, eine Form von Bestätigung, die ihm Claudia nicht verschaffen konnte.

Als Peters mit den Champagnerflaschen zurückkam, war der weitere Verlauf des Tages bereits vorgezeichnet: Dagmar würde bei Paul Kress bleiben, Polly und Peters waren das zweite Paar. Widerspruch war ausgeschlossen, die Dinge hatten sich wie von selbst so entwickelt, ein Automatismus, an dem niemand etwas ändern konnte.

Die Sektkorken knallten, und wenig später zog Polly auf dem Glas ihrer Sonnenbrille zwei dünne Straßen des weißen Pulvers, das sie durch die Nase einzog und inhalierte. Dagmar folgte ihrem Beispiel. Die Menge war nicht größer als das Volumen einer Stecknadel, und Peters sagte mit Ironie in der Stimme: »Jetzt wird's gefährlich, die Damen nehmen ein bißchen Koks ... Alle nehmen sie heutzutage das Zeug: die Filmschauspieler, die übriggebliebenen Dichter, die Nutten, die Zuhälter, natürlich auch ein paar Journalisten. Und auch die jungen Hüpfer, die damit anfangen, ihr Leben kaputtzumachen. Wir verstehen natürlich ein bißchen mehr davon. So eine Prise ab und zu macht keinen gestandenen Mann kaputt. Es steigert gewisse Dinge, erhöht das Vergnügen an der Liebe…«

Kokain! dachte Paul Kress, ohne in Aufregung zu geraten. Er sprach es aus: »Schnee!« In großen Abständen hatte er es drei-, viermal versucht. Und, wie er fand, hatte es ihm nicht geschadet. Natürlich kommt es auf den Charakter an. Bei schwachen Typen kann so etwas der Beginn des totalen Niedergangs sein. Wie etwa bei seinem Bruder und dessen Freund Hans Richter.

»Uns macht das nichts«, sagten die beiden Männer in bester Laune und waren bereits siegesgewiß, was die beiden Models betraf.

»Uns macht es auch nichts!« rief Dagmar. Polly nickte nur grinsend.

»Wo habt ihr es her?« fragte Paul und mußte unwillkürlich an seinen zukünftigen Schwiegervater denken, der ja einen beträchtlichen Teil seines Lebens damit zugebracht hatte, dieses Pulver und ähnliche Substanzen zu bekämpfen.

Woher? So etwas erzählt man doch nicht, ließen sie wissen. Peters besaß als Redakteur ziemlich detaillierte Informationen über den fast aussichtslosen Kampf der Kriminalpolizei gegen das Rauschgift. Er war auf der Seite der Polizei, verdammte ganz selbstverständlich die Dealer, aber von Fall zu Fall machte er eine kleine Ausnahme – für sich selber.

Paul Kress war nicht ganz wohl bei der Sache mit dem Pülverchen. Man weiß schließlich nie, was diese Frauen so herumplauderten. Er schnupfte davon, konnte jedoch die Warnung nicht unterdrücken: »Kein Wort darüber! Ihr wißt, was ich meine?«

Sie lachten schallend, denn sie hatten weiß Gott kein Interesse daran, ihren Ruf zu schädigen. Die Sache mit dem Sex war unter diesen Umständen völlig in Ordnung, das gehörte irgendwie dazu, aber den Nachweis, Kokain zu nehmen, hätten sie beide für tödlich gehalten.

In der Nacht hatte Paul Kress einmal kurz das Gefühl, er sei auf dem falschen Weg. In den Armen der fremden Frau verriet er seine Liebe, hatte aber vorsorglich hundert Gründe für dieses Verhalten bereitgestellt. Er war sich zwar sicher, daß ihn diese Stunden auch später nicht unberührt lassen würden, war aber voller Vertrauen in seine stabile Verdrängungstechnik, die sich schon oft bewährt hatte. Ich mache das ja wieder gut, dachte er. Claudia wird nichts davon spüren, ich werde es ihr an nichts fehlen lassen ...

Damit hatte Paul gemeint, Claudia hätte keinerlei Nachteile durch diesen kleinen Seitensprung, der sich ungezwungen und spontan ergeben hatte. Ein Mann weiß dennoch, wo er hingehört. Und soviel war ihm klar: Claudia war ein wertvoller Mensch, eine nicht alltägliche Frau.

Bei dem Redakteur Peters lagen die Dinge anders. Er war der geborene Junggeselle; es gab niemand, auf den er hätte Rücksicht nehmen müssen. Einmal war er für kurze Zeit verheiratet gewesen. Die Ehe hatte nur ein Jahr gedauert, dann waren beide Partner zu der nicht einmal schmerzlichen Einsicht gelangt, daß es für beide Teile besser wäre, sich zu trennen. Das hatten sie dann auch getan, wobei Peters darauf bestanden hatte, nach der Scheidung noch einmal ein letztes gemeinsames Fest zu feiern, zu dem viele Freunde eingeladen worden waren. Auch Paul Kress war erschienen.

Claudia hatte er zu dieser Party nicht mitgenommen. Er hielt es für klüger, ihr nicht die Leichtigkeit der Trennung vorzuführen. Er hatte damals gesagt: »Ich muß zu Peters gehen, die beiden haben noch eine letzte Aussprache. Dabei bin ich leider so etwas wie ein Schiedsrichter. Du verstehst, das ist nichts für dich. Eine Trennung dieser Art ist immer schwierig ...«

Claudia hatte verstanden: »Ja, es ist besser, ich bin nicht dabei, vielleicht wird bei einer letzten Aussprache noch einmal schmutzige Wäsche gewaschen ...«

Was für ein vernünftiges Mädchen sie doch war. Er lobte sie für ihr Verständnis, und Claudia sagte: »Es ist seltsam, sie trennen sich, wollen aber noch einmal dieses letzte Beisammensein. Denn darauf läuft es doch hinaus: Sie treten noch einmal gegeneinander an ... Diese Liebe kann nicht sehr groß gewesen sein.«

In diesem Punkt widersprach Paul: »Sag das nicht. Peters ist ein intelligenter Bursche. Er hängt an seiner Frau, gibt sie aber frei, weil er erkannt hat, daß es nicht anders geht. Weißt du, sie hat einen starken Geltungsdrang und sieht ihren Mann hauptsächlich als Konkurrenten um Einfluß und Ansehen. Aber das Wasser kann sie ihm doch nicht reichen. Du kennst doch Peters. Bei jedem großen Prozeß ist er anwesend. Überall, wo es um spektakuläre Fälle geht, ist er dabei und kommentiert.«

Ja, Claudia hatte ihn im Fernsehen erlebt, diesen Mann mit dem scharf geschnittenen Gesicht, in dem hier und da das müde Lächeln auffiel. Er konnte überzeugend reden, mit einer Sicherheit und sorgfältigen Wortwahl, die sie fasziniert hatten. Ja, das war ein toller Typ.

Sie kannte ihn nicht persönlich, aber sein Name war so oft in den Erzählungen Pauls aufgetaucht, daß sie glaubte, sich ein genaues Bild von diesem Mann machen zu können. Auch ihr Vater kannte ihn. Als sie den Namen Peters einmal bei ihm erwähnte, bekam sie eine überraschende Antwort: »Das ist ein gefährlicher Journalist, einer von denen, die mit wenigen Worten einen Gegner völlig fertigmachen können ... Und der ist ein Freund von Paul?«

»Ja, Paul spricht sehr oft von ihm. Sie sind seit Jahren in der gleichen Redaktion.«

KOMMISSAR STEIN sah amüsiert, daß Luchs schon um fünf Uhr nachmittags unruhig wurde. Er hockte neben dem Bett, sah Stein an und lief immer mal wieder zur Wohnungstür, kam zurück und blickte fragend, als erwarte er eine Erklärung, die ihm zustand.

»Ja, ja, Luchs, sie wird schon kommen. Nur Geduld, ich weiß ja, was mit dir los ist ...«

Es wurde sechs Uhr abends – Inge Klein kam nicht. Luchs winselte ein paarmal leise, was er nur sehr selten tat.

Günter Stein gestand sich ein, daß auch er ungeduldig wartete. Vielleicht hat sie Überstunden machen müssen, sagte er sich. Oder sie ist im Feierabendverkehr steckengeblieben.

Ab und zu schielte er nach dem Telefon, hoffte, daß es klingeln und er ihre Stimme hören würde.

Das Telefon hatte an diesem Tag schon mehrmals geklingelt. Kriminaldirektor Schwarz hatte sich in bester Laune gemeldet: »Lieber Herr Stein, zuerst einmal: Wie geht es Ihnen?«

»Oh, es geht mir schon viel besser«, hatte er geantwortet.

Der Kriminaldirektor kam zur Sache: »Wissen Sie, daß Sie ein Glückspilz sind? Die drei Dealer, die Sie geschnappt haben, sind ein noch größerer Fang, als wir erwartet hatten.«

»Wieso? Diese Burschen sind doch schon groß genug ...«

»Bei der ballistischen Untersuchung der drei Pistolen wurde einwandfrei festgestellt, daß mit der Pistole des Deutschen vor sechs Wochen in Hamburg ein Mann aus der Rauschgiftszene erschossen wurde ...«

Gute und schnelle Arbeit, dachte Günter Stein zufrieden. Solche Dinge helfen der Beförderung, aber das war ihm nicht das Wichtigste. Sein Weg war ohnehin vorgezeichnet: Oberkommissar, Hauptkommissar, und dann vielleicht Kriminalrat. Er brauchte keine Angst vor der Zukunft zu haben.

Er lag in seinem Bett und grübelte. Er dachte über die Äußerungen seiner Tochter nach. Wie so etwas klingt: »Du bist in Gefahr zu vereinsamen...«

Schließlich mußte er sich eingestehen, daß sie recht hatte. Jeder Mensch ist in der Gefahr zu vereinsamen. Besonders aber dann, wenn sein Leben untrennbar mit einem anderen Menschen verbunden war. Er spielte das in Gedanken nicht weiter durch, aber es war eine Bedrohung, die er klar erkannte.

Inge Klein! Sie meldete sich nicht. Das ist nicht ihre Art, dachte er. Ob etwas passiert ist?

Sie war nach Hause gegangen, hatte vorher am Kiosk eine Illustrierte gekauft, wollte ein wenig lesen und sich ablenken, denn sie hatte mit ihren widerstreitenden Gefühlen zu kämpfen. Die Begegnung mit der Tochter des Kommissars und ihr ziemlich direkter Hinweis hatten sie verwirrt.

»Es wäre schön, wenn Sie öfter kämen. Ich sehe, was es meinem Vater bedeutet, wenn Sie ihn besuchen...«

Dieser Satz hatte sie betroffen gemacht, hatte sie gewarnt vor etwas, dem sie sich nicht gewachsen fühlte. Die Bedeutung war klar, aber stimmte das wirklich? Was kann ich ihm schon bedeuten? Wir kennen uns ja kaum ...

Sie fühlte sich jetzt hilflos, fragte sich: Liebe ich ihn etwa? Sie kam zu keinem Ergebnis, konnte jedoch nicht verhindern, daß sie fortwährend an ihn dachte – und auch an den Hund. Luchs und sein Herr waren für sie zu einer Einheit geworden. Sie konnte nichts dagegen tun. Seit ihr Mann sie verlassen hatte, war ihr nichts ähnliches passiert.

Sie hatte zu ihnen gehen wollen, hatte sich dann aber hart befohlen: »Nein, heute nicht! Sie wollte sich Klarheit verschaffen über das, was sie tief in ihrem Inneren wußte, obwohl sie es noch abstritt.

Sie hatte sich in einen bequemen Sessel gesetzt und begann in der Illustrierten zu blättern, eine Tasse Tee dampfte vor ihr auf dem Couchtisch. Und was begegnete ihr auf den Seiten des Blattes: Die Reichen und Schönen ... Wie sie lebten oder das taten, was sie für ein sinnvolles Leben hielten. Da hatte es einen Ball des Sports gegeben. Wer mit wem getanzt und geflirtet hatte ... Eine Million hatte allein die Ausstattung des Festes verschlungen. Die Speisenfolge war aufgezählt, das Beste vom Besten, und natürlich, was die berühmten Frauen an Garderobe und an Schmuck zur Schau gestellt hatten.

Dieser armselige Kitsch, den sich Redakteure ausgedacht hatten, ekelte sie an. Eine Glimmer- und Scheinwelt, soviel Klatsch um Nichtigkeiten, die sie jetzt einfach nicht ertragen konnte. Auf einer anderen Seite stieß sie dann auf die Rushdie-Affäre. Ein Todesurteil gegen einen Andersdenkenden.

Eigentlich hatte sie sich nicht in diese Stimmung treiben lassen wollen, aber die Lektüre frustrierte sie. Sie warf das Blatt in den Abfalleimer, dachte an ein Buch. Endlich mal wieder ein Buch lesen, das echt und wahrhaftig wäre. Aber welches?

Was mache ich jetzt? fragte sie sich. Wie lebten die anderen Menschen, die ihr auf der Straße begegneten und so taten, als wären sie pausenlos fröhlich?

Das Telefon klingelte. Sie hörte seine Stimme: »Ich wollte nur wissen, ob bei Ihnen alles in Ordnung ist... Es könnte ja sein, daß... mit dem Wagen oder sonst ein Unfall...« Er stotterte, wollte etwas sagen, das er nicht richtig über die Lippen brachte.

Sie freute sich, sagte es auch: »Schön, daß Sie anrufen.« Es war eigentlich ganz einfach.

Sie hörte ihn sagen: »Luchs ist ganz unruhig. Sie fehlen ihm. Er hat sich so an sie gewöhnt, glauben Sie mir...«

»Ich komme«, sagte sie. »Ich komme sofort.«

INGE KLEIN WAR aufgeregt. Wie sollte sie ihm sagen, daß sie heute eigentlich gar nicht kommen wollte? Die Wahrheit schien ihr unmöglich. Ich hätte wenigstens anrufen können, warf sie sich vor.

Aber in der Wohnung angekommen, verflog ihre Unsicherheit augenblicklich, denn Luchs machte Freudensprünge. Er legte ihr die Vorderpfoten auf die Schultern und jaulte leise in ihr Ohr. Es sah aus, als wolle er ihr etwas erzählen.

Sie war ergriffen von so viel Zuneigung und verstand nicht, daß sie vor ein paar Minuten noch so kleinherzig und voller Bedenken hatte sein können. Außerdem war es ungerecht, sich seinen Launen hinzugeben und die Welt dafür verantwortlich zu machen.

Das wurde ihr im Umgang mit dem Tier schlagartig bewußt. Das alles hätte sie Günter Stein erzählt, wenn sie die richtigen Worte dafür gefunden hätte, doch so etwas läßt sich nur schwer ausdrücken und erfordert eine Vertrautheit, die sie nicht beanspruchen wollte.

Sie schaute ihn aufmerksam an. »Sie sehen aber schon viel besser aus. Sie haben es schnell überwunden.«

Sie zog einen Stuhl in die Nähe des Bettes und setzte sich. Es entstand eine kleine Verlegenheitspause, die sie zu überbrücken versuchte, indem sie Luchs hinter den Ohren kraulte.

Günter Stein war direkt: »Sie wollten heute abend nicht kommen, nicht wahr?«

Er konnte sehen, wie sie errötete. Und er fand es wunderbar, daß eine Frau in ihrem Alter noch erröten konnte. Sie war in die Enge getrieben, mußte jetzt Farbe bekennen, alles andere wären läppische Ausflüchte gewesen.

»Ja«, sagte sie langsam. »Ich wollte nachdenken. Ich wollte ...«

»Sie wollten wissen, was das für eine Sache ist mit

uns beiden. Sie haben wahrscheinlich das Gleiche gedacht wie ich, denn das haben wir doch wohl beide gemerkt, daß da ein Funke übergesprungen ist.«

Sie blickte ihm mit ernstem Gesicht lange in die Augen, sagte jedoch nichts.

Er fragte: »Stimmt das mit dem Funken?«

Sie nickte und schaute dann zu Boden.

Er sagte kein Wort, begriff, daß er jetzt warten mußte. Wirklich kaum zu glauben, daß sie in ihrem Alter noch diese sympathische Befangenheit besaß. Schon seine Tochter hatte das gedacht, doch davon wußte er nichts. Für ihn war es in dieser Minute, als sei ihr Wesen für ihn sichtbar geworden.

Er wollte etwas sagen, brachte es aber nicht über seine Lippen. Noch nicht, dachte er. Noch nicht... Es war eine Übereinkunft für Sekunden, in denen sie zueinander völlig offen waren. Kein Versteckspiel mehr, kein Abwägen und Taktieren um die bessere Ausgangsposition. Er drehte sich auf die linke Seite und streckte ihr wortlos seine rechte Hand entgegen.

Sie drückte seine Hand fest in ihren beiden Händen, dann beugte sie sich vor und legte ihre Wange an seinen Handrücken. So blieben sie lange und stumm beieinander. Und es war mehr, als alle Worte jetzt hätten ausdrücken können.

Er fühlte ihre Tränen auf seiner Haut und dachte: Sie weint... Sie weint...

Er wußte, daß sich mit diesen Tränen vieles löste, der Schmerz und die Kümmernisse einiger Jahre.

Sicher auch noch der Verlust des ersten Mannes, den sie sehr geliebt haben mußte. Er hatte sie ausgenutzt und gedemütigt. Was für eine abgrundtiefe Enttäuschung mußte daraus entstanden sein. Wie hatte sie gelebt – allein? Mit wem hatte sie sich aussprechen können an den stillen Abenden – und Nächten. Er erinnerte sich an das Wort, das seine Tochter für ihn gebraucht hatte: »Vereinsamung«. Inge Klein und er waren verwandt. Er wußte es jetzt genau.

Vieles kommt zusammen in einem Leben, Unausdenkbares, Unplanbares, das sich nicht mitteilen läßt, Erlebnisse, die sich aber tief eingraben in das Gemüt eines Menschen.

Er hätte es kaum noch für möglich gehalten, aber er mußte sich sagen: Ich liebe!

Er begann als erster zu sprechen, leise und zärtlich: »Ich habe es gespürt, schon am ersten Abend. Aber ich habe mich dagegen gewehrt... Ich war nicht bereit. Ich habe mich davor versteckt...« Er lächelte und sagte: »Wie du siehst, hat es nichts genützt.«

»Ich habe es auch gespürt und mich dagegen gewehrt. Es hat auch nichts genützt. Ich hatte das Gefühl, bei dir könnte ich zu Hause sein...«

»Es ist alles gut«, sagte er.

»Gib mir noch vier, fünf Tage Zeit«, bat sie. »Ich kann es dir nicht genau erklären, aber ich brauche diese paar Tage. Danach komme ich zu dir... Ist das gut so?«

»Ja, es ist gut so. Sagen wir fünf Tage... Dann wirst du zu mir kommen?«

»Ja«, sagte sie und schaute ihn dabei glücklich lächelnd an.

Er hatte das Gefühl, plötzlich völlig gesund zu sein. Er fühlte sich, als seien neue Kräfte in ihm aufgebrochen. Und das sagte er Inge. »Nicht zu glauben, mir fehlt gar nichts mehr – aber mir hat viel gefehlt.«

»Du mußt trotzdem noch ein paar Tage im Bett bleiben und dich schonen. Versprichst du mir das?«

»Ja, ich verspreche es dir.«

EINE FRAGE BLIEB FÜR sie beide offen. Warum war nur eine solche Ablehnung ihrer Gefühle bei ihnen wirksam gewesen? Sie kamen zu dem Ergebnis, daß es bei ihr ein Selbstschutz aus Angst vor einer neuen Enttäuschung gewesen war. Bei ihm lagen die Dinge anders: »Es war mir fast zu kitschig. Du verstehst: Verwitweter Kriminalpolizist trifft alleingelassene bildhübsche Frau, die gerade überfallen wurde ... Das klingt doch wie das Drehbuch eines mittelmäßigen Autors. Von daher kam meine Ablehnung. Sie hatte mit dir nichts zu tun. Verstehst du das?«

Ja, das verstand sie sehr gut.

Sie sprachen am Telefon miteinander, hielten die fünf Tage Trennung ein, die sie vereinbart hatten. Günter Stein war wieder auf den Beinen und führte Luchs im nahegelegenen Park spazieren. Zweimal am Tag für je eine Stunde. Zu mehr reichte es noch nicht. Die Grippe hatte ihn doch mehr geschwächt, als er wahrhaben wollte.

Trotzdem befand er sich in Hochstimmung. Bei allem, was er unternahm, schwang in ihm das glückliche Gefühl mit, zu lieben und geliebt zu werden.

Er dachte fast pausenlos an sie. Es war ganz neu, ein Gefühl, das von einem großen Erstaunen begleitet wurde. Ein unerwartetes Geschenk, so empfand er es. Und jetzt erkannte er auch, daß er vorher nicht den richtigen Weg eingeschlagen hatte. Der Schmerz hatte ihn spröde und abweisend gemacht. Er hatte sich eingeschlossen in sich selbst.

Ganz langsam kamen Erkenntnisse, die ihm noch vor ein paar Tagen verschlossen gewesen waren. Er überlegte sich, was seine verstorbene Frau wohl zu der neuen Entwicklung sagen würde. So unsinnig das auch war, er konnte nicht verhindern, daß er dachte: Für Gerda wäre das verständlich. Lange Zeit habe ich um sie getrauert, vergessen werde ich sie nie. Sie wird zu einer ständigen und ruhevollen Erinnerung werden, die mit Dankbarkeit verbunden ist. Er faßte das bei seinen Überlegungen nicht in Worte, aber es waren die Chiffren eines Gefühls, deren Bedeutung sich ihm so genau mitteilte, als wäre es ausgesprochen worden.

Nun erwachte auch die Neugier auf den ganzen Menschen ihn ihm. Wie war sie aufgewachsen, was hatte sie geprägt...?

Sie kam aus einem wohlbehüteten Elternhaus, hatte Abitur gemacht und einige Semester Kunstgeschichte studiert, bis sie ihren Mann getroffen hatte. Nach einer kurzen glücklichen Zeit kam die

Ernüchterung und nach der Scheidung dann eine mühsame Anpassung an die unbarmherzige Wirklichkeit. So viel hatte er in groben Zügen von ihr erfahren können. Sie war nicht gebrochen, wohl aber verunsichert von den Erfahrungen, die sie hatte machen müssen.

Auf einem seiner ersten Spaziergänge dachte er plötzlich: Wie sage ich es Claudia?

War das nicht seltsam, daß bei diesem Gedanken eine gewisse Unsicherheit in ihm auftauchte? Was soll ich viel drumherumreden, dachte er. Ich werde ihr ganz einfach die Wahrheit erzählen. Ich glaube, sie wird sich freuen.

ALS SEINE TOCHTER ihn besuchte, erkannte er schon bald, daß etwas nicht stimmte. Sie war zerfahren, wirkte nervös und manchmal wie abwesend.

Er fragte sie: »Was ist mit dir, Claudia? Etwas bedrückt dich doch ...«

Sie schüttelte den Kopf. »Nein, es ist gar nichts. Ich fühle mich nicht so gut heute, das ist alles. Ich glaube, man nennt das ein Stimmungstief. Du siehst allerdings blendend aus. Du hast ein Stimmungshoch, nicht wahr?«

»Ja, das habe ich. Es ist einiges geschehen ... Du selbst hast gesagt, ich sollte schauen, daß ich mit dieser Frau befreundet bliebe, und du hast auch gemerkt, daß da was war zwischen uns ...« Er schaute sie abwartend an.

Claudia lächelte freudig überrascht. »Aha«, sagte

sie. »Dann habe ich mich also nicht getäuscht. So was merkt man doch sofort, auch wenn du dich noch so verstellt hast.«

»Nein, du hast dich nicht getäuscht. Ich habe zuerst nicht so richtig daran geglaubt, aber Inge ist ein so großartiger Mensch.« Heftiger als es seine Art war, ergänzte er: »Warum sollte es für mich keine Liebe mehr geben? Warum sollte ich mein Leben lang allein bleiben? Du weißt, ich habe deine Mutter sehr geliebt und sie mich auch. Mein Gefühl für sie ist ja nicht etwa gestorben, wenn ich diese Frau liebe. Du verstehst, was ich meine?«

»Aber natürlich verstehe ich dich, und ich denke, es ist sehr gut so. Ich freue mich für dich.«

Während sie dies sagte und es auch aufrichtig meinte, war doch ein winziger Schmerz in ihr. War das etwa eine Art Eifersucht? Sie wies diesen Gedanken als töricht von sich. Es war zu seinem Besten.

»Tja, dann wirst du wohl bald heiraten?« fragte Claudia.

»Das weiß ich noch nicht. Ob es überhaupt zur Heirat kommt, ist ungewiß. Wir lieben uns, das ist vorläufig die einzig wichtige Tatsache. Über Heirat werden wir vielleicht später sprechen. Wie steht es denn da mit dir? Ihr wolltet doch bald heiraten – oder etwa nicht?«

Jetzt war sie nahe daran, die ganze Wahrheit zu sagen, denn jetzt hatte ihr Vater das Gespräch auf Paul Kress gebracht. Sie zögerte, dachte dann aber: Es ist eine Sache, die nur Paul und mich etwas angeht. Dieser Brief, dieser seltsame Brief...

Sie versuchte sich einzureden, dieser Brief sei völlig harmlos. Vielleicht ist es eine Frau, die versucht, ihn für sich zu gewinnen. Vielleicht hat er mit ihr geflirtet.

Claudia war am Abend in der Redaktion gewesen, aber sie hatte Paul dort nicht angetroffen. Ein Redakteur hatte zu ihr gesagt: »Er kommt heute nicht mehr in die Zeitung. Er hat einen Auftrag, der mindestens bis Mitternacht dauert. Ein Treffen amerikanischer und deutscher Wirtschaftsexperten mit anschließendem Festbankett. Aber ehe ich es vergesse: Der Portier hat einen Brief für ihn gebracht, den können Sie mitnehmen.«

Sie bedankte sich und ging zu ihrem kleinen Wagen, den sie hinten im Hof geparkt hatte. Im schwachen Licht, das aus dem Parterrefenster fiel, betrachtete sie den Brief, die Adresse, darunter, einmal unterstrichen, das Wort »persönlich«. Dieser Brief beunruhigte sie. Es war die Handschrift einer Frau.

Nach einer Minute des Abwägens hatte sie den Brief geöffnet. Und da stand: »Mein süßer Paul ...«

Claudia spürte, wie es ihr eiskalt den Rücken hinunterlief, denn diese Zeilen waren eindeutig: »Seit unserem schönen Tag habe ich an nichts anderes mehr denken können, als an dich. Wir müssen uns wiedersehen. Ich habe diesen Brief beim Pförtner abgegeben und hoffe, von dir zu hören. Hier ist meine Telefonnummer, unter der ich immer bis zehn Uhr morgens zu erreichen bin ...«

Der Rest des Briefes war nicht mehr wichtig, auch

nicht die Versicherung innigster Liebe und das »ganz große Bussi« am Ende. Die Frau hatte unterschrieben mit »Dagmar«.

Claudia war zutiefst erschrocken. Als sie den Motor anließ, hatten ihre Hände gezittert. Ohne lange zu überlegen, war sie zu ihrem Vater gefahren. Es war eine instinktive Reaktion gewesen, als könne sie beim Vater Hilfe und Rat finden.

Aber während sie ihm jetzt gegenübersaß, brachte sie es nicht fertig, von dem Brief zu sprechen.

Die Frage nach der Heirat schwebte noch im Raum. Günter Stein sagte: »Du mußt aber lange nachdenken, um mir zu antworten ...«

»Wahrscheinlich werden wir heiraten, aber das eilt nicht allzusehr.«

»Aha!« sagte ihr Vater nur. Er musterte Claudia verstohlen. Etwas stimmte nicht mit ihr.

»Ich habe noch eine Bitte«, begann Claudia. »Ferdy, Pauls Bruder, hat mich angerufen, ob er und Hans Richter dich einmal sprechen könnten? Und ob es möglich wäre, daß sich Hans Richter persönlich bei Frau Klein entschuldigt? Sie wollen beide eine Entziehungskur machen und hoffen auf deine Vermittlung. Du hast Hans Richter offenbar Hoffnungen gemacht ...«

»Ja, ich habe ihm gesagt, daß ich Verbindungen zu einer Organisation habe, die sich um Süchtige bemüht. Dahin könnte ich die beiden vermitteln, wenn sie wirklich wollen.«

»Es muß schrecklich sein; dieser Hans Richter mit

dem ich auch kurz gesprochen habe, machte während des Gesprächs einen schlimmen Eindruck. Sie haben fürchterliche Entzugserscheinungen und wissen sich kaum noch zu helfen.«

Günter Stein nickte und sagte bitter: »Tausende von jungen Kerlen werden noch daran zugrunde gehen. Es muß mehr getan werden.«

»Aber wie soll das geschehen?« fragte Claudia.

Er antwortete heftig: »Bei den Kindern muß bereits eingesetzt werden. Filme sollten gezeigt werden, in denen die schrecklichen Auswirkungen des Rauschgifts dargestellt sind. Der Staat hat die verdammte Pflicht und Schuldigkeit, seine Bürger zu schützen. Auch die Bürger, die noch Kinder sind.«

»Tut er das nicht?«

»Nein, er tut es nicht wirksam genug. Das Rauschgift trifft die Kinder unvorbereitet. Es beginnt mit diesem Dreckszeug, das die Kinder lässig ›Ecstasy‹ nennen, und das sie so toll finden. Ich werde Filme zeigen. Ich werde in die Schulen gehen...«

»Aber du hast dir doch keine Vorwürfe zu machen. Du tust etwas!«

»Es ist nicht genug«, antwortete er. Jetzt wirkte er plötzlich sehr müde, wie er da vor ihr im Sessel saß. Sie dachte: Er hat sich noch nicht richtig erholt. Man darf ihn noch nicht strapazieren. Sie wechselte das Thema, begann wieder von Inge Klein zu reden.

»Ja, als ich diese Frau sah, hatte ich ziemlich schnell das Gefühl: Die könnte es sein. Ich bin froh, daß ich mich nicht getäuscht habe. Du bist also mit ihr einverstanden?« Jetzt lächelte er wieder.

»Aber natürlich, da gibt es doch keine Frage. Und man sieht ja auch die Wirkung an dir. Wann willst du wieder anfangen zu arbeiten?«

»In drei, vier Tagen fange ich wieder an. Bis dahin werde ich noch große Spaziergänge mit Luchs machen und viel schlafen ...«

»Unmöglich!« rief sie. »Du hattest wahrscheinlich eine dieser hinterhältigen Grippen, bei denen man so oft einen schlimmen Rückfall bekommt. Du mußt noch mindestens zwei Wochen ausspannen.«

»Nein, nein, das kann ich nicht. Länger halte ich es auch nicht mehr im Bett aus.«

»Na, vielleicht wird Inge Klein da auch ein Wörtchen mitzureden haben. Du bist ja nun in festen Händen.«

Sie lachte, während er dachte: Tatsächlich, jetzt bin ich fast wieder in festen Händen und kann nicht alles allein entscheiden. Doch das war ihm nicht unangenehm. Eine Bindung bringt Verantwortung mit sich und die Verpflichtung, Rücksicht zu nehmen. Es beginnt wieder der Prozeß der Anpassung ...

Als Claudia ging, hatte sie das Gefühl, etwas vergessen zu haben. Es fiel ihr im Wagen ein: der Brief. Und zugleich dachte sie: Was soll ich ihn mit meinen Lappalien belästigen. Er hat jetzt genug mit sich selbst zu tun.

Doch die Frage tauchte sofort wieder in ihr auf. Hat mich Paul mit einer anderen Frau betrogen?

Und war sie vielleicht sogar mitschuldig, weil sie ihm nicht hatte geben können, was er brauchte? Voller Selbstzweifel verbrachte sie die nächsten beiden Tage.

CLAUDIA HATTE EIN schlechtes Gewissen. Der Brief des Fotomodells lag noch immer in ihrer Handtasche. Sie hatte mit Paul noch nicht darüber gesprochen. Das erste Wort fiel ihr schwer. Wie sollte sie anfangen?

Sie hätte den Brief nicht öffnen dürfen. Aber zählte das noch? Nach der Anrede »Mein süßer Paul« und der dringenden Frage nach einem Wiedersehen gab es doch keinen Zweifel darüber, daß es sich um mehr als nur eine geschäftliche Beziehung handelte. Die Eifersucht plagte sie Tag und Nacht. Sie sah ihren geliebten Paul in den Armen einer anderen. Sie waren zärtlich zueinander. Sie gingen miteinander ins Bett – darauf läuft es doch hinaus, dachte sie. Und das war ein großer Schmerz, der beim Nachdenken stets nur noch schlimmer wurde. Aber sagten nicht alle Frauen, das es den treuen Mann gar nicht gäbe? Jeder geht einmal, vielleicht mehrmals in seinem Leben fremd, das hatten Kolleginnen schon früher gesagt, als sie noch in der Ausbildung gewesen war. Und schon damals hatte sie sich gegen die Unumstößlichkeit dieser Feststellung innerlich zur Wehr gesetzt. Sie wollte einen Mann haben, der nur ihr gehörte. Außerdem stimmte das gar nicht. Nicht jeder Mann geht fremd. Wie war es zum Beispiel mit ihrem Vater? Sie konnte sich im Traum nicht vorstellen, daß er je mit dem Gedanken gespielt hätte. Vielleicht war er eine Ausnahme? Der Zweifel blieb und schmerzte unerträglich.

Paul war zärtlich und nett zu ihr gewesen in den letzten beiden Tagen. Er hatte, wie immer, viel zu tun, aber er ließ es sie nicht spüren, daß ihn seine Arbeit manchmal überforderte.

Von ihrem Vater hatte sie gute Nachrichten. »Ich bin wieder völlig gesund«, hatte er am Telefon gesagt. »Ich mache täglich große Spaziergänge mit Luchs, was ihm eine Riesenfreude macht.«

»Mit Luchs? Nicht mit Inge Klein?«

»Nein, im Augenblick nicht. Wir sehen uns erst am Wochenende wieder. Außerdem hat sie viel zu tun.«

»Das ist doch kein Grund für frisch Verliebte ...«

»Ja, du hast recht. Wir haben bewußt eine Pause eingelegt, um uns über die gesamte Situation einmal so richtig klarzuwerden. Du verstehst, daß wir in dem Alter sind, in dem man sich nicht mehr so Hals über Kopf verliebt.«

»Sie ist doch noch ziemlich jung«, sagte sie.

»Ja, ja, das schon. Sie ist noch jung, ich bin es nicht mehr so ganz.«

»Unsinn, du bist jung und knackig.«

»Na ja ... Ich habe übrigens inzwischen etwas für Pauls Bruder und für Hans Richter getan. Sie können ihre Entziehungskur schon bald anfangen. Ich hoffe, sie kommen weg vom Rauschgift.«

»Ja, das hoffe ich auch«, antwortete Claudia. Dabei dachte sie: Alle Menschen haben Schwierigkeiten. Und wenn sie keine haben, dann machen sie sich welche, wie diese beiden jungen Kerle.

»Ist bei dir alles in Ordnung, Claudia?«

»Ja, es ist alles in Ordnung zwischen Paul und mir. Das meinst du doch, oder etwa nicht?«

»Ja, das habe ich gemeint. Aber du wirst schon wissen, was du tust. Wahrscheinlich ist er ganz in Ordnung. Ich mache mir als Vater womöglich zu viele Gedanken.«

»Du mußt dir keine Sorgen machen«, sagte sie. »Wir wissen, was wir wollen.«

»Dann ist es gut, mein Schatz.«

ALS CLAUDIA AM späten Abend zu Paul sagte: »Ich habe einen Brief für dich«, war er sehr verblüfft.

Sie sah aus wie ein ertapptes Schulmädchen, als sie sagte: »Ich ... Ich habe ihn geöffnet ...«

»Und selbstverständlich auch gelesen.«

»Ja, das habe ich, und ich wäre dir dankbar, wenn du mir diese Sache erklären könntest.«

Er schaute sie lange an, sein Blick war ernst und vorwurfsvoll, als er den Brief in die Hand nahm. Er las mit gerunzelter Stirn die wenigen Zeilen, dann schüttelte er den Kopf und sagte verärgert: »Das ist doch wieder typisch. Sie hat gesehen, daß ich gute Verbindungen zu Modezeitschriften habe. Jetzt versucht sie, den Kontakt zu mir auszunutzen. Sie riecht ein Geschäft. Diese Mädchen sind knallharte Profis.«

Sie sagte nichts.

Jetzt erst kam Paul auf den Kern der Sache: »Du hast den Brief geöffnet, weil du mir mißtraust. Eigentlich müßte mich das sehr kränken. Ich hatte doch sofort bemerkt, daß dieses Mädchen Feuer gefangen hat und sich etwas von unserer Verbindung versprach. So sind sie alle in dieser Branche. Sie wollen nach oben, dorthin, wo das Geld sitzt und die mächtigen Männer mit Verbindungen. Für dieses Ziel gehen sie über Leichen. Das kannst du mir glauben.«

»Du kamst in dieser Nacht nicht nach Hause«, sagte sie leise und zaghaft. Jetzt sah sie so traurig aus, daß es ihm naheging. Aber er blieb trotzdem streng.

»Ich habe dir alles erklärt. Ich habe mit Peters Geburtstag gefeiert. Und um meinen Führerschein nicht zu gefährden, habe ich dort noch ein paar Stunden geschlafen.«

Sie sah, daß er langsam wütend wurde.

»Ja, Claudia, das ist, wie immer man es betrachtet, ein Vertrauensbruch. Was kann ich dafür, daß sich so ein Mädchen gleich etwas einbildet, wenn es mit mir zu tun hat? Außerdem herrscht in diesem Metier ein anderer Ton. Die Anrede ›Mein süßer Paul‹ oder ähnlicher Quatsch hat bei diesen Leuten überhaupt nichts zu bedeuten.«

Es gefiel ihr, daß er »bei diesen Leuten« gesagt hatte. Das war doch recht abwertend und zeigte, was er von ihnen hielt.

»Entschuldige, Paul«, sagte sie kleinlaut. »Es

kommt eben daher, weil ich dich zu sehr liebe. Schwöre mir, daß du nichts mit ihr hattest.«

Er hob die Hand, schaute ihr in die Augen und sagte mit tiefer Stimme: »Ich schwöre es!«

Sie lächelte glücklich, hatte jetzt keine Fragen mehr.

SIE VERURTEILTEN KOMMISSAR Günter Stein zum Tode, legten sogar schon die Todesart fest und auch die Henker, zwei Sizilianer, die das Todesurteil vollstrecken sollten. Auf einem Motorrad würden sie kommen, zu zweit, das war ihre Methode, von der sie nie abwichen. Und bisher hatten sie noch jeden Mann getötet, der in ihr Programm aufgenommen worden war. Das Programm aber bestimmten sie nicht selber, es wurde an sie herangetragen und richtete sich nach der Höhe der Summe, die für die Vollstreckung ausgeworfen wurde.

Günter Stein mußte sterben, es gab keine andere Möglichkeit mehr. Die drei Männer, die zu diesem Schluß kamen, saßen in einem eleganten Büro im Westhafen Frankfurts und fühlten sich ihrer Sache sicher. Das Haus lag an der Hafenstraße, war dreistöckig und sah aus wie ein Industriegebäude, stach jedoch von den nachgedunkelten umliegenden Zweckbauten ab, weil es fast neu war. Kaffee-Möller hatte es vor zwei Jahren auf einem sündhaft teuren Grundstück bauen lassen. Die Geschäftsleute der Umgegend hatten gemunkelt: »Ein Riesenvermögen muß das gekostet haben, in dieser Gegend und in einer solchen Ausführung ...«

Felix Möller, der in der Geschäftswelt Frankfurts ganz einfach »Kaffee-Möller« genannt wurde, hatte tatsächlich eine enorme Summe für diesen Bau ausgegeben. Sein Namensschild prangte in Messing neben dem Portal. Der ebenso in Messing gehaltene Hinweis »Kaffee-Import und Rösterei« wäre nicht nötig gewesen, denn die Straße roch danach, und das gesamte Haus war erfüllt von dem unverwechselbaren aromatischen Duft.

Der Mann und sein Unternehmen genossen ein hohes Ansehen in der Stadt. Bei seinen Angestellten galt er als streng, aber gerecht. Seine Häßlichkeit war nicht zu übersehen, doch er war stets nach der neuesten Mode gekleidet und besaß ein untadeliges Auftreten. Ein Mann mit Manieren, das war auf den ersten Blick zu erkennen.

Als er an diesem Samstagabend mit den beiden Männern in seinem Büro saß, waren sein Ton und sein Auftreten jedoch ganz anders. Er fuhr die beiden an: »Was habt ihr mir zu berichten von diesem Günter Stein? Er tanzt euch auf der Nase herum, macht Volltrottel aus euch. Der Mann muß weg, egal wie ...«

»Herr Möller, die Fehlschläge der letzten Monate waren nicht unsere Schuld. Günter Stein hatte V-Männer in die Szene eingeschleust. Von da kamen Hinweise ...«

Der Mann, der so geantwortete hatte, hieß Peter Olsen. Er und sein junger Schwager Frido waren die

Vertrauten Möllers. Sie galten für alle Dealer als die eigentliche Spitze der Organisation. Möller trat nie in Erscheinung; Olsen und Frido waren die Großverteiler, die die Geschäfte abwickelten. Sie holten die Ware in der Firma, lieferten jeden Samstag große Geldbeträge an Möller und waren reichlich am Gewinn beteiligt.

»Also los jetzt. Was habt ihr über ihn erfahren? Ich will die Schwachstellen dieses Kerls wissen!«

»Herr Möller, es ist nicht viel zu erfahren über Kommissar Stein. Er hat eine neue Freundin. Sie gehen zusammen im Grüneburg-Park spazieren und halten Händchen, der komische Hund ist auch immer dabei. Er hat wenig Besuch. Seine Tochter kommt manchmal. Er hat ja sehr zurückgezogen gelebt, seit seine Frau damals ...«

»Ja, das war auch so eine Fehlleistung von euch ... Ihr solltet ihn im Auto erledigen. Und da fährt euer Mann gegen die Seite auf der seine Frau saß.«

»Dafür können wir nichts. Es war alles genau abgesprochen. Er sollte an der Kreuzung den Wagen rammen, und zwar auf der Seite, wo Stein saß. Daß der von der anderen Seite kam, ist nicht unsere Schuld, Herr Möller.«

»Ihr habt ihm vorher Stoff gegeben, und es war ausgemacht, daß er den Stoff erst nach Vollzug bekommen würde.«

»Ja, das ist wahr, Herr Möller. Aber wer konnte denken, daß ...«

»Denken ... Überlaßt das Denken mir. Ihr habt den Fehler gemacht ...«

»Ja, Herr Möller.«

Sie siezten ihn, obwohl sie Komplizen waren, hatten die uralte Regel, nach der jeder Ganove den andern duzt, nicht einhalten dürfen. Von Anfang an hatte sich Möller diese vertrauliche Anrede verbeten. Und dieser Anfang lag schon drei Jahre zurück. Damals hatte Möller angefangen, sich im großen Stil am Geschäft mit dem Rauschgift zu beteiligen. Wie es seine Art war, hatte er sich nicht mit Kleinigkeiten abgegeben; groß mußte der Einstieg sein, seine maßlose Eitelkeit hatte es so verlangt. Seine kolumbianischen Kaffee-Lieferanten hatten ihm den Einstieg leicht gemacht. Die Millionen hatten gelockt, der Stoff, Heroin und Kokain, war in vakuumverpackten Kunststoffbeuteln in den Kaffeesäkken leicht einzuführen gewesen. Der Trick dabei war einfach, aber genial: Der Kaffee mußte leicht angeröstet sein. Von tausend Säcken mit grünem Kaffee gab es jeweils zehn oder zwanzig Säcke leicht angeröstet. Kein Hund der Welt hätte darin den Stoff aufspüren können. In drei Jahren hatte Kaffee-Möller an die vierzig Millionen Mark verdient, die auf einem Schweizer Bankkonto fleißig Zinsen scheffelten.

Peter Olsen und Frido wußten es nicht genau, aber es war ihnen klar, daß dieser feiste fünfzigjährige Mann nicht einmal die Zinsen verfressen konnte, die ihm allein seine legalen Geschäfte mit dem Kaffee einbrachten.

Sie haßten ihn insgeheim, waren aber von ihm abhängig und führten seine Befehle aus. Und an diesem Samstagabend erhielten sie den endgültigen Auftrag, Kommissar Stein zu beseitigen.

»Ihr fahrt nach Palermo und holt die beiden Motorrad-Killer. Ihr wißt, wen ich meine. Ihr dürft dreißigtausend Mark für den Auftrag auswerfen. Das ist mehr als genug. Wenn Stein spazierengeht, ist es leicht zu machen ... Ist das klar?«

»Ja, Herr Möller.«

»Was ist das für eine Frau, mit der er spazierengeht?«

»Jung ist sie und sehr hübsch.« Frido ergänzte: »Und richtig verliebt sind sie, die beiden, sie werden wohl kaum auf die Straße achten.«

»Gut, in den nächsten Tagen will ich die Erfolgsmeldung.

Noch etwas: Dieser Silbernagel, der Kerl, den Stein hinter dem städtischen Schwimmbad geschnappt hat, trug eine Pistole bei sich, mit der in Hamburg ein Mann aus der Szene erschossen wurde. Wie gut kennt er euch? Was weiß er von euch?«

»Er kennt nur mich ganz flüchtig«, antwortete Frido, »weiß aber nicht, wie ich heiße. Und der Auftrag, den ich ihm gegeben habe, konnte ihm nicht klar sein. Ich hatte ihm nur gesagt, daß ich die Hälfte des gelieferten Stoffs wollte, weil wir gerade knapp waren.«

»Du hattest ihm Geld gegeben. Wieviel?«

»Hunderttausend. Als Anzahlung.«

»Bist du verrückt?«

»Er schien mir zuverlässig. Außerdem ist das ein harter Bursche, der wird nicht losplappern.«

Möller lachte. »Was glaubst du, wieviel harte Burschen schon losgeplappert haben, wenn es ihnen an den Kragen ging. Na schön, das ist eure Sache. Macht euren Fehler gut und bringt mir die Vollzugsmeldung. Kommissar Stein muß weg. Und zwar schon in den nächsten Tagen. Dieser Mann macht uns zu schaffen, die vielen kleinen Störungen kommen nur durch ihn. Ich habe meine Beziehungen zur Kripo, ein guter Mann, der zwar viel Geld kostet, aber unschätzbare Informationen liefert. Er warnt mich pausenlos vor Stein. Habt ihr verstanden?«

»Ja, Herr Möller.«

SPÄTER PACKTEN SIE sechs Kilo Kokain, in Folie verschweißt, in die dafür mitgebrachten Reisetaschen, die harmlos und sportlich aussahen. Die Stimmung war nicht gerade freundlich. Bei der Tür blieb Möller mit vor der Brust verschränkten Armen stehen und schaute sie zum Abschied herablassend an, ohne ihren Gruß zu erwidern.

Als sie draußen in ihrem teuren Wagen saßen und sich die hageren Gesichter zukehrten, kam die Reaktion. Olsen sagte: »Er ist ein Riesenarschloch. Zu gern möchte ich ihm mal in seine abscheuliche Fresse hineinhauen.«

Frido nickte, gab aber zu bedenken: »Wir brauchen ihn, Peter. Er hat die Verbindungen nach Südamerika. Da kämen wir nie dran.«

Sie wußten es beide: Drüben in Kolumbien saßen noch ein paar der ganz Großen, Felix Möller war nur hier die Nummer Eins. Sein Geschäft hatte sich perfekt für den Empfang und Vertrieb von Rauschgift geeignet. Alles, was er dazu noch gebraucht hatte, waren Handlanger, die im Falle einer Haft beinhart schweigen konnten und die nach unten vorgaben, die Chefs zu sein. Diese Aufgaben waren ihnen zugefallen. Widerwillig mußten sie anerkennen, daß Möller ihnen sehr geholfen, ja, daß er sie für ihre Verhältnisse reich gemacht hatte. Daß dieser Möller gefährlich war wie eine Viper, konnten sie nicht übersehen. Wie setzte sich ein solcher Mensch zusammen? Es war Habgier und Geltungsbedürfnis.

»Er hat doch alles, warum tut er es?« hatte Frido schon öfter gefragt.

»Er geht über Leichen«, sagte Peter, der jetzt den Wagen fuhr. »Wie kaltschnäuzig der diesen Kommissar abgehakt hat... Es berührt ihn nicht eine Sekunde.«

»Wir sind ja auch nicht viel besser«, brummelte Frido. »Wir machen, was er sagt!«

»Doch, wir sind besser!«

»Warum?«

»Weil wir echte Ganoven sind. Wir kommen von ganz unten. Er hätte es nicht nötig gehabt, aber wir hatten es nötig.«

Das war eine Anspielung auf die Zeit, als sie noch Kaffee en gros gestohlen hatten. Eigentlich waren sie Diebe, die durch einen Hehler mit Möller bekannt gemacht worden waren. Sie hatten noch vor drei Jahren ganze Wagenladungen mit Kaffee gestohlen. Möller war der Abnehmer gewesen, bis der eines Tages gesagt hatte: »Schluß jetzt mit dem Kinderkram, ich habe ein besseres Geschäft für euch. Aber ihr müßt so etwas wie eine Organisation aufbauen, und ihr müßt eisern schweigen können.«

Verdutzt hatten sie sich damals angeschaut. Und als sie die Summe hörten, um die es da ging, war ihnen heiß und kalt geworden. Sie hatten sich beraten. Peter Olsen hatte gesagt: »Ich bin jetzt fast fünfzig, du wirst fünfundzwanzig und bist schon zwei Jahre mit meiner Schwester zusammen. Wir könnten uns in drei, vier Jahren zur Ruhe setzen, und ihr könntet endlich heiraten. Über viele Jahre kann so ein Geschäft nicht gutgehen. Man muß sich bei einer solchen Sache ein Ziel setzen und dann auch aussteigen.«

»Glaubst du, das weiß Möller nicht?«

Natürlich wußte Möller, wie weit er gehen konnte. Er brauchte sie, um abgeschirmt zu sein. Das gab er bei dem entscheidenden Gespräch auch offen zu. »Es kann zu Schwierigkeiten kommen«, hatte er lächelnd gesagt. »Aber ich bin so etwas wie eure Lebensversicherung, und die darf man nicht gefährden. Habt ihr verstanden?«

»Wir sind also so etwas wie ein Puffer für Sie?« hatte Frido gefragt.

»Ja, das seid ihr, allerdings mit einem fürstlichen Honorar. Ich mache Millionäre aus euch. Dafür verlange ich Gehorsam und Treue in allen nur erdenklichen Situationen. Bedingungslosen Gehorsam ...«

Sie waren über Jahre treu und gehorsam gewesen,

Es hatte sich für sie gelohnt. Befehle, wie die Sache mit Kommissar Stein, schätzten sie gar nicht, doch sie waren dazu bereit, obwohl sie sich in den nächsten Stunden immer wieder sagten, daß ihnen dieser Auftrag schwer »gegen den Strich« ginge. Sie kannten die Adresse in Palermo. Sie würden hinfahren und die kleinen, schwarzhaarigen Männer anheuern, die mit dem schnellen Motorrad ihre tödlichen Aufträge erledigten.

Es gab jedoch noch etwas anderes, das ihnen Kopfzerbrechen bereitete. Frido hatte plötzlich gesagt: »Menschenskind, die Pistole, die bei Silbernagel gefunden wurde, die hat er von mir… Er hatte zu mir gesagt: ›Ich gehe mit einem Koffer voll Geld zu einem Treffen hinter dem Schwimmbad und habe nicht mal eine Waffe…‹ Ich wollte ihm helfen.«

»Mann, davon hast du mir aber nichts erzählt. Ich denke sowieso, daß Möller uns nicht geglaubt hat. Dem war klar, daß wir Silbernagel gut kennen.«

»Da bin ich nicht so sicher. Er hätte sonst anders reagiert.«

»Nein, nein, der hat das gerochen, aber er ließ es bei der Warnung. Er hat uns ja schließlich in der Hand. Es ist schon ziemlich dämlich von dir, dem Silbernagel eine Pistole zu geben. Wo hast du sie eigentlich her?«

»Ich habe sie in Hamburg gekauft. Auf der Reeperbahn, in so einem Stripschuppen, stand einer neben mir an der Bar und sagte: ›Kumpel, ich habe eine hübsche Pistole zu verkaufen.‹ Er war angesoffen und hatte kein Geld mehr in der Tasche. Für zweihundert habe ich sie gekriegt.«

»Du hast wirklich nicht alle Tassen im Schrank. Das kann schwer ins Auge gehen. Wie sah denn der Kerl aus, von dem du sie gekauft hast?«

»Unscheinbar. Jedenfalls nicht so, daß man ihm einen Mord zutrauen würde. Das war ein Penner oder so ...«

»Warst du besoffen?«

»Ein bißchen schon, aber nicht zu schlimm. Es schien mir ungefährlich.«

»Frido, das ist eine Riesenscheiße.« Peter Olsen machte ein bedenkliches Gesicht.

Frido wollte abschwächen: »Silbernagel ist doch ein harter Junge, er wird sagen, daß er sie von einem Unbekannten gekauft hat. Und wenn es hart auf hart kommt, leugne ich alles ab. Es muß nicht ins Auge gehen, Peter.«

»Es muß nicht, aber es könnte, es könnte ...«

NACHDEM FRIDO UND Peter Olsen gegangen waren, hatte Kaffee-Möller den großen Geldbetrag, den ihm die beiden auf den Tisch gelegt hatten, in seinem elektrisch gesicherten Panzerschrank verstaut. Er wollte jetzt nach Hause zu Frau und Kind. Das Geld war gezählt, die Befehle gegeben, jetzt konnte er beginnen, das Wochenende zu genießen. Er übersah niemals, daß ihn seine beiden Helfer im höchsten Grad unsympathisch fanden. So etwas teilte sich ihm genau mit. Er fühlte es fast körperlich, sah es an ihren Blicken, hörte es in ihren Worten, obwohl es nie offen zutage trat. Es war eine unterschwellige Spannung, wie sie zwischen Menschen besteht, die einander jederzeit gefährlich werden könnten.

Jetzt hatte er genug davon. Einmal in der Woche, am Samstagabend, mußte er sie ertragen. Sie waren seine Kreaturen, die er sich auf Distanz hielt.

Ehe er das Haus verließ, schaute er nach, ob die dreifache Alarmanlage eingeschaltet war. Ab 24 Uhr würde ohnehin ein Nachtwächter stündlich das Haus kontrollieren. Man mußte sich vor Dieben schützen. Dem Besitzenden wird der Besitz nicht gegönnt. Der Kluge hat alle Dummen zum Feind. Und er, das stand für ihn fest, gehörte zu den besonders Klugen. Kaffee-Möller kannte die Menschen, wie er sich oft sagte. Er hielt nicht viel von ihnen. Eine Ausnahme waren da nur seine Frau und seine Tochter, die er abgöttisch liebte. Seine Frau, weil sie noch immer schön und liebevoll war, die Tochter, weil sie so aussah, wie seine Frau in jungen Jahren.

Eigentlich lebte Kaffee-Möller ziemlich isoliert, doch außer Frau und Tochter gab es für ihn noch eine große Liebe, seinen Hund, eine reinrassige Schäferhündin, die vor Freude winselte, wenn er nach Hause kam. Fast so etwas wie einen Sprechgesang konnte die Hündin von sich geben, wenn er ins Zimmer trat. Das rührte ihn an, denn er sah es als Beweis großer Liebe. Und die hatte Kaffee-Möller nicht oft erfahren in seinem Leben. Er war häßlich und konnte beim besten Willen auch nicht darüber hinwegsehen: Das Gesicht mit den hervorquellenden Augen, die verfettete Figur, sogar seine Hände schienen ihm deformiert. Noch nie in seinem Leben hatte er darüber gesprochen, aber es war eine Wahrheit, die schwer wie Blei auf seinem Bewußtsein lastete.

Er kam nach Hause, und es war genau, wie er es sich gewünscht hatte. Die Schäferhündin jaulte vor Freude, seine Frau kam ihm entgegen, sah elegant und schön aus und schenkte ihm ihr gewinnendes Lächeln. Dann erschien seine Tochter und sprang ihm entgegen, umarmte ihn und drückte ihre Wange gegen sein Gesicht. Sie war knapp zwanzig Jahre alt und besuchte ein exklusives Internat. Von dort kam sie jedes Wochenende mit dem eigenen Wagen nach Hause. »Hallo Pappi, wir haben so auf dich gewartet. Immer mußt du arbeiten, jedes Wochenende ...«

»Du weißt doch, mein Kind, in einem Betrieb wie dem unseren mußt du alles selber machen. Das geht nicht ohne Kontrolle, und dazu habe ich nur samstags Zeit. Hübsch siehst du aus, sehr hübsch ...«

Sie strahlten sich an: die Frau ihren Mann, die Tochter den Vater, der Hund die gesamte Familie. So wollte er es haben, Kaffee-Möller, der sich dieses herrschaftliche Haus im Taunusgebirge gebaut und der sich eine Familie hineingeplant hatte. Er war ein liebender Ehemann und Vater, ein Hundefreund dazu, und ein Verehrer der Künste, wie die äußerst wertvollen Gemälde bewiesen, die im Salon hingen. Sie waren ihm dankbar, denn sie begriffen, daß er ihnen das Geschenk einer besonderen Lebensqualität machte, wie sie nur ein fürsorglicher Vater zustande bringt.

Sie hätten vor Entsetzen aufgeschrien, wenn sie erfahren hätten, daß er ein vielfacher Mörder war. Allerdings ein Mörder, der mit seinen Opfern nie zusammentraf und ihrem qualvollen Tod niemals zusah.

INGE KLEIN HATTE in diesen Tagen oft darüber nachgedacht, daß Günter Stein eigentlich nicht der Mann war, den sie sich erträumt hatte – wenn sie überhaupt je ins Träumen geraten war. Ein Polizist, ein Mann, der Menschen jagte und selbstverständlich in einer gewissen Gefahr lebte. Aber es war geschehen, und es war nichts mehr daran zu ändern. Sie liebte ihn, das war gewiß. Und er war es wert, geliebt zu werden. Sie hatte nie zuvor einen ähnlichen Mann getroffen.

Die erste Nacht, die sie miteinander verbracht hatten, klang noch in ihr nach. Er war zärtlich und rücksichtsvoll gewesen, sicher und kraftvoll, und sie begriff, daß diese Eigenschaften mit seiner Lebenserfahrung und Sensibilität zu tun hatten. Sie konnte sich ihm rückhaltlos hingeben, als seien sie schon lange Zeit zusammen. Diese Nacht, vor der sie zuerst ein wenig Angst gehabt hatte, obwohl sie auch Verlangen spürte, war die endgültige Bestätigung, daß ihre innere Harmonie stimmte, daß sie wie geschaffen für einander waren. Und das sagten sie sich auch, als sie danach nebeneinander lagen. Sie hatte ihren Kopf auf seine Brust gelegt. Sie redeten leise, hatten ein Gefühl von Dankbarkeit in sich, das sich mitteilen wollte.

Und ein wenig später kam die Frage: »Warum bist du Polizist geworden?«

Er war erstaunt, rückte ein wenig von ihr ab, um ihr ins Gesicht schauen zu können. »Warum fragst du das? Ist es dir unsympathisch? Ich weiß, daß dieser Beruf vielen Menschen mißfällt.«

»Es ist ein gefährlicher Beruf«, sagte sie leise. »Ich werde wohl immer Angst um dich haben müssen. Aber das war nicht der Sinn meiner Frage. Ich wollte wissen, was waren deine Antriebe? Wie kommt ein Mensch dazu, Polizist zu werden?«

»Eine schwierige Frage, aber ich will versuchen, sie dir zu beantworten. Einmal, vor vielen Jahren, saß ich mit meinem Vater in einer Gastwirtschaft in der Nähe Frankfurts. Es war Ostern, und überall war Hochbetrieb. Plötzlich gab es eine Schlägerei um die Sitzplätze. Die Menschen schlugen solange aufeinander ein, bis schließlich zwei Männer auf dem Boden liegenblieben, die man krankenhausreif geprügelt hatte. Längst hatte jemand nach der Polizei gerufen, aber niemand kam. Das alles hat mich erschreckt, ich war damals vierzehn Jahre alt. Vielleicht war das der Anfang. Ich glaube, daß ich einen stark entwickelten Gerechtigkeitssinn habe. Hinzu kam noch ein bißchen Abenteuerlust. Heute glaube ich, daß ich einen wichtigen Beruf habe.«

Er grinste sie an, und sie dachte: Er sieht jetzt wie ein großer Junge aus.

Er sagte mit Betonung: »Ich bin ein Ordnungshüter.« Er machte einen kleine Spaß daraus, obwohl sie begriff, daß dies eine echte Erklärung war.

»Du leitest das Rauschgiftdezernat. Warum hast du dich dafür entschieden?«

»Weil die Verbreitung von Rauschgift die größte Schweinerei ist, die ich kenne. Nichts ist so heimtückisch wie dieses dreckige Geschäft. Es ist eine Kriegserklärung an die Menschheit, und es entwickelt sich zu einem der ganz großen Weltprobleme. Außerdem hat das Rauschgift eine enorme begleitende Kriminalität. Jährlich sind es Hunderte von Morden ...«

Während sie ihm aufmerksam zuhörte, dachte sie an ihre Liebe und was wohl daraus werden würde. Ihr Vertrauen zu ihm hatte bereits Stabilität. Sie wußte, daß er nicht mit ihr spielen würde, daß sie nicht etwa ein kurzes Abenteuer für ihn war. Sie kannte einige Frauen, die nach der Scheidung zu kurzen Abenteuern bereit gewesen waren. Sie hätte das nicht ertragen, so gut kannte sie sich. Es war herrlich, die Liebe eines Mannes wie Günter Stein zu spüren, aber es würde schal werden, wenn es nur um Sexualität ginge.

Während sie an ihre Liebe dachte, erzählte er ihr von der Marktsituation des Rauschgifts, daß zum Beispiel eine regelrechte Kokain-Schwemme eingesetzt hatte, die von Südamerika ausginge.

Sie lauschte wortlos und verstand, daß sein Beruf

ihn Tag und Nacht beschäftigte. Gab es daneben überhaupt noch Platz für die Liebe? Sie war ziemlich sicher, denn er hatte es ihr in dieser Nacht bewiesen. Aber wie würde es weitergehen? Etwas von ihm würde für sie immer unerreichbar bleiben. Er würde Verbrecher jagen, dabei in Gefahr geraten, ohne Rücksicht darauf zu nehmen. Er würde nach Hause kommen, erschöpft, abgekämpft und sicher auch oft deprimiert. Sie würde der ruhende Pol für ihn sein. Das wäre, als wenn er vom Krieg heimkehrte, denn es war eine Art Krieg, in den er eingreifen mußte. Sie begann schon jetzt, sich um ihn zu sorgen.

In einer plötzlichen Aufwallung umschlang sie ihn mit beiden Armen: »Liebe mich! Liebe mich, wie du mich heute nacht geliebt hast! Ich habe dich lange entbehren müssen!«

ALLES WIRD NEU durch die Liebe. Die Liebe verändert die inneren Lebensumstände und damit den Menschen und seine Einstellung. Günter Stein hatte es in diesen Tagen oft gedacht. Verschwunden waren seine depressiven Phasen, unter denen er manchmal tagelang gelitten hatte. Jetzt konnte es ihm passieren, daß er bereits am Morgen fröhlich erwachte, ohne einen plausiblen Grund dafür zu erkennen. Natürlich begriff er, daß die neue Frau in seinem Leben diesen Wandel verursacht hatte. Inge war ein großer Glücksfall für ihn gewesen.

Claudia fiel sein verändertes Wesen sofort auf.

»Es ist ja wirklich eine Freude, dich so verwandelt zu sehen.«

Aus Verlegenheit wollte er ein wenig abschwächen. »Natürlich macht es eine Menge aus, wenn man einen Partner hat, mit dem man sich versteht, aber das ist es nicht allein. Ich hatte inzwischen ja auch erkannt, daß es so nicht weitergeht. Immer mürrisch und mißgelaunt ... Wer will denn so leben?«

Sie schaute ihn kritisch an: »Na, hör mal, du bist ja ein komischer Kauz. Warum sagst du nicht einfach: Die Liebe hat mich verändert. Denn das ist es doch.«

»Schon gut, schon gut«, lachte er. »Es ist sicher so, wie du meinst.«

Nicht nur Claudia war die Veränderung aufgefallen. Ohne zu wissen, woran es lag, stellte sein Assistent Becker fest: »Merkwürdig. Der Stein ist nicht wiederzuerkennen, seit er wieder da ist. Er ist wie früher.« Und damit meinte er die Härte und den Elan des Kommissars.

Günter Stein hatte seinen Dienst mit einem erstaunlichen Tempo angetreten. Er ließ sich bei seinem direkten Vorgesetzten melden, bei Kriminalrat Weber, den er seit langem kannte und schätzte. Die Sekretärin hatte zu ihm gesagt: »Gehen Sie nur hinein, Herr Stein. Für Sie ist der Chef immer zu sprechen.«

Vor allem wollte er wissen, ob der Dealer Silbernagel noch einmal verhört worden war.

»Ja, ich habe ihn vorführen lassen. Aber der Bursche schweigt wie ein Grab. Ich habe ihm die Waffe vorgehalten, mit der in Hamburg ein anderer Dealer erschossen wurde. Er verweigert die Aussage. Ein ziemlich harter Brocken, Herr Stein. Allerdings haben wir den Mord noch nicht direkt angesprochen ...«

»Das ist gut so. Bei der Waffe müssen wir den Hebel ansetzen«, sagte Günter Stein. »Ein Mann wurde damit erschossen. Ich halte Silbernagel für zu clever, als daß er mit einer Pistole herumlaufen würde, die zu einem Toten führt ...«

»Versuchen Sie Ihr Glück«, sagte der Kriminalrat.

»Ich habe da so ein Gefühl ... Darf ich Ihnen kurz vortragen, was ich vermute?«

»Bitte, Herr Stein.«

»Ein ausgekochter Bursche wie Silbernagel weiß genau, daß eine Pistole, mit der er vor ein paar Wochen einen Mord begangen hätte, ihn lebenslänglich ins Gefängnis bringen könnte. Nach meiner Ansicht hätte der nach einem Mord diese Waffe sofort verschwinden lassen. Also ist diese Pistole entweder niemals sein Eigentum gewesen, oder er hat sie erst vor ganz kurzer Zeit gekauft. Das müßte sich überprüfen lassen. Ich werde mir von den Kollegen in Hamburg den Fall noch mal genau schildern lassen. Danach werde ich Silbernagel kräftig einheizen ...«

»Es könnte etwas bringen«, überlegte der Kriminalrat. »Sie haben sich Gott sei dank prächtig erholt, Herr Stein. Das freut mich, Ihre Abteilung hat Sie sehr vermißt. Wo ist übrigens Luchs? Die ganze Zeit habe ich gedacht: Irgend etwas fehlt doch ...«

»Der liegt wie immer brav neben meinem Schreibtisch. Sie wissen doch, wie sehr wir aufeinander angewiesen sind.«

Fast den gesamten Rest des Tages brachte Kommissar Stein damit zu, im Fall Silbernagel zu recherchieren. Becker hörte die Gespräche am Telefon mit. Manchmal machte er dabei ein erstauntes Gesicht und fragte schließlich: »Halten Sie das alles für so wichtig? Jede dieser Kleinigkeiten?«

»Allerdings, Herr Becker. Was haben wir bis jetzt erfahren? Der Mann ist nicht vorbestraft, ist nie mit der Unterwelt in Verbindung gewesen. Es gibt nicht den geringsten Hinweis, daß er von Straftaten lebt. Das ist doch schon eine ganze Menge. Von was also lebt dieser Silbernagel?«

»Ja, das habe ich mich auch schon gefragt. Ich war dabei, als Kriminalrat Weber ihm diese Frage gestellt hat. Er hat darauf geantwortet, wir müßten ihm eine Straftat nachweisen, er müsse nicht seine Unschuld beweisen.«

»Da hat er allerdings recht. Und nun zu dem Mord in Hamburg: Da hat in den frühen Morgenstunden, vor etwas mehr als sechs Wochen, gleich neben der Großen Freiheit, ein etwa dreißigjähriger Mann einen anderen erschossen und ist mit einem dunkelfarbigen Wagen geflüchtet. Die Art der Ausführung läßt darauf schließen, daß es eine Auftragsarbeit war.«

»Aber das ist doch ziemlich ungenau, Herr Stein ...«

»Der Täter wurde als ein junger Mann von ca. 1,80 Meter Größe beschrieben. Wie groß ist Silbernagel?«

»Ja, etwa einsachtzig.«

»Und wie alt ist er?«

»Ich denke, so um die achtundzwanzig.«

»Na, also, das könnte doch fast hinkommen. Und was für einen Wagen hat er?«

»Er fuhr einen dunkelgrünen BMW. Der Wagen ist ja sichergestellt.«

»Sehen Sie, das paßt doch ganz gut. Ich halte übrigens Silbernagel nicht für den Mörder.«

Das Gesicht des Assistenten wurde leer vor Erstaunen. »Warum dann all diese Mühe?«

»Wir treiben ihn in die Enge, indem wir ihm aufzeigen, wie nahe er der Mordanklage ist. Dabei wird schon einiges herauskommen. Er wird sich nämlich wehren. Er wird sich wehren müssen.«

»Aha!« sagte Becker.

»Also, der Mörder wurde gesehen. Zwar nicht genau, aber die Beschreibung würde auf Silbernagel passen. Wir werden ihm andeuten, daß eine Gegenüberstellung stattfinden wird. Und dabei werden wir ihn auch darauf aufmerksam machen, daß ein gewisser rechthaberischer Menschentyp auf einer einmal gemachten Aussage beharrt, auch wenn sie falsch ist. Diese Marktfrau, die den Täter aus einer Entfernung von etwa acht Metern gesehen hat, ist noch relativ jung. Und sie ist stolz darauf, daß sie ausgezeichnete

Augen hat und in der Dunkelheit gut sehen kann, weil sie daran gewöhnt ist. Sie beginnt jeden Morgen um fünf Uhr zu arbeiten, im Sommer und im Winter. Sie verstehen, er wird die Gefahr erkennen, die da unter Umständen auf ihn zukommt. Und deshalb wird er andere, wichtige Dinge für uns auspacken, um seine Unschuld in der Mordsache zu beweisen. Ich will an den Usprung der Pistole.«

»Ja, ich verstehe, auf was sie hinaus wollen. Es wird aber schwierig werden; dumm ist dieser Silbernagel nämlich nicht.«

»Darauf baue ich ja. Das Geschäft mit dem Rauschgift ist doch für ihn relativ harmlos im Vergleich zu einem Mord. In diesem Fall stehen höchstens vier Jahre Knast einer lebenslänglichen Freiheitsstrafe gegenüber. Was glauben Sie, für was er sich entscheiden wird?«

»Ganz klar, Herr Stein. Übrigens, aus dem Türken und dem Libanesen, die damals auch hinter dem Schwimmbad gefaßt wurden, ist nichts herauszuholen. Sie haben den Stoff transportiert und halten die Klappe, denn sie wissen, daß sie umgelegt werden, wenn sie reden. Bei Silbernagel ist das anders: Er war der Käufer. Ob auf eigene Rechnung oder im Auftrag, wissen wir noch nicht.«

»Ich glaube, wir werden einiges darüber erfahren. Die schriftlichen Antworten auf meine Fragen kommen per Fax, sie werden wohl bald hier eintrudeln. Holen Sie sich die Blätter. Sie sind so vorbereitet, daß wir sie Silbernagel vorlegen können. Er soll denken, die bluffen nicht.«

Becker war restlos überzeugt. Wie der Kommissar das anging, das war wie Schach; mit einer Finte wird der eigentliche Angriff getarnt, und die Wahrheit kommt dabei wie ein Nebenprodukt heraus.

»Die Krönung der kriminalistischen Arbeit ist das Geständnis des Täters«, sagte Stein. »Ich glaube nicht, daß wir hier sofort damit rechnen können, aber wir tasten uns an die Wahrheit heran, nur Geduld …«

Es war ein anstrengender Tag gewesen. Während seiner Abwesenheit hatte sich viel Arbeit angehäuft, die nebenher erledigt werden mußte, ohne jedoch seine Konzentration auf die wirklich wichtigen Dinge zu beeinträchtigen, an diesem Tag der Fall Silbernagel.

Gegen sieben Uhr abends kam die Müdigkeit. Günter Stein hatte um diese Zeit einen Elfstundentag hinter sich. Er hatte sich schon vor langer Zeit abgewöhnt, die Arbeitsstunden zu zählen, weil dies in seinem Beruf ohnehin keinen Sinn machte und ihn die Arbeit rund um die Uhr beschäftigte.

Er ging, wie fast immer, zu Fuß nach Hause. Der Hund lief neben ihm her und erinnerte ihn mit vorwurfsvollen Blicken daran, daß es ein Zuhause gab, wo jemand auf sie wartete. Als er angekommen war und Inge in den Arm nahm, durchfuhr ihn plötzlich der Gedanke, etwas Wichtiges vergessen zu haben.

Es war kein irreparabler Fehler, aber er hatte versäumt, bereits heute das private Umfeld dieses Silbernagels systematisch zu durchforsten. Mit wem lebte er zusammen? Hatte er noch Eltern, gab es eine Freundin? Verheiratet war er nicht. Die Frage, ob er Kinder habe, war ebenfalls nicht gestellt worden. Er hatte zwar gewußt, daß noch viele Fragen offen waren, aber er hatte sich beschwichtigt, indem er sich sagte, daß so ein Fall nicht an einem Tag umfassend angegangen werden kann. Morgen, dachte er, während Inge Klein ihm die erste Tasse Tee auf den Tisch stellte.

»Setz dich zu mir«, sagte er und griff nach ihrer Hand. Sie kam, trank mit ihm Tee und schaute ihn an. Sie fragte noch nichts, sondern wartete, ob er nicht selbst den Anfang machen wollte, von seinem Tag zu berichten.

Sie war vor etwa zwei Stunden gekommen und war hinaus auf den großen Balkon gegangen, wo die Blumenkästen standen. Sorgfältig hatte sie alle Pflanzen gegossen, die Hortensien und den Oleander, der vor Jahren von seiner Frau gepflanzt worden war. Hübsch sahen die Sträucher aus. Sie schirmten den Balkon, der schon mehr einer Terrasse glich, zur Straße hin ab. Es war ein milder Abend, sie hatte sich an den Gartentisch gesetzt und von dort aus auf die ruhige Straße heruntergeblickt, die von alten Bäumen gesäumt wurde. Eine schöne und ruhige Gegend, nur wenige Autos fuhren hier, denn schon fünfzig Meter weiter begann der große Park.

Der große und teure Wagen war ihr aufgefallen, der in einer knappen Stunde dreimal langsam am

Haus vorbeigefahren war. Zwei Männer saßen darin, die aufmerksam ihr Haus unter die Lupe nahmen. Sie sahen aus, als suchten sie etwas Bestimmtes. Inge Klein hatte nicht länger darüber nachgedacht, sie war in die Wohnung zurückgegangen, hatte eine Kleinigkeit zu essen vorbereitet und dem Hund das Fressen gerichtet.

Sie hatten abgemacht, daß jeder vorerst seine eigene Wohnung behalten würde, doch sie wollten so viel Zeit wie möglich miteinander verbringen.

Es war ein langes Gespräch gewesen, das sie geführt hatten. Wie wollen wir leben? Von dieser Frage waren sie ausgegangen und hatten festgestellt: Miteinander wollen wir leben. Über eine mögliche Heirat war kein Wort gefallen. Inge hatte gesagt: »Ich muß mein Leben neu ordnen. Es kommt doch alles ziemlich plötzlich, nicht wahr? Ich will bei dir sein, aber wir wollen nichts überstürzen. Wir brauchen keine Hast, wir wissen, daß wir zueinander gehören.«

Das war in seinem Sinn. Allerdings stellte er eine Bedingung: »Ich möchte, daß wir nachts im gleichen Zimmer schlafen, ob bei dir oder bei mir. Ich brauche das, ich will morgens neben dir aufwachen.«

»O ja«, sagte sie. »O ja.«

Er hätte es deutlicher sagen können, aber die ihm angeborene Scheu hatte es verhindert. Er war spröde, seine Frau hatte es ihm einige Male gesagt. Nicht, daß sie sich beklagt hätte, aber sie hatte herausgefunden, daß es Dinge gab, die er nicht gern aussprach.

Er wußte, wie das Nichtgesagte für Inge geklungen hätte: Ich brauche deine Wärme. Ich will dich spüren. Und das meinte nichts anderes, als daß er sich der Liebe zu ihr ganz hingeben wollte. Das Wort Sex gebrauchte er nicht, er hatte dieses Wort von jeher schäbig gefunden, weil es eine eiskalte Abstraktion war, mit der die Liebe auf einen fast mechanischen Vorgang reduziert wurde.

»Wir sind uns ähnlich«, hatte er gesagt. »Und das ist gut so. Wir wissen, was wir von einander zu erwarten haben.«

Luchs hatte in der Küche seinen mächtigen Napf rasch leer gefressen. Er kam herein und wartete nun auf seine Schüssel mit Wasser. Inge beeilte sich, sie ihm zu bringen. Zum Dank wedelte er mit dem Schwanz, und als er sie ansah, hatte Inge die Vorstellung, er wollte ihr zunicken.

»Er muß noch einmal laufen«, sagte Günter Stein. »Wir gehen gleich noch ein bißchen in den Park. Dort bin ich früher immer gelaufen. Hättest du nicht Lust mitzumachen? Laufen ist ganz hervorragend für den gesamten Organismus. Es hat mich fit gehalten. Du weißt ja, fett bin ich trotz meines hohen Alters noch keineswegs.« Er grinste sie an.

»Hattest du ein ordentliches Mittagessen in der Kantine?« fragte sie.

»Ja, es war nicht schlecht, Fleisch und Gemüse. Mach dir keine Gedanken darum, ich bin genügsam und brauche am Tag nur einmal warm zu essen.«

Gut, sie würde also nicht unbedingt kochen müssen an den Abenden.

Es entstand eine kleine Pause, in der er plötzlich dachte: Es ist alles noch ganz neu, wir werden doch tatsächlich manchmal fast verlegen vor einander.

Sie lächelte, und das war für ihn so, als hätte sie seine Gedanken erraten. Er hatte jedoch nicht die Wahrheit getroffen. Sie hatte ihn beobachtet, sein Gesicht mit der stark ausgeprägten Nase, dem kantigen Kinn und der kraftvollen Nackenlinie. Er war ein verdammt gutaussehender Mann, der Energie und Intelligenz ausstrahlte. Einen seltsamen Kontrast zu seinen athletischen Anlagen bildeten seine braunen, mitunter verträumt schauenden Augen. Für sie war das eine wunderbare Kombination und gleichzeitig das Sinnbild seiner guten Eigenschaften, die für sie außer Frage standen.

Er begann von Silbernagel zu erzählen, der noch ein junger Mann war und sich dennoch schon tief in die mörderische Szene verstrickt hatte. Er mußte mehr über diesen Außenseiter erfahren.

Sie hörte ihm aufmerksam zu und dachte, daß ihr Beruf – oder das, womit sie ihr Auskommen verdiente – eigentlich eine recht fade und belanglose Angelegenheit war. Lange Zeit hatte sie diese Öde ausgehalten. Jetzt hatte sie das Gefühl, daß sie wieder angefangen hatte, wirklich zu leben.

»Morgen lasse ich Silbernagel ins Präsidium bringen. Ich werde mich etliche Stunden mit ihm beschäftigen.«

»Ist das ein Verhör?«

»Ja, eine Art Verhör. Ich muß ihn erst einmal abtasten, sehen, was in ihm steckt ...«

»Kannst du das immer gleich erkennen?«

»Nein, nicht immer. Es gibt Menschen, die so perfekt lügen, daß du ihnen auf den Leim gehst. Kinder, zum Beispiel, lügen mitunter perfekt.«

»Und was glaubst du, woher das kommt?«

»Sie glauben oft selber, was sie lügen. Sie haben keinen Hintergedanken, der sie verraten könnte. Darauf fällt jeder Erwachsene herein.«

Er erinnerte sich an einen zwölfjährigen Jungen, der ihn am Anfang seiner Laufbahn zum Narren gehalten hatte. Der Junge war Zeuge eines Mordes geworden und hatte beim Verhör das Geschehen so verdreht, daß der Mörder um ein Haar freigekommen wäre.

Sie redeten noch ein wenig über Kinder, und so kam es, daß er an diesem Abend fragte, warum sie kinderlos geblieben war. Die Frage interessierte ihn außerordentlich, denn er war sich sicher, daß sie eine wunderbare Mutter geworden wäre.

»Kinder?« Ihr Gesicht wechselte von Nachdenklichkeit zu Ablehnung. »Ich wollte keine Kinder haben.«

»Warum nicht?«

»Ich weiß es nicht genau, aber nachdem ich meinen Mann richtig kennengelernt hatte, war das Thema erst mal erledigt. Früher ja, ganz früher...« Sie wollte noch etwas sagen, aber sie sprach es nicht aus. Er spürte es genau und wartete.

Langsam kam die Wahrheit: »Mein Vertrauen war auf so schäbige Weise enttäuscht worden. Es gibt im Leben Situationen, in denen du erkennen mußt, daß man dich verraten hat. So etwas trifft hart. Es hinterläßt eine Art Ekel vor dem Menschen, der dir das angetan hat und eine Verunsicherung aus der schnell Lebensangst werden kann.«

»Ist dir deine Angst je bewußt geworden?«

»In seltenen Augenblicken, ja.«

»Und heute?«

Sie lächelte: »Nein, heute habe ich keine Lebensangst mehr. Konkrete Angst hatte ich, als dieser Hans Richter mir die Handtasche wegriß. Aber das ist etwas anderes. Ich hielt ihn für völlig unzurechnungsfähig. Er hatte etwas Irres im Blick. Was ist eigentlich aus ihm geworden?«

»Er befindet sich auf freiem Fuß, die Hauptverhandlung wird wohl in ein paar Wochen sein. Meine Tochter hat mir gesagt, daß er unbedingt eine Entziehungskur machen will.«

»Kannst du ihm helfen?«

»Ja, ich werde es versuchen. Alles hängt von seinem Willen ab. In diesem Fall könnte es klappen, weil sie zu zweit sind. Ich habe dir doch von Paul Kress erzählt, diesem Pressefotografen, den Claudia heiraten will. Dessen Bruder hängt auch an der Nadel. Zu zweit können sie sich gegenseitig stützen, das hilft sehr. Sie wollen übrigens morgen ober übermorgen hier vorbeikommen. Claudia hat mich darauf vorbereitet. Wir müssen über alles noch einmal sprechen, denn eine solche Sache muß Hand und Fuß haben.«

»Sie sind zu bedauern«, sagte sie und dachte plötzlich an Claudia. Wie nahm die Tochter die neue Entwicklung auf? »Glaubst du, sie mag mich? Sie muß sich ja schließlich auch auf die neue Situation einstellen.«

»Ich weiß genau, daß sie dich sehr mag. Sie hat es mir selber gesagt. Und Claudia macht keine Sprüche. Wenn sie etwas sagt, dann meint sie es auch.«

»Mir ist wichtig, daß wir ein gutes Verhältnis haben. Sie ist sehr intelligent und wird sich ihre Gedanken machen.«

Hatte sie wirklich Bedenken wegen Claudia? Sie mußte doch bemerkt haben, daß sie ihr mit Sympathie entgegenkam. Es waren nicht so sehr Bedenken, sondern dieses Gefühl, in die Sphäre eines anderen Menschen einzudringen, der zwar nicht mehr lebte, dessen Existenz aber in dieser Wohnung noch allgegenwärtig war.

Sie wollte hier zunächst nichts verändern, sondern die Dinge so belassen, wie sie waren. Sie befürchtete zwar nicht, daß die Erinnerung an ihre Vorgängerin zu übermächtig werden würde, aber sie wollte – nicht zuletzt aus Rücksicht auf Claudia – behutsam vorgehen.

Sie sagte: »Vorhin habe ich auf dem Balkon sämtliche Pflanzen gegossen. Ich glaube, daß die Hortensien und die Oleanderbüsche bald blühen werden. Aber sie waren ein wenig zu trocken.«

»Das ist schön«, sagte er. »Die Blumen da draußen waren meiner Frau ans Herz gewachsen. Sie hat sie sehr gepflegt. Ich habe da nicht mehr so genau darauf geachtet. Du weißt ja, wie so etwas geht. Man vergißt es, aber es wäre schön, wenn sie wieder blühen würden.«

Fast unabsichtlich hatte er seine Frau erwähnt. Es war nur eine Andeutung gewesen, die ihr Einverständnis vorausgesetzt hatte. Sie nahm sich vor, diese Pflanzen so zu pflegen, daß sie wieder blühen würden.

Sie begann zögernd: »Ich wollte dir noch sagen ... Nachdem ich die Blumen gegossen hatte, saß ich fast noch eine Stunde auf dem Gartenstuhl, und da fiel mir etwas auf.«

»Was fiel dir auf?«

»Du weißt ja, diese Straße hat kaum Verkehr ... Ich sah einen Wagen, einen von diesen ganz teuren, der fuhr dreimal hier am Haus vorbei, ganz langsam. Die zwei Männer, die darin saßen, schauten ziemlich auffällig zu uns hinüber. Ich weiß nicht recht, aber sie schienen etwas zu suchen. Vielleicht lachst du mich jetzt aus, aber mir war so, als ob sie dich meinen könnten. Vielleicht war das nur so ein Gefühl.«

»Ich lache dich keineswegs aus«, sagte er. »Was für ein Wagen war es, und wie sahen die Männer aus?«

An die Marke des Autos konnte sie sich nicht mehr genau erinnern. »Entweder ein großer BMW oder ein Mercedes. Der Mann, der den Wagen fuhr, war so um die fünfzig, der andere, der neben ihm saß, war viel jünger. Ich würde ihn auf etwa fünfundzwanzig schätzen.«

»Du bist sehr aufmerksam, aber mach dir bitte

keine Sorgen, wir haben ja schließlich Luchs. Außerdem bin ich bewaffnet und halte meine Augen offen.«

Das beruhigte sie ein wenig und sie sagte: »Es war nur so ein Gefühl, verstehst du, was ich meine?«

SIE VERBRACHTEN EINE Nacht voller Zärtlichkeit, wie sie nur bei einer jungen Liebe möglich ist. Und diese Liebe war noch jung und gerade im Entstehen. Sie sagten es sich, voller Zuversicht, daß es so bleiben würde.

»Es kann nie Routine bei uns werden«, sagte er.

»Ich werde dich immer lieben«, war ihre Antwort.

Sie wußten beide, daß sie in diesem Moment die Wahrheit sagten.

Als sie dann gegen vier Uhr morgens erschöpft einschliefen, begannen die ersten Vögel zu zwitschern. Sie hörten es noch im Halbschlaf, und er dachte noch: Ich wünschte, heute wäre Sonntag...

Aber es war kein Sonntag, der Wecker klingelte pünktlich um sieben Uhr. Sie standen auf, gingen unter die Dusche und nahmen dann ein schnelles Frühstück zu sich.

Im Wagen redete er wieder von dem Fall Silbernagel. »Bei ihm muß ich ansetzen. Da kommt einiges an den Tag.«

Luchs saß aufrecht wie ein Mensch auf dem Rücksitz des Wagens und schaute interessiert auf den Verkehr.

Inge Klein fuhr die beiden bis zum Polizeipräsidium. Dort stiegen sie aus. Er beugte sich noch einmal zum Fenster herab: »Ich will versuchen etwas früher nach Hause zu kommen. Heute kommen doch die beiden Jungen wegen der Entziehungskur. Ist es dir eigentlich sehr unangenehm, diesen Hans Richter wiederzusehen?«

»Nein, das vertrage ich schon, aber wie ist es mit ihm?«

»Wenn er ernsthaft vom Stoff weg will, dann muß er das in Kauf nehmen.«

Er winkte noch einmal und ging dann mit schnellen Schritten auf das Portal zu, dicht gefolgt von Luchs. Sie schaute ihm nach, bis er verschwunden war. Die Erinnerung an seine Zärtlichkeiten war noch wach in ihr. Nur am Morgen war er ihr noch einmal fremd vorgekommen, als er seine Pistole mit dem Halfter anlegte und dabei sagte: »Von jetzt an trage ich sie wieder ständig. Als ich dir zum erstenmal begegnete, hatte ich sie nicht dabei. Das war leichtsinnig.«

Sie fuhr an und reihte sich wieder in den Verkehr ein, der hier schon am Morgen etwas Beängstigendes hatte. Alles in dieser Stadt schien ihr plötzlich gefährlich zu sein. Deshalb hatte sie jetzt einen Mann, der den ganzen Tag eine Pistole trug. Wie seltsam war ihr Leben geworden. Für eine Sekunde sah sie sich wie eine Fremde, die in ein undurchsichtiges Spiel verwickelt wurde, ohne etwas daran ändern zu können. Und wie stand es mit ihrer Arbeit? Eine Beschäftigung, die keine Ansprüche an ihre Intelligenz stellte. Tagaus, tagein saß sie vor dem Bildschirm, während er sich mit den Kriminellen dieser Stadt herumplagte. Sie war unzufrieden, fragte sich auch, ob sie ihm auf Dauer genügen würde. Es war die leise pochende Frage, ob sie gleichwertig wäre.

IM PRÄSIDIUM ließ Kommissar Stein sofort seinen Assistenten rufen. »Herr Becker«, sagte er. »Wir müssen noch das private Umfeld von Silbernagel überprüfen. Die Zeit war gestern zu knapp.«

»Das habe ich schon erledigt, Herr Kommissar. Er lebte bisher in einem losen Verhältnis mit einer jungen Frau. Außerdem ist da noch seine Mutter in Frankfurt. Das ist alles, was wir herausfinden konnten.«

»Haben wir beide Adressen?«

»Ja, wir haben sie. Ich war selber dort, während sie krank waren. Hat aber nicht viel gebracht. Aus der Freundin war nichts herauszubekommen. Sie weiß nicht, wo er steckt, und sieht ihn nur selten.«

»Wohnt er denn nicht bei ihr?«

»Nein, die meiste Zeit bei der Mutter. Er kommt nur hin und wieder zu Besuch.«

»Und die Mutter?«

»Mit der war schon gar nicht zu reden. Sie schrie los, wir sollten ihren Jungen in Frieden lassen.«

»Ich möchte trotzdem beide sprechen. In welchen Verhältnissen leben die denn?«

»Einfach und bescheiden, nichts Auffälliges.«

»Silbernagel wird hier im Präsidium um zehn

Uhr vorgeführt. Wir haben also noch Zeit, die Mutter zu besuchen. Wie ist es mit der Freundin, arbeitet sie?«

»Ja, sie ist Sprechstundenhelferin bei einem Arzt. Die werden wir jetzt nicht antreffen.«

»Gut, dann fahren wir gleich zur Mutter. Die Freundin können wir ja auch vorladen.«

Becker hatte die Unterlagen der Hamburger Kripo, die per Fax gekommen waren, mitgenommen. Während der Fahrt schaute Günter Stein sie noch einmal durch. Er ordnete sie der Wichtigkeit nach, hatte einen genauen Plan, wie er vorgehen würde. Auch der Mutter wollte er einen kurzen Einblick gewähren, aber nur so weit, daß sie die Gefahr erkannte, in der ihr Sohn schwebte.

In seiner Laufbahn war er oft bei Angehörigen von Straftätern gewesen, hatte Mütter erlebt, die ihre Söhne wie Furien verteidigten, die gekämpft und getobt haben; die meisten Väter hatten verlegen geschwiegen.

»Gibt es keinen Vater mehr?«

»Nein, der Vater ging schon vor elf Jahren nach Amerika. Die Ehe war zerrüttet, ein Kontakt zwischen Vater und Sohn besteht offensichtlich nicht mehr.«

»Gut, Becker.«

DIE FRAU WAR genauso abweisend wie beim ersten Mal. Die Wohnung machte einen gepflegten Eindruck, obwohl die Einrichtung abgenutzt war.

»Was wollen Sie schon wieder?« fragte Frau Silbernagel. »Ich habe Ihnen schon erzählt, daß ich nichts weiß, und wenn ich etwas wüßte, würde ich es Ihnen nicht auf die Nase binden. Also lassen Sie mich in Ruhe!«

Sie war etwa fünfzig Jahre alt, früher mußte sie eine angenehme Erscheinung gewesen sein, soviel war noch zu erkennen. Jetzt trug ihr Gesicht die Spuren von Gram und Verbitterung.

Kommissar Stein versuchte es mit freundlichem Zureden. »Niemand erwartet von Ihnen, daß Sie Ihren Sohn belasten, aber es hat sich eine Wendung in seinem Fall ergeben. Sie könnten Ihren Sohn vielleicht sogar entlasten ...«

Sie schaute ihn mißtrauisch an: »Entlasten?«

Sollte er jetzt alles auf eine Karte setzen? Er war noch unschlüssig, aber was würde er schon riskieren?

»Frau Silbernagel, aus dem Rauschgiftdelikt könnte ein Mordfall werden. Ihr Sohn hatte eine Pistole, mit der in Hamburg ein Mensch ermordet wurde. Aus gewissen Gründen glaube ich nicht, daß diese Pistole ihm gehört hat. Er hat sie übernommen oder vor kurzem gekauft. Lassen wir das Rauschgift jetzt einmal völlig aus dem Spiel. Wer könnte ihrem Sohn diese Pistole gegeben haben? Wer immer es war, ist entweder der Mörder, oder er weiß, wer der Mörder ist. Natürlich gibt es da noch eine Kleinigkeit: Er will ihrem Sohn den Mord anhängen ...«

»Mein Sohn ist kein Mörder!« rief sie.

»Das glaube ich auch nicht. Doch zu einer Gerichtsverhandlung wird es unter diesen Umständen kommen. Und wie diese Verhandlung dann ausgehen wird, ist ungewiß. Für Mord gibt es lebenslänglich, Frau Silbernagel.«

»Sie wollen ihn reinlegen!«

»Nein, Frau Silbernagel.«

»Man weiß doch, wie ehrgeizig die Bullen sind. Ein solcher Fall bringt Beförderung, und die trägt man dann in der Lohntüte nach Hause.«

»Niemand will Ihren Sohn reinlegen. Er sitzt jetzt schon, aber Rauschgift bringt keine lebenslange Haft. Ich zeige Ihnen hier mal eine Personenbeschreibung. Lesen Sie das. Es könnte auf Ihren Sohn zutreffen.«

Er hielt ihr das Blatt hin, auf dem die Beschreibung des Täters dick unterstrichen war. Sie setzte die Brille auf und las mit zusammengekniffenen Augen langsam die schwerwiegenden Sätze. Sie konnte ihre Betroffenheit nicht überspielen. Ihr Gesicht wurde zaghaft. Günter Stein sah ihre Ratlosigkeit, aber er wartete noch.

Plötzlich wurde sie freundlicher. »Setzen Sie sich doch«, sagte sie und deutete auf die Stühle.

Stein und Becker nahmen Platz. Die Frau rang nach Worten und begann dann zögerlich zu sprechen: »Wissen Sie, mein Sohn ist ehrgeizig, aber er ist kein schlechter Junge. Ehrgeizig ist er, weil er darunter leiden mußte, daß sich sein Vater aus dem Staub gemacht hat. Ingenieur wollte er werden. Aber womit denn, wenn hier nichts ist…« Sie rieb Daumen und Zeigefinger gegeneinander.

»Ich kann Ihnen sagen, was er mir erzählt hat: Ich will mir etwas Kapital schaffen, hat er gesagt. Dann wollte er studieren. So geriet er an dieses verfluchte Rauschgift. Ich habe ihn immer gewarnt, und er hat mir geantwortet: Das ist nur eine vorübergehende Sache. Sein Mädchen hatte große Rosinen im Kopf. Für die galt er nur etwas, wenn er ihr ein tolles Leben bieten konnte. Sie zog mit ihm rum, hielt ihn hin. In die teuren Diskos wollte sie mit ihm gehen, Urlaub für Tausende von Mark… Ja, so war sie. Er hat gesagt, daß er sie liebt. Was soll man denn da machen? Ich konnte ihn immer nur warnen.«

Frau Silbernagel begann zu schluchzen. Günter Stein setzte nicht nach, denn wenn sie etwas wußte, dann mußte es jetzt kommen.

»Allmählich ist er dann in die Sache hineingerutscht. Ich weiß nur, daß er in große Geschäfte verwickelt war. Wie das im einzelnen lief, weiß ich nicht. Er hat sich wohl mit der Zeit die nötigen Verbindungen geschaffen. Und dann redete er vor zwei Wochen davon, daß er jetzt noch ein letztes, großes Geschäft machen wollte. Danach wäre Schluß. Ich habe gesagt: Es darf dir nichts passieren. Man liest ja so oft von Morden in der Rauschgift-Szene. Darauf hat er gesagt: Mir wird nichts passieren, ich nehme eine Pistole mit… Und ich sagte: Junge, du hast doch gar keine Pistole. Wer wird dir denn eine geben? Darauf hat er gesagt: Frido macht das. Auf den kann ich mich verlassen und auf seinen Schwager auch. Bei Gott, das ist alles, was ich weiß ...«

Kommissar Stein glaubte ihr in diesem Augenblick. Frido! dachte er und fragte: »Haben Sie diesen Frido je gesehen?«

»Nein, niemals. Mein Sohn hat ja seine Geschäfte nicht hier in der Wohnung abgewickelt. Ich weiß nur, daß dieser Frido und sein Schwager einen von diesen ganz teuren Wagen fuhren. Ich sah ihn unten vorm Haus stehen.«

AUF DEM RÜCKWEG zum Präsidium sagte er zu Becker: »Sie weiß mehr, als sie zugegeben hat.«

»Glauben Sie denn, sie ist in die Szene verstrickt?«

»Nein, das natürlich nicht, aber sie war von ihrem Sohn offensichtlich in vieles eingeweiht.«

»Ich hätte nie gedacht, daß sie so viele Informationen preisgeben würde, Herr Kommissar.«

»Sie hat klar erkannt, daß ihrem Sohn eine Mordanklage blüht, und da hat sie dann die Sache mit der Pistole rausgelassen, um ihn wenigstens davor zu schützen.«

»Aber halten sie es nicht für unwahrscheinlich, daß ihr Sohn von der Pistole erzählt hat?«

»Nicht unbedingt, die beiden sind eine verschworene Gemeinschaft, zwei Alleingelassene. Der Vater hat sich aus dem Staub gemacht. Das hat sie vermutlich zusammengeschweißt. Das gibt es übrigens öfter, als man annimmt. Im Grunde ist er ein Mama-Söhnchen. Silbernagel hätte doch genug Geld, sich irgendwo eine tolle Wohnung zu leisten, aber nein, er bleibt bei der Mutter. Das sagt doch viel über ihn aus.«

»Wie wollen Sie beim Verhör vorgehen, Herr Kommissar?«

»Das werde ich spontan entscheiden. Immerhin habe ich den Namen Frido, das wird ihn stutzig machen. Vor allem müssen jetzt alle Beamten des Außendienstes informiert werden. Es muß völlig lautlos eine Großfahndung nach diesem Frido gestartet werden. Das können sie einleiten, Herr Becker.«

»Schade, ich wäre gern beim Verhör dabeigewesen.«

»Wenn Sie sich beeilen, schaffen Sie beides.«

»In Ordnung, Herr Stein.«

In dem kahlen Vernehmungszimmer bot Kommissar Stein dem Untersuchungsgefangenen Silbernagel einen Stuhl an und sagte: »Ich haben Sie herbringen lassen, Herr Silbernagel, weil Ihr Fall inzwischen gewaltige Dimensionen angenommen hat ...«

Sie tauschten Blicke, schätzten einander ab. Der Gefangene wirkte cool, seine Selbstbeherrschung war der hervorstechende Eindruck. Dieser Mann würde sich so schnell keine Blöße geben. Die Ähnlichkeit mit der Mutter fiel Günter Stein sofort auf.

Es war das gleiche Gesicht, jedoch ohne Spuren der bitteren Erfahrung.

»Sie sind Kommissar Stein, nicht wahr?«

»Ja, ich habe Sie in der Nacht Ihrer Verhaftung hier kurz verhört. Danach wurde ich leider krank. Inzwischen haben Sie ja einen guten Anwalt, wie ich höre, aber der wird Ihnen nicht helfen können. Sie brachten einen Koffer mit Geld und wollten Kokain und Heroin kaufen. Da beißt keine Maus den Faden ab.«

Der Mann lächelte siegessicher: »Es war noch nicht in meinem Besitz. Ihre schnelle Truppe hat ja vorher zugeschlagen.«

»Die Sachlage ist klar, Herr Silbernagel. An der ist nichts zu ändern, auch an der Pistole nicht.«

»Ich brauchte sie zu meinem Schutz.«

»Ich könnte Sie jetzt fragen, was für gefährliche Geschäfte Sie denn machen, bei denen Sie sich schützen müssen. Aber warum soll ich meine Zeit mit Dingen verschwenden, die längst bekannt sind.«

Der junge Mann schien nicht beeindruckt, er grinste ein wenig vor sich hin.

»Herr Silbernagel, wann waren Sie das letzte Mal in Hamburg?«

»Das ist lange her. Vielleicht vor einem Jahr.«

»Kommen Sie schon, Silbernagel. Alle großen Dealer fahren von Zeit zu Zeit nach Hamburg, also auch Sie.«

»Ich war schon lange nicht mehr dort.«

»War vielleicht Frido dort mit seinem Schwager?« Günter Stein schaute ihm genau in die Augen.

Eine winzige Veränderung ging in Silbernagels Gesicht vor. Es war, als verändere es sich von innen her, aber noch hielt die äußere Fassade stand.

»Sie waren in Hamburg und haben einen Mann erschossen. Ich kann Ihnen den Mann beschreiben, und ich kann Ihnen den gesamten Vorgang genau schildern. Sie haben ihn mit zwei Schüssen erledigt, mit dieser Pistole hier.« Günter Stein holte die Pistole aus seiner Jackentasche und hielt sie Silbernagel vor die Augen.

Der Gefangene starrte auf die Pistole und schüttelte den Kopf. »Nein«, sagte er. »Nein, nein.«

»Unsere ballistische Abteilung hat einwandfrei festgestellt, daß mit dieser Pistole der Mord begangen wurde. Mit Ihrer Pistole! Der Staatsanwalt wird Anklage wegen Mordes erheben. Es werden Augenzeugen auftreten, die Sie beschreiben können, Ihre Größe, Ihren Wagen. Es wird zu Gegenüberstellungen kommen... Sie, Herr Silbernagel, Sie sind der Mörder von Hamburg!«

Der Gefangene schüttelte den Kopf, sagte nichts, setzte pausenlos sein Kopfschütteln fort.

»Niemand wird daran zweifeln, daß Sie der Mörder sind. Und es kann in diesem Fall nur ein Urteil geben: lebenslänglich!«

Jetzt war Silbernagel kreidebleich. Günter Stein sah, wie der Mann versuchte, sich wieder aufzubauen, denn er war total aus der Fassung geraten. Es zuckte in seinem Gesicht, unruhig rutschte er auf seinem Stuhl hin und her. Der Brustkorb hob und senkte sich in schneller Folge. Dieser Mann hatte begriffen, um was für einen Einsatz er jetzt spielte. Das Wort lebenslänglich hatte ihn mit voller Wucht getroffen.

Günter Stein wußte, was jetzt in dem Burschen vorging, aber er hatte kein Mitleid mit ihm. Wie viele Menschen waren an dem Zeug verreckt, das er ihnen verkauft hatte, um sich ein sorgenloses Leben zu machen. Er war skrupellos genug gewesen, das, was er vielleicht sein Lebensglück nannte, auf dem Elend oder gar dem Tod anderer Menschen aufzubauen. Silbernagel hatte Mitleid nicht verdient.

»Das können Sie mir nicht anhängen, Herr Kommissar!« rief er. »Nein, mir nicht!«

»Ich will Ihnen gar nichts anhängen. Die Tatsachen überführen Sie lückenlos.«

Er beobachtete ihn. Jetzt hing er am Haken wie ein zappelnder Fisch, der zwar kämpft, aber den Haken nicht mehr loswird.

Er sagte es langsam und mit Betonung: »Silbernagel, diese Waffe haben Sie von Frido. Der ist ja ein cleverer Hund, und wenn der sagt: Ich habe dem Silbernagel niemals die Pistole gegeben, dann sind Sie dran ...«

»Von Frido?« Fast tonlos hatte Silbernagel den Namen ausgesprochen.

»Ja, von Frido. Und ich weiß noch mehr, Silbernagel. Aber wir haben ja Zeit. Sie entgehen uns nicht, Silbernagel.«

Stein wußte, daß der Mann noch immer sein Hirn zermarterte, wie er an Frido gekommen war und was er über ihn wußte.

»Was also bleibt Ihnen zu tun, Silbernagel?«

Der Gefangene schaute ihn an wie ein geprügelter Hund. Von seiner Selbstsicherheit war keine Spur geblieben. Jetzt hatte er Tränen des Selbstmitleids in den Augen.

Ich hatte recht, dachte Günter Stein, er ist ein Mama-Söhnchen. Seine Härte richtet sich stets gegen andere, gegen sich selbst ist er weich. Typen dieser Art hatte er oft getroffen.

»Was also bleibt Ihnen, Silbernagel?«

Der Mann schwieg, hatte den Kopf gesenkt und starrte vor sich hin. Plötzlich aber streckte er sich und fragte: »Wann geschah der Mord in Hamburg?«

»Vor genau sieben Wochen.«

»Dann kann ich beweisen, daß ich nicht der Täter bin.«

»Es gibt nur einen Weg, das zu beweisen: Er führt über Frido.«

Silbernagel nickte schweigend, zeigte sein Einverständnis.

In diesem Augenblick flog die Tür auf, und Becker kam herein. Günter Stein fluchte innerlich; das war der schlechteste Moment, um in dieses Verhör hineinzuplatzen. Becker sah die Verärgerung im Gesicht des Kommissars. Er entschuldigte sich: »Ich konnte leider nicht früher kommen.«

»Mir kommen Sie reichlich früh«, antwortete Stein ziemlich barsch.

Becker nahm sich wortlos einen Stuhl und setzte sich an den Tisch. Sein Blick war unsicher. Er schwieg und wartete.

Die kurze Unterbrechung hatte genügt, um in Silbernagel Reserven des Widerstands zu mobilisieren. Günter Stein bemerkte es augenblicklich, denn der Gefangene sagte: »Geben Sie mir zwei Tage Bedenkzeit, Herr Kommissar. Ich muß mit mir ins reine kommen.«

»Gut, die sollen Sie haben«, antwortete er und dachte verdrossen: Aus für heute! Die gute Gelegenheit verpaßt. Er warf Becker einen mißbilligenden Blick zu.

Überraschend für ihn kam dann doch so etwas wie eine Kapitulation. Müde lächelnd sagte der Mann: »Die zwei Tage brauche ich, aber so viel steht fest: Sie haben gewonnen. Sehen Sie, als wir mit dem Verhör anfingen, haben Sie Herr Silbernagel zu mir gesagt. Jetzt bin ich nur noch Silbernagel. So springt man mit Besiegten um ...«

Das war richtig. Günter Stein mußte es sich eingestehen, da lag eine psychologische Nuance, die ihm entgangen war. Er sagte: »Sie sind ziemlich empfindsam. Allerdings nur gegen sich selbst; wären Sie es auch gegenüber anderen Menschen, dann säßen Sie nicht hier... Aber, wenn Sie es wünschen, werde ich Herr Silbernagel zu Ihnen sagen.«

Er drückte auf einen Knopf und ließ den Gefangenen von einem Beamten abführen. In zwei Tagen, dachte er, du entgehst uns nicht.

Er wandte sich an Becker: »Mann, mußten Sie da hereinstolpern? Ich hatte ihn gerade soweit. Sie wissen doch, die entscheidenden Sekunden.«

»Oh, das tut mir leid.«

»Na, ja, Sie konnten es ja nicht wissen.«

»Er wirkte ziemlich gebrochen. Sie haben ihn geschafft, Herr Kommissar. Es läuft jetzt übrigens eine Großfahndung nach diesem Frido. In unserer Kartei sind wir nicht fündig geworden.«

Sie gingen zurück in das Zimmer des Kommissars. Die Sekretärin sagte: »Es ist zweimal für Sie angerufen worden. Einmal war es Ihre Tochter und einmal ...«

»Ja, ich weiß schon. Vielen Dank.«

Er setzte sich an seinen Schreibtisch und wählte die Nummer von Inge.

Sie entschuldigte sich: »Ich hätte nicht bei dir angerufen, aber Claudia hat mir am Telefon gesagt, daß es heute mit den Jungen nicht klappt. Sie kommen morgen abend, um mit dir über die Entziehung zu sprechen. Stell dir vor, Claudia hat mich gefragt, ob sie trotzdem am Abend zu uns kommen darf. Ist das nicht ein liebes Mädchen?«

»Hat sie alles von ihrem Vater«, flachste er.

»Aber das weiß ich doch.«

»Ich finde es gut, daß ihr mal ohne mich zusammen seid. Ihr werdet euch sicher gut verstehen.«

»Davon bin ich überzeugt. Wie war dein Verhör?«

»Sehr erfolgreich, mein Liebling. Wir haben ihn.«

»Hast du trotzdem mal an mich gedacht?«

»Du bist immer dabei.«

»Ich denke in jeder Sekunde an dich. Ich liebe dich. Ich liebe dich. Aber nun muß ich auflegen. Ich freue mich auf heute abend.«

»Hör zu«, sagte er.
»Ja?«
»Ich liebe dich. Ich liebe dich.«

INGE KLEIN BEEILTE sich. Um kurz nach fünf wollte sie in der Wohnung sein, denn Claudia hatte gesagt, sie würde gegen halb sechs eintreffen. Sie fühlte sich ein wenig unsicher. Noch vor kurzem hatte Claudia dort gewohnt, nun kam sie zu Besuch, als Gast. Und was bin ich? fragte sie sich. Die Gastgeberin? Das war schon ein wenig seltsam.

Aber die Befangenheit löste sich schnell. Claudia kam, schaute sie mit ihrem offenen Gesicht fröhlich an und sagte: »Ich bin zwar die Jüngere, aber wollen wir nicht du zueinander sagen?«

»Aber gern, das macht es mir leichter. Es ist ja alles noch sehr neu, nicht wahr?«

Claudia lachte, sie hatten sofort Kontakt. »Neu ist es schon, aber ich habe das Gefühl, daß ihr ideal zusammenpaßt. Du glaubst gar nicht, wie sehr mich das freut. Ich hatte schon Angst, er würde sich total abkapseln. Er war auf dem besten Wege dazu.«

Sie begriff schnell, daß sie beide den gleichen Wunsch hatten, einander zu gefallen und zu verhindern, daß der freundschaftliche Beginn doch noch in eine Konkurrenzsituation umschlägt.

Claudia wußte, daß diese Frau eine schwere Enttäuschung hinter sich hatte. Inge Klein hatte von Günter Stein erfahren, daß Claudia einen Mann liebte, mit dem er als Vater nicht ganz einverstanden war. Na und? Dieses Mädchen war klug und stark genug. Was konnte schon passieren?

Natürlich hatte auch die Tochter einiges wissen wollen. Auf Claudias Fragen hatte er gesagt: »Inge hat lange allein gelebt. Ihr Mann war zwar erfolgreich, aber charakterlich ein mieser Kerl.«

Na und? Diese Frau war intelligent, sie war hübsch, hatte einen wundervollen dezenten Charme, dem sich niemand entziehen konnte, und sie war nun mit dem richtigen Mann verbunden – mit ihrem Vater. Was sollte da noch schiefgehen?

Inge servierte Tee, weil sie wußte, daß in dieser Familie stets Tee getrunken worden war. Sie saßen sich dann gegenüber. Die beiden Jungens würden erst morgen kommen. Hans Richter war krank geworden.

»Er ist überhaupt kränklich«, sagte Claudia. »Ferdy ist zwar robuster, aber beide sind ziemlich am Ende wegen des Kokains. Sie sind nur deswegen von Heroin auf Kokain umgestiegen, weil das leichter zu beschaffen ist. Aber mein Vater will ihnen ja helfen, hat er mir versprochen. Es gibt da ein kleines Therapiezentrum im Taunus. Unter gewissen Umständen übernimmt der Staat die Kosten für die Therapie. Und mein Vater ist ja wohl der beste Fürsprecher in dieser Sache.«

»Ich weiß, er tut viel, aber er spricht kaum darüber.«

»Ja«, sagte die Tochter. »Er hat seine Verdienste nie an die große Glocke gehängt. Das liegt ihm nicht.«

»Wie war er denn früher? Ich meine, als deine Mutter noch lebte?«

»Da war er genauso. Es hat sie nur manchmal geärgert, so wenig über seine Arbeit zu wissen. Sie sind aber trotzdem wunderbar miteinander ausgekommen. Ich habe nie eine vergleichbare Ehe gesehen. Du weißt ja, wie das heute so geht, überall kracht es. Fast jede zweite Ehe wird geschieden. Wenn ich so herumschaue bei Bekannten und Verwandten ...«

»Ja, ich weiß. Bei mir hat es ja schließlich auch gekracht, aber das ist schon eine ganze Zeit her. Du siehst übrigens deiner Mutter sehr ähnlich. Ich habe ihr Bild gesehen, das auf seinem Schreibtisch steht.«

»Stört es dich nicht?«

»Nein, ganz und gar nicht. Es wäre doch dumm von mir, wenn mich dieses Bild stören würde. Ich werde hier übrigens nichts verändern, es soll alles so bleiben, wie er es gewohnt war.«

»Willst du deine Wohnung behalten?«

»Vorerst ja. Wir wollen mal sehen, wie sich alles entwickelt. Ich richte mich da ziemlich nach ihm.«

»Ich habe schon am ersten Tag gespürt, daß es bei euch gefunkt hatte.«

»Ja, und ich liebe ihn wirklich sehr. Ich habe noch keinen Mann wie ihn getroffen.«

Claudia strahlte vor Freude. »Du könntest doch eigentlich deine Wohnung aufgeben und mit ihm zusammenziehen. Hast du die Wohnung schon mal richtig angesehen? Sie ist schön.«

»Ich habe mir noch gar nicht jedes Zimmer genau angeschaut ...«

»Na dann komm, ich zeige dir mal was, das er dir bestimmt nicht vorgeführt hat.«

Sie ging voraus und führte Inge zu einer kleinen Nische im Nebenzimmer, wo eine antike Kommode stand. Sie zog eine Schublade auf: »Seine Waffensammlung. Die besten Pistolen der Welt, mit Munition.«

Claudia bemerkte, daß der Anblick Inge nicht gefiel und beeilte sich zu sagen: »Früher war er in einem Club für Scharfschützen. Er hat uns damals oft mitgenommen auf den Schießplatz. Er ist ein unglaublich guter Schütze.«

»Geht er jetzt nicht mehr schießen?«

»Nein, er hat eines Tages gesagt, das wären Kindereien. Er tut vieles nicht mehr, was er früher getan hat.«

»Auto fährt er auch kaum noch, hat er mir gesagt.«

»Ja, seit damals, als das mit meiner Mutter passiert ist. Der Wagen steht meist in der Garage. Er joggt auch nicht mehr im Park. Das hat er früher fast jeden zweiten Abend getan; ich glaube, es half ihm auch, sich das Rauchen abzugewöhnen. Aber nicht immer hatte er Zeit dazu. Er kam immer mal wieder spät nach Hause. Meine Mutter hat dann auf ihn gewartet und konnte nicht einschlafen, wenn er nicht da war. Vielleicht wird es dir auch schwerfallen, auf ihn zu warten. Ich weiß nicht, ob man sich an so etwas gewöhnen kann. Wir haben uns nie daran gewöhnt.«

Diese Frage hatte sich Inge noch gar nicht gestellt. Ja, wie würde das sein, wenn er über Nacht im Einsatz wäre? Sie wußte keine Antwort darauf.

Claudia redete fast ununterbrochen, von ihrer Arbeit im Verlag und den interessanten Menschen, denen sie dort begegnete, von ihrem Vater… Über ihre Beziehung zu Paul Kress verlor sie kein Wort.

Sie erschrak beinahe, als Inge unvermittelt fragte: »Und du bist nie enttäuscht worden?«

Claudia schaute sie nachdenklich an, bevor sie antwortete: »Nein, ich bin bisher nie enttäuscht worden.«

GÜNTER STEIN KAM mit Luchs, der im Zimmer sofort seine Freudensprünge machte. Er kam später, als sie erwartet hatten, gab keine lange Erklärung ab, sondern sagte nur so leichthin: »Es war noch etwas zu tun, entschuldigt. Ich hoffe, ihr habt euch auch ohne mich gut unterhalten.«

»Das haben wir«, sagte Claudia. »Und rate mal, von wem wir gesprochen haben.«

»Ich kann es mir denken. Ihr habt alle meine schlechten Eigenschaften durchgehechelt.«

Inge sagte: »Claudia hat mir viel von ihrer Verlagsarbeit erzählt. Ich wußte gar nicht, unter welchen Schwierigkeiten Schriftsteller oft schreiben müssen.«

»Sie tun es trotzdem, und deshalb mag ich sie«, sagte Claudia.

»Eigentlich leben wir in einer kulturfeindlichen Zeit. Kannst du dich an die Kultursendung vor einigen Tagen erinnern, Claudia?«

»Ja, es ging darum, daß heute alles von der Unterhaltung durchsetzt ist. Nicht nur die Kultur, auch der Journalismus.«

Sie hatten sich in Sekundenschnelle in Rage geredet. Günter Stein bemerkte es lächelnd und sagte: »Früher haben wir so viel diskutiert und gelesen, nicht wahr, Claudia?«

»Ja, sehr viel.«

Inge konnte es sich vorstellen, diese Familie war eine intakte Gemeinschaft gewesen, geradezu eine Bilderbuch-Familie, wenn man vom gefährlichen Beruf des Vaters absah.

»Hattest du Ärger?« fragte Inge.

»Nein, nein, keinen Ärger, nur das Übliche.«

»Du hast am Telefon gesagt, das Verhör sei erfolgreich gewesen?«

»War es auch. Ich hatte ihn schon so richtig im Griff, da stolperte mein Assistent herein und machte die ganze Stimmung kaputt. Wißt ihr, oft ist da nur eine hauchdünne Schicht von Bereitschaft, den Kram hinzuschmeißen, aufzugeben und das Geständnis zu machen. Ein äußerst sensibler Vorgang.«

»Du hattest doch gesagt, wir haben ihn ...«

»Ja, wir haben ihn auch. Es dauert keine drei Tage mehr, dann wissen wir alles. Die Sache mit dem Rauschgift ist klar. Jetzt geht es um einen Mord.«

Er hätte noch viel erzählen können, aber das lag ihm nicht. Da war zum Beispiel das Gespräch mit dem V-Mann gewesen, den er in die Rauschgift-Szene eingeschleust hatte. Der Mann hieß Marein.

Er lebte äußerst gefährlich, konnte es nicht riskieren, ins Polizeipräsidium zu kommen. Alles per Telefon und in aller Kürze.

»Neue Sendungen sind angekommen. Schnee in Massen. Heroin kaum. Der Markt stellt sich um. Ich bin an einem mittleren Verteiler dran. Der muß das Zeug hier in Frankfurt beziehen. Gibt da eine gut getarnte Quelle. Mit zwei Männern soll ich bekannt gemacht werden in den nächsten Tagen. Die Asylanten, die hier am Bahnhof den Stoff vertreiben, könnte ich zu Dutzenden fassen, aber die sind für uns nicht wichtig. Einige davon habe ich notiert. Aber vor allem brauche ich Geld.«

»Wieviel Geld?«

»Mindestens fünftausend. Ich muß Geld vorzeigen können.«

»Sie wissen, wie knapp wir mit Geld gehalten werden.«

»Das ist ja die Scheiße!« rief Marein. »Große Erfolge wollen sie sehen, aber die sollen nach Möglichkeit gratis geliefert werden.«

»Gut, ich werde Ihnen die Fünftausend an den alten Platz bringen lassen. Heute abend noch. Mein Assistent Becker wird es wieder bringen, wie das letzte Mal.«

Davon hätte er erzählen können, und daß er sich die Hacken abgelaufen hatte, um die fünftausend Mark zu organisieren. Der Agent mußte sich Vertrauen erkaufen können.

Aber diese Dinge eigneten sich nicht dafür, am Familientisch besprochen zu werden.

Er fragte: »Hans Richter ist also heute krank gewesen?«

Claudia antwortete: »Nicht mehr als sonst, aber gerade heute ging es ihm besonders elend. Sie wollen morgen kommen. Ist dir das recht?«

»Um sechs Uhr können wir uns hier treffen. Morgen werde ich um fünf Uhr Schluß machen, da kann geschehen was will. Am besten machen wir mit den beiden einen Spaziergang durch den Park, das lockert sie ein bißchen auf. Ich nehme Luchs mit, und ihr könnt ja auch mitgehen. Ich glaube, es wird nötig sein, sie aufzutauen, denn sie werden sich höchst unbehaglich fühlen. Ich kenne das ...«

SIE SASSEN GEMÜTLICH bei einer Flasche Wein und hatten das Gefühl, sich nähergekommen zu sein. Claudia hatte zweimal zu Hause angerufen, aber Paul Kress war nicht in der Wohnung gewesen.

Als sie am nächsten Morgen zum Präsidium fuhren, Luchs wie immer auf den hinteren Polstern sitzend, sagte Inge: »Mir fiel auf, daß sie kaum von ihrem Paul Kress gesprochen hat.«

»Claudia muß wissen, was sie tut«, antwortete er. »Sie ist alt genug.«

»Natürlich.«

Inge hatte nicht nach Hintergründen forschen wollen; sie hatte nur gesagt, was ihr ein wenig seltsam vorgekommen war, aber sofort bemerkt, daß er nicht gern darüber sprach. Das war ein wunder Punkt bei ihm.

Er verabschiedete sich: »Ich komme heute abend ganz gewiß früher. Sollten die beiden vor mir eintreffen, dann biete ihnen doch was zu trinken an und lockere sie schon ein wenig auf. Du kannst das schon, da bin ich sicher.«

Er küßte sie und ging davon.

Seine erste Frage im Präsidium war, ob die Übergabe des Geldes funktioniert hätte.

Eifrig bestätigte Becker: »Klar, Herr Kommissar, er hat die Fünftausend von mir bekommen.«

»Wie geht es Marein?«

»Mir kam er nervös vor. Ist ein verdammt heißer Job. Er haust da in dieser viertklassigen Absteige unter dem Dach und spielt den heruntergekommenen Fixer, der aber noch Verbindungen und Geld hat. Ein harter Bursche. Marein hat übrigens gesagt, der Name Frido käme ihm bekannt vor. Wenn es den in Frankfurt gäbe, würde er ihn finden ...«

»Sonst noch was?«

»Er ist an zwei Großverteilern dran und vermutet einen weiteren Auftraggeber. Er sagte, die Spur führt nach Südamerika.«

»Aber das wissen wir doch schon lange.«

»Ja, aber er sagt, er sei noch nie so nah dran gewesen. Den Silbernagel kennt er übrigens auch und hat gesagt, der hätte seine eigene kleine Organisation. Ein Einzelgänger, der mindestens ein Dutzend Bars und verschiedene Zuhälter beliefert. Der Mann sei leicht zu überführen. Hier ist eine Liste mit den Bars, die er beliefert. Vielleicht könnten Sie das brauchen, hat er gesagt.«

»Ja, geben Sie her, das kann ich gut gebrauchen. Aber erst morgen oder übermorgen. Dann werden wir diesen Silbernagel knacken.«

»Werde ich diesmal dabei sein, Herr Kommissar?«

»Ja, diesmal werden Sie dabei sein.«

AM NÄCHSTEN MORGEN erhielt er kurz nacheinander zwei Anrufe. Claudia sagte am Telefon: »Es ist also abgemacht, die beiden werden heute abend um sechs Uhr vor deiner Tür stehen. Ferdy hat mich vor ein paar Minuten angerufen. Klappt es bei dir?«

»Bis jetzt ist nichts passiert, was mich länger aufhalten könnte.«

»Dann ist ja alles in Ordnung. Und Inge weiß Bescheid? Weißt du, mit dieser Frau hast du einen riesigen Griff getan. Doch, doch, das ist eine ganz tolle Frau. Ich finde sie fantastisch. Übrigens werde ich heute abend auch kommen. Paul hat viel zu tun, er wird erst gegen Mitternacht zu Hause eintreffen.«

Der zweite Anruf kam von Inge. Sie sagte: »Es ist nichts Besonderes, ich wollte nur deine Stimme hören. Ich störe doch nicht gerade bei einer wichtigen Sache?«

»Aber nein, du störst mich nicht. Es ist schön, daß du anrufst.« Er wollte mehr sagen, viel mehr, aber, wie fast immer am Telefon, blieben die Worte hinter dem Gedachten zurück. Er hätte jetzt sagen können: Du bist ständig bei mir, du bist in mir... Und es wäre die Wahrheit gewesen.

Sie fragte: »Wenn die beiden heute abend vor dir

erscheinen sollten, darf ich ihnen ein Bier anbieten? Bier dürfen sie doch wohl trinken?«

»Aber sicher dürfen sie Bier trinken. Sie haben ja noch nicht mit der Entziehung angefangen. Was tust du jetzt gerade?«

»Ich schreibe Briefe und denke an dich.«

»Dann ist es gut«, sagte er. »Ich freue mich auf dich.«

Sie wechselten noch ein paar Worte, die nur aus versteckten Hinweisen und Signalwörtern bestanden und einzig für die Wellenlänge des Partners bestimmt waren. Das Wort Liebe fiel nicht, aber es ging bei diesem Gespräch um nichts anderes als Liebe.

»Wie ein eingespieltes Team«, dachte er, als er den Hörer auflegte.

Es gab jetzt noch einiges zu tun, aber nichts Brandheißes, nur Routinearbeit. Sein Assistent besorgte gemeinsam mit fünf Mitarbeitern diese wenig spektakuläre, aber wichtige Arbeit. Es war wie ein Puzzle. Die Verbindungen der Dealer untereinander waren auf einem Plan festzuhalten, ihre Methode genau zu definieren, Aussagen von Fixern und Opfern waren zu bündeln. Die Zentren prangten in roter Einrahmung auf der Stadtkarte seines Zimmers. Und Frankfurt hatte viele Zentren des Rauschgifts.

Vier Beamte waren jetzt als V-Männer im Einsatz. Ihre Berichte wurden ständig koordiniert und in Akten übersichtlich gestaffelt.

Becker sagte: »Was wir da drin haben, reicht aus,

um wieder mal eine große Aktion zu starten.« Er klopfte mit der Hand auf einen Aktendeckel.

»Das werden wir auch tun«, sagte Stein. »Aber erst, wenn die Zeit dafür reif ist. In den nächsten Tagen geht da gar nichts. Ich brauche noch ein paar detaillierte Informationen. Denken Sie an den Namen Frido. Hat sich da was getan?«

»Nein, leider noch nicht, aber die Angaben, die Silbernagels Mutter gemacht hat, sind doch auch ...«

»Noch nicht genug, aber schon verwertbar«, murmelte Stein nachdenklich.

Viele Aktionen liefen zu gleicher Zeit, ihre Ergebnisse trafen hier zusammen, wurden in einem Computer gesammelt und von einem Spezialisten ausgewertet. Geld, viel Geld, hatte das alles gekostet. Vor allem aber eine enorme Anstrengung jedes einzelnen Mitarbeiters. Da draußen lief eine große Anzahl von Männern und Frauen herum, die nicht ahnten, wie genau ihre Daten und ihre Gewohnheiten hier gespeichert waren. Alles auf Abruf bereit. Aber das war noch nicht genug, wie Stein oft sagte.

Er hatte ständig gemahnt und Verbesserungen gefordert, schon seit Jahren. Kriminalrat Weber war geduldig und freundlich geblieben, doch ein paar Etagen höher ging der Spruch um: »Wenn Stein etwas anregt, dann wird es teuer.«

Darauf gab es nur eine Antwort: »Das Leben der gefährdeten Menschen ist wertvoller.«

Diesem Satz hatte noch keiner der hohen Beamten widersprochen, doch die Beschaffungen zögerten sich meist lange Zeit hin. Er hatte sich oft darüber geärgert, denn es bewies ihm, daß die Gefahr nicht in ihrem ganzen verheerenden Ausmaß erkannt worden war.

Vor einigen Wochen hatte er bei Kriminalrat Weber zornig angerufen: »Die Probleme verschärfen sich von Tag zu Tag, und wir reagieren im Schneckentempo. Ich habe das Gefühl, viele von uns haben noch gar nicht begriffen, worum es geht!«

»Ich muß Ihnen recht geben, Herr Stein«, hatte Weber geantwortet. »Aber ich weiß, daß zumindest Sie sich über die wahren Dimensionen im klaren sind. Schließlich waren Sie ja für fast neun Wochen zu Recherchen in Südamerika. Und deshalb habe ich Sie auch als Chef der Sondereinheit vorgeschlagen, die hier doch wohl zusätzlich gebildet werden muß. Auch wenn es jetzt noch ein paar Widerstände gibt.«

»Mich vorgeschlagen?«

»Aber natürlich, ich wüßte keinen besseren Mann für diesen Job. Herr Schwarz mag Sie ja auch. Sie werden befördert.«

Das war eine Überraschung gewesen, mit der er nicht gerechnet hatte. Kriminalrat Weber hatte lächelnd gesagt: »Es wundert Sie, daß Sie die ganze Sache führen werden? Wenn ich Sie nicht so gut kennen würde, könnte ich Ihnen diese Verwunderung nicht abnehmen. Durch Ihre Bemühungen wurde das Dezernat Rauschgift mit modernster Elektronik ausgerüstet. Die Abteilung wurde enorm vergrößert, aber was wichtiger ist: Die Erfolge, die wir gegen das Rauschgift hatten, sind um mehr als hundert Prozent angestiegen, seit Sie an der Sache dran sind.«

So etwas klingt verdammt gut in den Ohren eines Mannes, der seine Aufgabe ernst nimmt. Er freute sich über diese deutliche Bestätigung seiner Erfolgsbilanz.

»Ja, ja«, sagte Weber. »Sie kriegen auch die zusätzlichen zwölf Mann, die sie seit langem beantragt haben. Ich lasse es Sie früh genug wissen, wann ...«

Und heute war der Tag. Weber hatte ihn rufen lassen. Schon an seinem Gesicht konnte Stein erkennen, daß etwas Erfreuliches zur Sprache kommen würde.

»So, Herr Stein. Sie kriegen Ihre zwölf Mann. Ausgesuchte Leute. Jung, stark und schnell, wie Sie es immer haben wollten.« Weber grinste ihn an. »Na, was sagen Sie?«

»Wunderbar. Das ist großartig.«

»Ja, hat uns auch einige Mühe gekostet. Das dürfen Sie mir glauben.«

»Davon bin ich überzeugt, Herr Kriminalrat. Aber jetzt kann ich doch ganz anders arbeiten.«

»Die Männer werden übermorgen hier sein. Ich schlage vor, daß Sie ihnen erst einmal Ihr gesamtes Material vorführen. Vor allem die Filme, die Sie aus Südamerika mitgebracht haben. Die Rauschgiftbasen in Brasilien, Kolumbien, Venezuela, Costa Rica und so weiter. Ich erinnere mich an die eindrucksvollen Bilder. Die versteckten Pflanzungen im Dschungel, die Verarbeitung der Rohstoffe. Und die Bilder der Toten, die an Deutlichkeit keine Fragen offen ließen.«

»Sie meinen die Erdrosselten, die ich auf den Pisten fand.«

»Ja, die meine ich. Also zusammengefaßt: Ihre Abteilung heißt jetzt nicht mehr Dezernat Rauschgift, von jetzt an sind Sie der Chef der Sondereinheit Rauschgift.« Weber nickte freundlich. »Das ist doch etwas, oder?«

»Das ist eine ganze Menge, Herr Kriminalrat«, antwortete er.

Er überlegte, ob er Inge gleich anrufen sollte. Es war eine Freude in ihm, die sich mitteilen wollte. Er telefonierte jedoch nicht. Es war immerhin sechs Uhr abends geworden. Und Inge wartete wohl schon mit den beiden jungen Männern in der Wohnung auf ihn. Jetzt waren diese beiden wichtig, die sich ihm anvertrauen wollten. Keine leichte Aufgabe. Ich muß sie überzeugen können, sagte er sich, ich muß einen Zugang zu ihnen finden. Langsam muß ich dabei vorgehen. Jedes Wort will überlegt sein. Er glaubte, daß es ihm gelingen würde.

Die beiden jungen Männer, die zwischen den halbhohen Buchshecken sehr langsam auf das Haus zugingen, wirkten unsicher. Sie zögerten, schauten herum wie Fremde, die das Haus nicht kennen, die aber in das Haus hineingehen müssen, weil sie dort erwartet werden.

So sah das aus, als Ferdy, der Bruder von Paul

Kress, und der blasse Hans Richter ihren Besuch antraten. Dieser Weg zu Kommissar Stein hatte sie Überwindung gekostet und war doch ein bedeutender Schritt für sie, von dem sie sich viel erhofften.

Schon am frühen Nachmittag hatten sie darüber nachgedacht, was sie anziehen sollten. Eine außergewöhnliche Überlegung für Menschen, die kaum Wert auf Kleidung legten. Außerdem war ihre Auswahl in dieser Beziehung sowieso recht dürftig. Aber einen Blazer besaßen sie beide. Und dafür hatten sie sich entschieden, zu den unvermeidlichen Jeans den Blazer, das würde ihr Äußeres etwas aufwerten.

»Können wir so gehen?« hatte Hans Richter gefragt. Er war kreidebleich und seine Hände zitterten. Doch das war nichts Außergewöhnliches, seine Hände hatten in den letzten Jahren stets gezittert.

»Natürlich können wir so gehen«, hatte Ferdy gesagt. »Wir sind sauber und frisch rasiert.«

Auch er hatte sich bemüht, einigermaßen passabel auszusehen, denn sein Bruder hatte ihm schon vor Tagen eine deutliche Mahnung mit auf den Weg gegeben: »Wenn du mich da blamierst, brauchst du hier nicht mehr aufzukreuzen. Merk dir das. Immerhin ist er der Vater von Claudia. Es ist schon schlimm genug, daß du mein Bruder bist; blamier uns nicht noch mehr. Also benehmt euch!«

Dazu waren sie fest entschlossen, als sie die Treppen hinaufgingen. Inge Klein hatte sie bereits erwartet. Als sie nach dem Klingeln die Wohnungstür öffnete, standen zwei magere Jungen vor ihr, die höflich grüßten und dabei eine artige Verbeugung machten. Sie führte sie ins Wohnzimmer und bot ihnen Platz an. Sie setzten sich stumm und mit verlegenen Gesichtern nebeneinander auf die Couch.

»Was darf ich Ihnen anbieten? Bier, ein Glas Wein, Mineralwasser?«

Sie entschieden sich für das Mineralwasser, und während Inge zur Küche ging, flüsterte Ferdy: »Das ist ja eine Klassefrau. Und ausgerechnet der hast du die Handtasche weggerissen.«

»Ja, ja«, nickte Hans Richter nur.

Dabei litt er an der Tatsache, die ihm der Freund vorgeworfen hatte. Was für eine Situation! Der peinliche Vorfall stand im Raum. Er wollte etwas dagegen tun, wollte die Aussprache.

Dankend nahm er das Glas Mineralwasser und stieß heftig hervor: »Frau Klein, vor allem will ich mich noch einmal bei Ihnen entschuldigen. Ich war nicht bei Sinnen, als das geschah. Ich war ...«

»Ich weiß«, sagte sie und lächelte freundlich. »Wir wollen das vergessen. Sie standen unter Rauschgift.«

»Ja, ich war nicht ich selbst. Es belastet mich mehr, als ich sagen kann. Es geht mir seit damals nicht aus dem Sinn.«

»Sie können das ja wieder gutmachen, später, durch ein anderes Leben.«

»Ja, eines Tages werde ich beweisen, daß ich doch etwas tauge.«

»Ja«, sagte Ferdy und nickte vor sich hin. Dann schwiegen sie wieder und hielten mit ernsten Gesichtern das Glas Wasser in der Hand. Obwohl Inge sich bemühte, blieb das Gespräch stockend und bewegte sich in Verlegenheitsphrasen. Wie hatte Günter gesagt? Sie werden sich höchst unbehaglich fühlen. Es war ihnen anzusehen. Sie hatte Mitleid mit ihnen und konnte doch nicht viel für sie tun.

»Herr Stein wird bald kommen. Er hat es fest zugesagt.«

Sie nickten dankbar, lächelten zaghaft. Mein Gott, die beiden waren ja total verstört. Voller Zorn dachte sie daran, daß es durch die Profitgier gewissenloser Verbrecher Tausende von jungen Männern und Frauen wie diese hier gab.

Sie sagte in einer plötzlichen Eingebung: »Ich weiß, was sie durchmachen. Wir wollen Ihnen helfen. Also haben Sie keine Hemmungen, Sie sind hier bei Freunden.«

»Danke«, sagte Hans Richter. Ferdy nickte eifrig: »Vielen Dank, Frau Klein.«

»Ihr Bruder ist Fotograf, nicht wahr?«

»Ja, er ist ungemein tüchtig, und er schämt sich seines Bruders. Wissen Sie, mein Freund Hans und ich ...« Er deutete mit einem Kopfnicken auf Hans Richter, »wir haben beide Abitur gemacht, kein besonders gutes Abitur, aber immerhin. Mein Bruder Paul hat kein Abitur, aber es ist doch etwas aus ihm geworden. Er ist einer der besten Fotografen, die es hier gibt.«

»Vielleicht könnten Sie auch Fotograf werden?«

»Ja, vielleicht.«

»Und Sie?« wandte sie sich an Hans Richter.

Der Junge schüttelte den Kopf: »Ich weiß nicht, was aus mir werden soll ... Ich suche, ich suche ...«

Die Befangenheit stand wieder riesengroß im Raum.

Dann hörten sie, daß die Wohnungstür geöffnet wurde. Zuerst kam Luchs. Er rannte ins Zimmer, blieb aber plötzlich wie angewurzelt stehen und knurrte Hans Richter aus zwei Meter Entfernung an. Er schaute zu ihm herüber, sah bedrohlich aus, rührte sich jedoch keinen Zentimeter vom Fleck.

Günter Stein kam und rief: »Luchs, sitz!« Der Hund gehorchte augenblicklich. Jetzt erst wandte er sich seinen Besuchern zu: »Da seid ihr ja. Wir haben Zeit, wir müssen nicht gleich mit harten Bandagen rangehen. Habt ihr heute schon etwas gegessen?«

Sie nickten zögerlich.

»Habt ihr heute Stoff genommen?«

»Nein, nein.« Sie schüttelten den Kopf.

»Dann werden wir erst mal eine Kleinigkeit essen.« Er war locker und souverän. Die beiden fühlten sich irgendwie erleichtert. Er hatte ihren Ton auf Anhieb getroffen.

Als Claudia kam, wurde die Runde fast fröhlich. Sie hatte gleich zu Anfang gesagt: »So lernst du auch endlich mal meinen Schwager kennen. Er sieht Paul zwar nicht ähnlich, aber er ist trotzdem sein Bruder.«

Nein, es gab keine Ähnlichkeit zwischen den Brüdern. Günter Stein hatte das sofort gedacht. Dieser Junge war nicht so gutaussehend wie Paul mit seinem römischen Kopf und den blendend weißen

Zähnen. Ferdy war noch jungenhaft, aber sein Gesicht zeigte doch Spuren von Energie, die bei Hans Richter völlig fehlten. Er ist schwach, sehr schwach, so war sein Urteil über diesen Jungen. Ferdy war der geistige Anführer dieser Freundschaft, obwohl Hans Richter wahrscheinlich intelligenter war, nachdenklicher, tiefgründiger. Das war einer, der die Dinge schwer nahm.

Inge hatte mit Claudias Hilfe belegte Brote aufgetragen, dazu gab es Tee. »Nun greift mal ordentlich zu«, sagte Günter Stein.

Luchs hatte sich in eine Zimmerecke gesetzt und schaute unverwandt auf Hans Richter, dem die gespannte Aufmerksamkeit des Hundes nicht entgangen war. Er vergibt mir nicht, dachte er. Für diesen Hund werde ich immer ein Feind bleiben.

Es wurde belanglos geplaudert, aber mit dem erkennbaren Willen zu einer guten Atmosphäre. Das Rauschgift wurde mit keiner Silbe erwähnt. Günter Stein sagte nur einmal: »Wenn ihr wollt, fangen wir in zwei Tagen mit der Entziehung an. Ich habe bereits wegen euch telefoniert.«

Und dann kam plötzlich ein Angriff von Hans Richter, den niemand erwartet hatte. Ferdys Verhalten war auslösend gewesen, indem er sagte: »Wir sind Ihnen sehr dankbar, Herr Stein.«

»Das macht er doch gern für euch«, sagte Claudia.

»Ja, ja, aber ich komme mir so seltsam dabei vor. So, als hätte ich das nicht verdient, hier so freundlich aufgenommen zu werden.«

Und dann sagte Hans Richter laut: »Ja, das ist es. Sie beschämen uns total. Ich halte das nicht aus. Wir sitzen hier wie zwei Deppen, wobei ich mir noch sagen muß, daß ich nicht nur ein Depp, sondern auch ein Dieb bin.«

Erstaunt schauten ihn alle an.

»Ja, sehen Sie doch, Ihr Hund da, der verzeiht mir nicht. Und es kann im Grunde genommen auch nicht verziehen werden. Verstehen Sie mich nicht falsch, aber Ihre Freundlichkeit ist für mich unerträglich. Sagen Sie doch: Du bist ein Schwachkopf, ein unfähiger Schwächling ...«

Er war den Tränen nahe und Ferdy tadelte: »Mann, jetzt fängt der auch noch an zu heulen.«

Günter Stein rettete die Situation, indem er rief: »Nein, Junge, du bist kein Schwachkopf, kein unfähiger Schwächling. Du hast ja noch Biß, du kannst ja noch angreifen. Und glaube mir: Ich verstehe sehr gut, was du meinst. Ich sage übrigens nicht aus Überheblichkeit du zu dir. Ich sage es zu dir, weil ich dir mein du anbiete.«

Hans Richter staunte ihn an, und sein Gesicht überzog sich mit Verlegenheit. »Es tut mir leid«, sagte er. »Es tut mir leid, daß ich so explodiert bin. Ich habe ganz einfach das Gefühl, daß die Sache noch nicht aus der Welt geschafft ist. Und dazu kommt noch die Gewißheit, daß ich völlig nutzlos bin. Ich tauge zu nichts!«

Günter Stein sah ihn lange an. Er hatte vor Jahren bei Kant gelesen, die Strafe sei die Ehre des Verbrechers. Dieser Junge wollte für seine Tat büßen, denn er litt daran. Das gestörte Recht war für ihn noch nicht wieder hergestellt. Er taugt eine ganze Menge, dachte Günter Stein, wußte aber jetzt nicht, wie er ihm helfen könnte. War es nicht so, daß jede Tat ihre Strafe schon in sich trug? Das verstanden die wenigsten Menschen. Aber dieser Junge da, der so unsäglich schwach schien, der hatte das voll erfaßt. Günter Stein schaute Inge an, und er sah Mitgefühl in ihren Augen. Völlig unerwartet hatte Hans Richter sein Wesen offenbart. Er war ein Mensch mit Tiefe, mit guten Anlagen. Und er hatte sie beide erschüttert, indem er seine Not eingestand. Für einen kurzen Augenblick begriff Inge Klein, daß ein mütterliches Gefühl für diesen Jungen in ihr aufgebrochen war. Es überraschte sie; etwas Ähnliches hatte sie noch nie empfunden.

Es war eine Pause entstanden, die nicht gleich überbrückt werden konnte. Was hätte man jetzt noch reden können? Alles war gesagt: Günter Stein suchte auch gar nicht erst nach Worten, er schlug vor: »Gehen wir im Park spazieren. Es ist ein warmer, wundervoller Abend. Über alle weiteren Schritte können wir uns noch später unterhalten.«

Sie verließen die Wohnung und gingen die Treppe hinunter. Ganz vorne lief Luchs, dann folgten die beiden Jungen mit Günter Stein; Claudia und Inge gingen am Schluß. Bei der Haustür blieben die drei Männer stehen, öffneten für Luchs und ließen ihn hinaus.

Der Hund war es, der als erster die Gefahr erkannte. Sein untrüglicher Instinkt warnte ihn. Zwei

Männer fuhren auf einem Motorrad langsam heran. Sie kamen oben vom Park her, es waren zwei in Lederanzüge vermummte Gestalten. Luchs bellte ihnen entgegen; an der Schärfe des Tons erkannte Günter Stein, daß der Hund es ernst meinte. Das war kein Spiel, sondern eine aggressive Drohgebärde.

Laut befahl er: »Komm her, Luchs!« Der Hund gehorchte und kam nahe zu Günter Stein heran.

Sie standen in diesem Augenblick zwischen den halbhohen Buchshecken vor der Haustür. Ganz vorn standen Ferdy und Hans Richter, dann Stein und dahinter, noch fast an der Tür, die beiden Frauen. Sie schauten alle auf die beiden Motorradfahrer. Der Mann auf dem Sozius machte eine Bewegung mit den Armen, als wolle er an seiner Montur nesteln.

Sie hatten noch nicht begriffen, auch der Kommissar noch nicht. Dann aber sahen sie die Pistole. Und nun reagierten sie, jeder auf seine Weise. Ferdy, der dem Schützen am nächsten war, warf sich sofort zu Boden. Hans Richter hatte nur einen Gedanken: Es gilt Stein! Er machte einen Sprung zurück, stellte sich im Bruchteil einer Sekunde so vor den Kommissar, daß dieser völlig gedeckt war.

Auch Günter Stein hatte schnell reagiert. Er griff in demselben Augenblick nach seiner Pistole, in dem der Schütze auf dem Motorrad drei Schüsse in schnellster Folge abgab. Sie trafen Hans Richter in die Brust. Er stand noch, deckte noch immer den Kommissar. Während Günter Stein mit der rechten Hand schoß, hielt er mit der linken Hans Richter fest. Die Schüsse trafen und fegten den Attentäter vom Sozius. Wie von einer Riesenfaust geschleudert, purzelte der Mann drei Meter weit über die Straße und blieb liegen.

Der Fahrer jagte mit Vollgas los, doch Stein konnte noch viermal abdrücken. Er traf zweimal. Das Motorrad raste auf den Bürgersteig zu, machte einen großen Sprung, warf den Fahrer ab und krachte dann gegen eine Gartenmauer. Der Mann lag am Straßenrand. Die Maschine schlitterte funkenstiebend über die Straße und blieb dann ruhig liegen.

Dies alles hatte sich in wenigen Sekunden abgespielt.

Stein hatte reagiert, sich mit aller Entschlossenheit gewehrt. Jetzt erst kam bei ihm schlagartig die Erkenntnis, daß er im linken Arm wahrscheinlich einen Toten hielt, der sich für ihn geopfert hatte.

Jemand hatte vor Entsetzen geschrien. Eine Frau? Welche Frau? Auf dem Balkon über ihnen standen verstört einige Menschen und starrten herunter. Er rief hinauf: »Rufen Sie an! Ganz schnell! Polizei und Ambulanz! Sagen Sie: Mordanschlag auf Kommissar Stein! Und ganz dringend einen Arzt!«

Der Balkon leerte sich augenblicklich. Vorsichtig legte Günter Stein den Jungen auf den Boden, hielt dabei mit der Hand seinen Kopf. Er lebte, war bewußtlos. Stein sah, daß er bereits viel Blut verloren hatte. Was konnte er jetzt tun? Die Blutung stillen? Vor Jahren hatte er einen Sanitätskurs mitgemacht, aber er mußte sich eingestehen, daß er nicht genug davon verstand. Er hoffte auf die Ambulanz. Eine Frau warf ein Kissen vom Balkon herunter und rief: »Legen Sie seinen Kopf darauf! Mein Mann hat angerufen. Sie kommen sofort, Herr Stein!«

Er nickte, schaute Inge an, dann seine Tochter. Ihre Gesichter waren wie erfroren. Sein hilfloser, verzweifelter Blick hatte die Starre des nachwirkenden Entsetzens bei Inge gelöst. Sie schluchzte einmal auf und rief: »Was sind das für schändliche Menschen!«

Ferdy war zu dem auf der Straße liegenden Mann gegangen. Er kam zurück und sagte: »Er ist tot. Da vorn liegt noch einer.« Er beugte sich zu Hans Richter herunter, sah und begriff alles und brachte nur heraus: »Mein Gott, Hans. Mein Gott ...«

Einige Passanten waren herangekommen. Sie standen in angemessenem Abstand und schauten wortlos herüber. Inge und Claudia hatten den Kopf von Hans Richter auf das Kissen gebettet. Er schlug die Augen auf, sagte aber nichts. Sein Blick war ruhig und gefaßt. Es lag nicht die Spur von Angst darin.

Günter Stein, der neben Hans Richter gekniet hatte, erhob sich und sagte mit vor Zorn bebender Stimme: »Das war von langer Hand vorbereitet!«

Jetzt erst löste sich der Augenblick des Schrekkens. Inge sagte leise: »Das galt dir, Günter. Er hat dich gerettet.«

Sie ging wieder in die Hocke neben Hans Richter und streichelte ein paarmal zärtlich seine Wange. Es war eine Geste des Dankes. Dabei liefen ihr die Tränen über das Gesicht. Der Junge schaute sie unverwandt an. Er lächelte ein wenig, schien keine Schmerzen zu haben. Und dann flüsterte er: »Weinen Sie etwa über mich?« Sie verstand die ganze Bedeutung, die diese Frage für ihn hatte. Etwas in ihr drängte sie, es laut auszurufen: Ja, ich weine um dich, mein Junge ... Aber sie konnte nicht sprechen, das Weinen saß in ihrer Kehle. Sie nickte nur stumm und griff nach seiner Hand. Der Junge schaute ihr in die Augen und lächelte dankbar.

Als die Sirenen der heranrasenden Einsatzwagen von weitem ihre Ankunft meldeten, beugte sich Günter Stein noch einmal herunter und sagte: »Ich danke dir, Hans. Ich danke dir ...«

Mehr konnte er nicht sagen, denn es schien ihm, kein Wort würde ausreichen, um das auszudrücken, was ihn bewegte.

Der Junge lächelte noch immer, es war so etwas wie ein Triumph in seinem Lächeln, als er flüsterte: »Siehst du, nun habe ich doch zu etwas getaugt.«

Die Wagen hatten mit quietschenden Reifen gehalten. Die vier Männer in weißen Kitteln, die gleich eine Plasma-Flasche und die Tragbahre mitgebracht hatten, handelten umsichtig und schnell. Einer von ihnen war Arzt. Er brauchte nur Sekunden, um festzustellen: »Sofort Transfusion! Ab in die Intensivstation! Schnell! Schnell!«

Günter Stein stand dabei, als wäre er ein Fremder. Das Geschehen schien über ihn hinwegzurollen. Die Polizisten, die ihn umringten, stellten präzise Fragen, die er so gut beantwortete, wie es ihm möglich war. Er konnte sich nicht voll konzentrieren;

seine Gedanken waren bei Hans Richter, den sie auf der Bahre in den weißen Wagen hineingeschoben hatten.

Zwei Sanitäter waren mit einer zweiten Trage zu dem auf dem Boden liegenden Fahrer gerannt und brachten ihn heran. Der Mann, dem sie den Helm abgenommen hatten, lebte noch, ein blutverschmierter Sizilianer, der pausenlos sagte: »Chiamate un prete!«

Einer der Sanitäter verstand italienisch und erklärte: »Er verlangt nach einem Priester.«

»Sehr katholisch, die Leute«, entgegnete grimmig ein Polizist.

Mit heulender Sirene fuhr der Krankenwagen davon. Der Tote am Straßenrand würde später abgeholt werden. Dort wo Hans Richter gelegen hatte, war der Boden blutgetränkt. Stein starrte darauf nieder, während er Fragen beantwortete. Inzwischen war nämlich ein Wagen der Mordkommission eingetroffen. Er kannte den leitenden Inspektor, der zu ihm sagte: »Mein Respekt, Herr Kollege, ein Mordanschlag, bei dem die Täter die Toten sind.«

»Sie vergessen den Jungen. Er hat sich für mich geopfert.«

»Unglaublich, aber wahr«, sagte der Beamte mit ernstem Gesicht.

Es waren noch viele Dinge zu erledigen. Alles mußte sorgsam aufgeschrieben, dann in Maschinenschrift erfaßt werden, um schließlich »aktenkundig« zu werden.

Der tote Sizilianer war inzwischen abgeholt und

das schwere Motorrad beseitigt worden. Die Straße leerte sich; die Menschen auf den Balkonen und an den Fenstern der umliegenden Häuser waren verschwunden. In Günter Stein regten sich die ersten Gedanken an die Aufklärung des Mordanschlags. Wer hatte ihn befohlen? Darüber konnte niemand Auskunft geben - außer den Tätern. Dieser eine, der noch lebte, der mußte es wissen.

Noch gedämpft von der Erkenntnis, daß er nur knapp dem Tod entgangen war, nahm Günter Stein doch wieder eine kämpferische Haltung an. Claudia hatte ihn unter Tränen umarmt. Auch Inge war gekommen und hatte wortlos ihre Wange gegen sein Gesicht gedrückt. Die Frau aus dem ersten Stock kam mit einem Eimer Wasser und begann, die Blutlache zu entfernen.

Ganz nüchtern sagte er zu sich selbst: Das war's! Jetzt mußt du handeln!

DIE SCHWERFÄLLIGKEIT des Apparats machte ihn zornig. Im Präsidium war keiner der wichtigen Männer mehr anzutreffen. Er telefonierte fast eine halbe Stunde lang, weil er eine Sondergenehmigung brauchte, um den verletzten Sizilianer vernehmen zu dürfen. Außerdem war ein Dolmetscher nötig. Auch die Genehmigung des leitenden Arztes mußte beschafft werden.

Wie ging es Hans Richter? Er hörte, daß der Junge bereits operiert wurde. Er lag auf der Chirurgie, wo die Ärzte jetzt um sein Leben kämpften. Der Sizilianer war zwar schwer verletzt, aber er würde überleben, wenn keine Komplikationen eintraten.

Ferdy war die ganze Zeit dabei gewesen. Sprachlos und zutiefst erschrocken saß er zusammengesunken auf einem Stuhl in der Wohnung. Er war kaum zu bemerken, genau wie Luchs, der sich seit dem Angriffsgebell nicht mehr gerührt hatte. Doch als Ferdy hörte, daß ein Dolmetscher gebraucht wurde, sagte er eifrig: »Ich kenne einen Dolmetscher. Bei mir auf dem Stockwerk wohnt ein Italiener, der perfekt deutsch spricht. Ein Kellner. Er ist um diese Zeit immer zu Hause, denn er hat tagsüber Dienst.«

Günter Stein fragte nur: »Ist der Mann in Ordnung?«

Ferdy beteuerte, der Mann sei intelligent und verläßlich.

»Gut, dann fahren wir los.«

»Ich werde euch fahren«, sagte Inge so energisch, daß er nur zustimmend nickte.

Sie fuhren los. Claudia würde in der Wohnung bei Luchs warten. Während der Fahrt sagte Günter Stein: »Ich nehme das auf meine Kappe. Ich hoffe nur, daß ich den Arzt überzeugen kann. Aber es muß sein.«

Der italienische Kellner war sofort einverstanden, nachdem er den Sachverhalt verstanden hatte. Während der Fahrt zum Krankenhaus, die ganze Angelegenheit überdenkend, sagte er nur einmal kopfschüttelnd: »Mamma mia!«

Der leitende Arzt war freundlich und hilfsbereit.

Er hatte bereits Details des Falles gehört und erklärte: »Der Mann ist bei Bewußtsein. Eigentlich dürfte er zwar nicht verhört werden, denn er ist schwer verletzt, doch bei diesem ungeheuerlichen Fall ist eine Ausnahme zu verantworten.«

Eine Frage hatte sich ihm ständig aufgedrängt: »Wie geht es dem Jungen? Wie geht es Hans Richter?«

»Ernst, sehr ernst.« Die Antwort des Arztes ließ wenig Hoffnung zu.

Er fragte dann auch nicht mehr, litt schweigend an der Angst um diesen Menschen, der ihm jetzt näher stand als alle Männer, die ihm in seinem Leben begegnet waren.

Der Sizilianer lag auf der Intensivstation. Er hing an mehreren Schläuchen, war aber hellwach und sagte wieder: »Chiamate un prete!«

Er war schwer zugerichtet, hatte einen Lungensteckschuß und einen Treffer im Nacken, aber er würde durchkommen.

Günter Stein fühlte kein Mitleid mit diesem Mörder, der vor ihm lag und nach einem Priester verlangte. Was für ein absurdes Verhalten!

Der Arzt sagte leise: »Höchstens zwei Minuten ...«

Stein nickte und stellte die entscheidende Frage: »Wer hat den Auftrag gegeben?«

Der Kellner übersetzte. Im Gesicht des Verletzten war kein Widerstand. Völlig ergeben antwortete er: »Er heißt Frido. Er und sein Schwager kamen zu uns nach Palermo.«

»Wie heißt der Schwager?«

Der Kellner übersetzte die Frage, der Mann antwortete: »Peter Olsen.«

Günter Stein war wie elektrisiert, wieder der Name Frido. Der gleiche Name, den Silbernagel genannt hatte. Es lag auf der Hand, daß es sich um denselben Frido handeln mußte, denn auch Silbernagel hatte den Schwager erwähnt, ohne jedoch den Namen zu nennen.

Damit waren die nächsten Schritte vorgegeben. Günter Stein wußte genau, was er jetzt zu tun hatte. Sein Zorn trieb ihn an. Zorn auf die bestialische Natur mancher Menschen und Kummer um diesen Jungen, der vielleicht sterben würde.

Es war jetzt bereits neun Uhr abends. Als sie aus dem Hospital kamen und vorne am Parkplatz in den Wagen stiegen, fragte Inge: »Und nun? Wo fahren wir jetzt hin?«

»Natürlich ins Polizeipräsidium. Ich muß mal sehen, was die Mordkommission in der Sache getan hat.«

»Sind die zu dieser Zeit noch besetzt?«

»Klar, wir haben einen Kriminaldauerdienst. Verbrechen halten sich nicht an die herkömmlichen Arbeitszeiten.« Er lachte einmal kurz und grimmig. Es war das einzige Mal in diesen Stunden, daß sein Gesicht den verbissenen, zornigen Ausdruck verloren hatte.

Ferdy und der italienische Kellner saßen hinten. Stein hatte gefragt, wo er sie absetzen solle. Es wäre schon in Ordnung, wenn sie beim Präsidium ausstiegen, sagten sie. Sie würden den Rest des Weges zu Fuß gehen.

Während dieser kurzen Fahrt fragte Günter Stein: »Ferdy, kannst du dir erklären, warum Hans Richter das getan hat?« Es hatte ihn die ganze Zeit beschäftigt. Wie kam dieser Junge dazu, sich für ihn zu opfern? Er war fassungslos gewesen, hatte über die Motive gegrübelt.

Ferdy gab eine lakonische Erklärung: »Er mag sie. Er hat es mir ein paarmal gesagt. Er hielt sie für den Idealfall eines Polizisten.«

Günter Stein schwieg.

»Hans ist ein feiner Kerl, das weiß ich schon seit Jahren. Und deshalb ist er mein Freund. Wenn ich religiös wäre, würde ich jetzt beten, daß er durchkommt.«

»Ich auch«, sagte Günter Stein.

Inge sagte nichts, aber sie dachte: Ich auch. Sie fragte: »Warum haben seine Eltern sich nicht um ihn gekümmert? Seine Mutter hätte sich doch ein bißchen um ihn sorgen können?«

»Tja, das ist schwer zu sagen. Seine Eltern führten keine richtige Ehe, da hat jeder gemacht, was er wollte. Genug Geld war ja vorhanden. Immerhin hat der Vater eine ganz tolle Zahnarztpraxis. Aber eines weiß ich genau, er hat sie beide ein bißchen verachtet, weil sie sich ständig neue Partner fürs Bett suchten. Hätte er ein gutes Verhältnis zu seinem Vater gesucht, wäre der ihm ganz gewiß entgegengekommen. Finanziell vor allem. Die lebten ja in getrennten Wohnungen. Er ist ausgezogen, hat neben mir in einer Bude gehaust, die ganz billig war. Und da ist noch etwas, er hat sich geschämt, daß er an der Nadel hängt. Es hat seinen Stolz gekränkt. Das ist alles so ähnlich wie bei mir…«

Sie fuhren dann schweigend bis zum Präsidium. Dort verabschiedeten sie sich.

»Melde dich wieder bei mir«, sagte Günter Stein. »Was immer auch geschieht, du mußt die Entziehungskur machen.«

»Ich gebe Ihnen mein Wort darauf, Herr Stein.«

Sie überlegten kurz, ob Inge mit hinaufgehen solle. Sie sagte: »Geh du lieber allein. Es sieht vielleicht komisch aus, wenn du da mit deiner Freundin ankommst.«

»Gut«, sagte er. »Aber es kann lange dauern.«

Sie sah ihn in einem dunklen Treppeneingang verschwinden, war bereit, lange zu warten, konnte sich vorstellen, daß um diese Uhrzeit nicht alles reibungslos ablief.

Sein erster Weg führte ihn zur Mordkommission. Er traf fünf Kollegen, darunter auch den Inspektor, der am Tatort gewesen war.

»Hat sich etwas ergeben?«

»Eigentlich nichts von Bedeutung. Die beiden Killer kamen mit dem Flugzeug und haben mit falschen Papieren das Motorrad gemietet, das heißt, dort ist nur einer aufgetreten. Bringt uns natürlich nicht viel weiter«, brummelte der Inspektor.

»Ich habe zwei wichtige Namen. Die Auftraggeber, die in Palermo waren und dort alles arrangierten.«

»Das ist ja wohl die Sache der Mordkommission!«

Es war nicht mit Schärfe gesagt, aber mit jener beamtlichen Bestimmtheit, die Günter Stein von jeher als geradezu idiotisch empfunden hatte, Kompetenzrangeleien.

»Wir können doch wohl gemeinsam an diesem Fall arbeiten, nicht wahr?«

»Aber klar, wir sind doch Kollegen.«

Mit gespannter Aufmerksamkeit schauten sie ihn an. Sie spürten, daß er etwas wußte. Vielleicht hatte Stein schon ganz und gar den Schlüssel zu diesem Fall.

»Meine Herren«, begann er. »Im hiesigen Untersuchungsgefängnis sitzt ein Rauschgifthändler namens Silbernagel. Es ging um ein Millionengeschäft.«

Die Kollegen kannten den Fall.

»Das Rauschgift ist bei Silbernagel zweitrangig. Der Kerl trug eine Pistole bei sich, mit der in Hamburg vor einigen Wochen ein Mann erschossen wurde. Diese Pistole, so gibt er an, hat er von einem Mann namens Frido. Die Mutter von Silbernagel hat es mir gesagt. Er hat es bestätigt, aber mehr war nicht rauszuholen aus ihm.«

Die fünf Männer schauten ihn unverwandt an. Die Frage, die sie nicht aussprachen, stand in ihren Gesichtern geschrieben: Na, und?

»Der Sizilianer, den ich angeschossen habe, hat

mir vor ein paar Minuten im Krankenhaus gesagt, seine Auftraggeber seien zwei Männer gewesen, einer heißt Frido und einer Peter Olsen. Frido bringt nicht viel, aber mit den Nachnamen Olsen können wir vielleicht etwas anfangen. Setzt doch einmal eure Computer in Betrieb.«

Das war einleuchtend, zwei der Männer machten sich sofort auf den Weg, gaben aber zu bedenken: »Die sind natürlich abends nicht voll besetzt.«

»Versucht es, versucht es.«

»Wie steht es mit dem Haftbefehl?« fragte der Inspektor. »Jetzt ist bei der Staatsanwaltschaft niemand zu erreichen.«

»Wir könnten uns Silbernagel noch einmal vornehmen. Ich bin sicher, der weiß, wo die beiden zu finden sind.«

»Ja, ja, aber ins Untersuchungsgefängnis dürfen wir jetzt auch nicht mehr rein. Erst morgen früh, nach der Kaffeeausgabe.«

Stein nickte und sagte: »Ja, ich weiß, die Mörder brauchen nun mal ihren Schlaf.«

»Frido und Peter Olsen könnten wir jederzeit festnehmen, die würden dann morgen früh dem Haftrichter vorgeführt.«

Stein saß am Tisch und hatte den Kopf in die rechte Hand gestützt. Er sah mißmutig aus, verärgert. Was konnte er tun, wenn der Computer nichts ausspuckte? Dann blieb nur Silbernagel.

Der Inspektor hatte Bedenken: »Ich kann da leider nicht mitmachen. Wir könnten ein Verfahren an den Hals kriegen.«

»Mein Gott, sehen Sie doch die ganze Tragweite der Sache! Frido und Peter Olsen haben die Mörder gekauft und sind von einer unbekannten Person beauftragt worden, meine Ermordung zu organisieren. Dieser Auftraggeber ist der ganz dicke Fisch, hinter dem wir her sind.«

Der Inspektor nickte, die beiden andern auch, aber keiner von ihnen sagte etwas. Natürlich hatte Stein recht, aber sie waren zu sehr eingebunden in administrative Regeln und zu sehr Beamte, um sich über sie hinwegzusetzen.

»Wenn ich nur an diesen Jungen denke, dann wird mir fast übel. Wir sitzen hier und müssen Däumchen drehen. Das muß alles geändert werden. Eine Sonderkommission mit Sonderbefugnissen muß aufgebaut werden. Gegen das Rauschgift und die begleitende Kriminalität hilft nur unerbittliche Härte! Sie sollten mal einen Lichtbildvortrag von mir sehen, den ich aus Südamerika mitgebracht habe. Viehisch, kann ich ihnen sagen... Und wir gehen mit Glacéhandschuhen gegen die Rauschgifthändler vor!«

Der Inspektor schaute ihn mit großen und ratlosen Augen, aber doch voller Zustimmung an, denn er wußte, dieser Stein hatte ja so recht. Aber jetzt einen Besuch im Untersuchungsgefängnis zu machen, das schien ihm doch ein zu großes Wagnis. So etwas kann sich nachteilig auf die Karriere auswirken, es zeigt eine gewisse Mißachtung geltender Vorschriften.

Die beiden kamen zurück; sie hatten in der Computer-Abteilung nichts erreicht. Die Namen waren nicht auf dem Bildschirm erschienen. Es gab zwar noch andere Möglichkeiten der Computertechnik, aber um diese Uhrzeit und mit dem Personal?

»Scheiße!« sagte Stein. »Sie haben alle Informationen, die ich hatte. Ich habe nichts zurückgehalten. Was unternehmen Sie jetzt?«

»Wir warten auf morgen. Dann werden wir als erstes ...«

»Morgen ist mir zu spät!« unterbrach Stein. Er ging zur Tür, blieb einen kurzen Augenblick stehen, schien zu überlegen und sagte schließlich: »Trotzdem vielen Dank, meine Herren. Gute Nacht.«

Er war hinausgegangen, hinterließ eine Stille der Verlegenheit. Sie kannten ihn, er war einer der Fähigsten, aber es war nicht immer leicht, mit ihm zusammenzuarbeiten.

»Er ist wirklich besessen von seiner Arbeit. Bald wird er Chef eines Sonderkommandos, hier in Frankfurt. Dann geht es der Rauschgift-Szene endlich an den Kragen.« Es war der Inspektor, der das sagte.

Die andern vier nickten zustimmend. Sie wußten, daß nur Männer helfen konnten, die so waren wie Günter Stein. Und sie wußten auch, daß sie nicht zu diesen Männern zählten.

ALS ER ZUM WAGEN zurückkam, sah Inge sofort, daß er nicht den erhofften Erfolg gehabt hatte. Er nahm sich zusammen, konnte aber nicht verhindern, daß er das Wort noch einmal laut hervorstieß: »Scheiße!«

»Und was jetzt?« fragte sie.

»Wir fahren zum Untersuchungsgefängnis. Ich versuche es auf eigene Faust noch einmal bei Silbernagel. Ich hoffe, daß ich den Aufsichtsdienstleiter überreden kann. Die Chancen sind nicht groß, aber ich muß es versuchen.«

Wortlos ließ sie den Wagen an und fuhr aus dem Hof des Polizeipräsidiums hinaus. Er schaute sie von der Seite her an. Wie verläßlich sie war; sie verstand die Notwendigkeit und handelte, ohne viele Worte.

Sie war überrascht, als sie ihn aus heiterem Himmel sagen hörte: »Du bist ein tolles Mädchen!«

Es tat ihr gut, und sie begriff, was er in diesem Moment damit meinte.

Als sie vor dem finsteren Gebäude anhielten, sagte er: »Sie kennen mich hier schon, vielleicht klappt es.«

Er läutete die Glocke und wartete vor der eisernen Tür. Inge sah ihm vom Parkplatz aus zu. Als sich die Tür öffnete, erschien ein nicht mehr ganz junger Mann in Uniform. Günter redete auf ihn ein, es sah aus, als würde er den Mann überzeugen können. Aber noch kamen Einwände, langsam und bedächtig vorgetragen. Die Beamten-Schulung machte sich auch hier bemerkbar.

Aber schließlich gab der Mann nach, denn Stein hatte seinen letzten Trumpf ausgespielt: »Es geht um Mord, und ich brauche den Mann nur fünf Minuten. Sie können dabei sein. Sie wissen doch, wer ich bin, wir haben uns doch schon oft gesehen.«

»Das kann eine Dienstaufsichtsbeschwerde geben... Das kann mich die Karriere kosten... Na ja, was sage ich: die Beförderung. Sie wissen doch...«

Bei jedem Schritt durch das Haus war Stein klar, daß dies ein außergewöhnliches Unternehmen war und ein Wagnis von der Art, wie es nicht sehr geschätzt wurde. Aber jetzt war er am Zug und hatte das unwiderstehliche Gefühl, daß er Erfolg haben würde.

Silbernagel war verblüfft. Er erhob sich langsam von seinem Hocker und fragte: »Sie, zu dieser Stunde?«

Es war eine geballte Ladung von Sätzen, mit der er Silbernagel überfiel: »Sie können für Ihre Zukunft eine ganze Menge tun, wenn Sie mir jetzt helfen. Vor etwa vier Stunden wurde auf mich ein Mordanschlag verübt, bei dem Frido und Peter Olsen die Finger im Spiel hatten. Es gab einen Toten und zwei Schwerverletzte. Ich brauche ihre Adresse oder einen Anhaltspunkt, wo ich sie sonst finden kann. Ich muß die beiden haben, sonst passiert noch Schlimmeres.«

Silbernagel starrte ihn an, aber er gab noch keine Reaktion zu erkennen. Würde er oder würde er nicht? Betroffen war er auf jeden Fall von der Nachricht des Anschlags.

Günter Stein setzte nach: »Ich gebe Ihnen mein Ehrenwort, daß ich mich für Sie verwenden werde. Geben Sie mir die Adresse oder einen wahrscheinlichen Aufenthaltsort.«

»Für mich verwenden?« Silbernagel schaute ihm

genau in die Augen, wog ab, wieviel Vertrauen er diesem Kommissar entgegenbringen könne.

»Ich kann, natürlich unter Ausschluß der Öffentlichkeit, in meine Beurteilung Ihrer Person und Ihres Falles sehr gut einbringen, daß Sie mir bei der Aufklärung aus Überzeugung wertvolle Dienste geleistet haben. Das wird seine Wirkung tun.«

Stein hatte leise gesprochen, fast beschwörend. Und Silbernagel begann zu nicken. »Also gut. Die beiden haben getrennte Wohnungen. Allerdings in der gleichen Straße, und die Frau von Frido, also die Schwester von Peter Olsen, betreibt da zur Tarnung eine kleine Boutique.«

Er nannte Straße und Hausnummer, schloß ab mit den Sätzen: »Das ist, bei Gott, alles, was ich weiß. Daß die beiden Dealer sind, wissen Sie ja längst, denn woher kennen Sie plötzlich den vollen Namen des Schwagers? Diesen Peter Olsen kannte nämlich kaum jemand.«

Der Aufseher fragte auf dem Weg nach unten: »Hat es was gebracht?«

»Ja, Sie haben mir sehr geholfen. Ich werde Ihnen das nicht vergessen. Jetzt kann ich zuschlagen, und zwar noch heute nacht...«

»Willst du denn alles allein machen?« fragte Inge besorgt, als er wieder im Wagen saß.

»Nein, nein, habe keine Angst. Ich werde meinen Assistenten Becker anrufen und mich mit ihm in der Innenstadt treffen. Jetzt fahre ich dich erst einmal nach Hause zu Claudia. Das Mädchen sitzt da allein herum. Sie wird jemand brauchen.

Es war zu viel auf einmal. Auch für dich, mein Schatz.«

Sie seufzte: »Es war eine ganze Menge, aber ich ertrage es, wenn du bei mir bist. Versprich mir, vorsichtig zu sein.«

»Ja, das werde ich.«

In einer bedrückenden Stille war Claudia zurückgeblieben. Was für ein verrückter Tag! Die Menschen hatten ihr das gesamte Spektrum ihrer guten und schlechten Möglichkeiten vorgespielt.

Der Morgen im Verlag war interessant gewesen. Sie war Zeuge eines Gesprächs zwischen dem Verleger und dem Schriftsteller Hans Krämer geworden, die sich humorvoll und bissig über die kulturelle Lage ausgetauscht hatten. Im Grunde eine harmlose Plauderei, die für Claudia jedoch voller Anregungen war. Und dann dieser entsetzliche Abend. Das Grauen war kaum zu verarbeiten. Blitzartig war alles geschehen. Der Überfall mit dem Schußwechsel – nur einige Sekunden. Mörder hatten ihr den Vater nehmen wollen. Sein Tod war das Ziel gewesen. Wer waren die Drahtzieher? Das waren keine kleinen Dealer, dahinter steckte der Vernichtungswille einer großen Organisation.

Eigentlich war der Anschlag stümperhaft ausgeführt worden. Diese Killer hätten bessere Möglichkeiten finden können. Sie hatten sich ihrer Sache zu sicher gefühlt. Wäre der Hund nicht gewesen, hätte niemand dem Motorrad besondere Aufmerksamkeit geschenkt. Damit hatten die Killer nicht rechnen können.

Und zum Glück hatte ihr Vater sein Pistolenhalfter getragen. Sie erinnerte sich, daß er in letzter Zeit oft ohne Pistole gegangen war. Welch ein Glück! Schnell und treffsicher hatte er reagieren können. Aber selbst das hätte ihm nicht geholfen, wäre da nicht Hans Richters Mut und Opferbereitschaft gewesen. Die Angst sprang sie wieder an: Wird er überleben?

Sie setzte sich in einen Sessel, war erschöpft und zutiefst deprimiert. Als Luchs zu ihr kam und seinen Kopf auf ihr Knie legte, hellte sich ihr Gesicht auf. Sie streichelte den Nacken des Hundes, spürte wohltuend die Zuneigung und das Vertrauen. »Das hast du gut gemacht, Luchs«, murmelte sie.

Jetzt erst entschloß sie sich, Paul Kress anzurufen. Er mußte zu dieser Zeit zu Hause sein. Sie ging zum Telefon und wählte die Nummer. Seine Stimme klang forsch und fröhlich: »Na, sind die beiden Fixer schon vergattert? Du könntest auch mal wieder nach Hause kommen. Ich hätte in ein paar Minuten angerufen.«

»Paul«, sagte sie. »Paul, es ist etwas Schreckliches passiert ...«

Während sie alles erzählte, konnte sie nicht verhindern, daß sie zu schluchzen begann. Es erleichterte sie ein wenig. Paul hatte sie schweigend angehört, dann sagte er mit kehliger Stimme: »Das ist ja gräßlich. Eine scheußliche Geschichte ist das.«

»Ja«, sagte sie, konnte nicht viel mehr sagen als »ja«.

Es blieb mindestens zehn Sekunden still, dann meldete sich Paul wieder, aber diesmal lebhafter; sie hörte das journalistische Interesse heraus: »Dieser Hans Richter hat das getan? Dieses schmächtige Kerlchen? Mann, das ist ja eine Riesenstory. Das werde ich sofort Peters durchgeben. Du weißt doch, Peters ist ein brillanter Schreiber. Und das ist eine Geschichte, die die Leute auf die Barrikaden bringen wird. Du weißt doch, etwas für die Tränendrüsen.«

»Fällt dir nichts anderes dazu ein?« fragte sie heftig und fühlte sich auf einmal angewidert von seinem schnoddrigen Ton.

»Entschuldige«, sagte er. »Das war so eine journalistische Reaktion. Glaubst du denn, daß er durchkommt?«

»Das weiß ich doch nicht. Wir hoffen es sehr.«

»Ich welchem Krankenhaus liegt er denn?«

»Das weiß ich auch noch nicht. Mein Vater müßte es wissen. Aber ich kann dir nicht sagen, wo der sich augenblicklich befindet.«

»Toll von deinem Vater, ganz toll. Morgen ist er der Held des Tages. Der Hund war ja auch Spitze. Den werde ich fotografieren. Natürlich auch den Jungen. Bei deinem Vater ist ja nichts drin. Der darf das wohl nicht. Ich habe meine Erfahrungen mit der Kripo, die dürfen ihr Gesicht nicht in die Zeitung bringen. Wie hat sich denn übrigens mein Bruder bei der Sache verhalten?«

»Er hat sich gut gehalten. Ich bin sicher, es hat ihn schwer getroffen.«

Paul Kress hatte nachgedacht, fünf, sechs Sekunden war es still in der Leitung, dann sagte er: »Hör mal, du mußt mir einen Gefallen tun. Diese Geschichte erscheint morgen im Polizeibericht und wird an die betreffenden Reporter der Zeitungen verteilt... Wenn Peters sie heute nacht schreibt, haben wir sie morgen vor allen anderen Blättern. Du weißt doch, wie hart die Konkurrenz ist? Das würde mir gut anstehen, wenn ich es bin, der da die Weichen stellt. Peters müßte zu euch kommen und euch kurz interviewen. Ich käme natürlich mit ihm. Mein Bruder und du, als Foto, der Hund, ein Schwenk über die Straße, das gibt eine Story mit drei Bildern auf Seite eins.«

»Mein Gott«, seufzte sie. »Kannst du an nichts anderes denken?«

»Aber natürlich, mein Liebling. Ich hoffe ja auch sehr für den Jungen. Doch, doch, ganz bestimmt, Claudia.«

Es war ein flehender Ton in ihrer Stimme: »Warum kommst du nicht hierher? Ich brauche dich jetzt. Ich bin ziemlich mitgenommen von der Sache.«

»Aber natürlich, ich komme. Ich will jetzt nur noch schnell Peters anrufen und der Redaktion Bescheid sagen, daß das noch ins Blatt muß. Peters ist ja blitzschnell, und ich bin auch nicht gerade langsam, wie du weißt.«

Sie antwortete nicht, seufzte nur in Gedanken: »Mein Gott...«

Seine Stimme wurde drängend, beschwörend:

»Das ist eine große Sache für mich Claudia. Das mußt du doch verstehen. Das sind schließlich die Ereignisse, die einen Reporter, auch einen Fotojournalisten, nach oben bringen. Mit so etwas macht man sich einen Namen. Ich bin nun mal ein Zeitungsmann. Wir könnten die Story auch an eine große Illustrierte verkaufen. Das ist doch mal was, ein Anschlag, bei dem das vorgesehene Opfer seine Killer zur Strecke bringt, wirklich eine Sensation!«

Was für ein oberflächliches Geschwätz. Zum ersten Mal, seit sie mit Paul Kress zusammenlebte, stieg so etwas wie Verachtung für ihn in ihr auf. Sie sah ihn plötzlich aus einer neuen Distanz, spürte genau, daß diese Minuten des Schreckens ihr innerstes Wesen verändert hatten. Auch sie war dem Tod nur knapp entgangen. Danach kann man nicht einfach zur Tagesordnung übergehen. Da bleibt etwas, da wird dieser oberflächliche Alltag plötzlich schal.

Sie suchte zwar nach Entschuldigungen für ihn, dachte, daß die meisten Menschen von dieser Art waren, konnte jedoch nicht zu einem versöhnlichen Schluß kommen. Es blieb die Ernüchterung.

Sie erinnerte sich plötzlich an die Worte des Schriftstellers Hans Krämer, der am Morgen im Verlag zu ihr gesagt hatte: »Wir sind in der falschen Richtung unterwegs. Ich meine die gesamte Menschheit. Der äußerliche, schnelle Erfolg ist das, was heute zählt. Dafür verkaufen sie alle ihre Seele. Warum ich Ihnen das sage? Sehen Sie, ich habe gerade diesen bescheidenen Scheck in Empfang nehmen dürfen.« Dann hatte er gegrinst, den Scheck eingesteckt und noch gesagt: »Ich habe alles, was ich brauche. Ich hungere und ich friere nicht. Ich könnte journalistisch arbeiten und das Mehrfache verdienen, aber zufrieden wäre ich nicht.«

Es hatte sie berührt, und ihr wurde jetzt klar, daß vieles von dem, was er gesagt hatte, genau auf Paul zutraf: »Sie rennen und hasten, suchen das Ungeheuerliche, verkaufen Sensationen, die einen Tag Bestand haben und hungrig machen auf noch größere Sensationen ... Das ist nicht genug für einen Menschen. Mir wäre das nicht genug. Ich nehme lieber den kleinen Scheck.«

ALS GÜNTER STEIN mit Inge zu Hause ankam, sah er sofort die beiden Wagen, die sonst nicht dort standen. »Wir haben wahrscheinlich Besuch«, sagte er und erschrak bei dem Gedanken, daß er vergessen hatte, dem Leiter der Mordkommission mitzuteilen, daß eine absolute Nachrichtensperre verhängt werden mußte.

Als sie oben ankamen, drangen aus dem Wohnzimmer schon laute Stimmen zu ihnen her. Der Raum war voller Menschen. Paul Kress, behängt mit zwei Kameras, schien den Ton anzugeben. Peters saß in einem Sessel, hatte den Block auf den Knien liegen und schrieb. Ferdy war auch dabei. Sein Bruder hatte ihn als unverzichtbaren Tatzeugen von zu Hause abgeholt, wo er gerade eingetroffen war. Das Ehepaar vom ersten Stock stand linkisch herum. Peters hatte sie holen lassen, weil er weitere Tatzeugen brauchte.

»Was geht denn hier vor?« fragte Günter Stein. »Macht ihr hier eine Pressekonferenz?«

Es war jetzt still im Zimmer geworden. Peters stand auf und streckte Stein die Hand entgegen. »Wir kennen uns ja, Herr Kommissar, Paul hat mich angerufen. Ich kam sofort hierher.«

»Ja, ich weiß, daß ihr schnell seid. Aber in diesem Fall ist es noch zu früh für die Presse. Ihr würdet der Fahndung in den Rücken fallen.«

»Heißt das etwa Nachrichtensperre? Das meinen Sie doch nicht im Ernst?«

Dieser Peters war ein Angreifer, ein kämpferischer Reporter. Günter Stein kannte ihn ziemlich genau und stellte sich auf ihn ein. »Herr Peters, wir brauchen vierundzwanzig Stunden für die Fahndung, danach können Sie losschlagen.«

Luchs war herangekommen, hatte sich vor Stein gestellt und schaute ihn unverwandt an. Er wartete zwar, forderte jedoch eine Begrüßung. Als sich Stein herunterbeugte, stellte sich Luchs auf und legte beide Vorderpfoten auf die Schultern seines Herrn.

»Das wäre ein Bild«, sagte Paul Kress begeistert, resignierte aber sofort: »Ich weiß, er macht es nicht.«

»Nein, nicht für die Zeitung«, bestätigte Günter Stein.

»Sie sind pressefeindlich, Herr Stein.«

»Keineswegs, Herr Peters, aber hier geht es um mehr als nur eine sensationelle Berichterstattung.«

Die Spannung war spürbar. Sie bestand nicht nur zwischen Peters und dem Kommissar, sie war auch an der frostigen Begrüßung zu erkennen, die zwischen Paul Kress und Günter Stein stattfand. Ein kurzer Händedruck, ohne Worte und ohne freundlichen Blick.

Ein wenig schüchtern meldete sich Claudia: »Ich habe ihnen erlaubt herzukommen.«

»Ist schon gut, Claudia. Nur muß Herr Peters verstehen, daß diese Geschichte äußerst heikel ist. Eine zu frühe Veröffentlichung könnte die Hintermänner warnen, an die wir jetzt herankommen können. Von irgendwo daher kam der Auftrag, mich zu ermorden. Von dem Fehlschlag wissen sie jetzt noch nichts.«

»Kennen Sie denn schon Namen?« fragte Peters, ironisch lächelnd.

»Nein, noch nicht. Die Fahndung läuft, und ich muß auch gleich wieder gehen, denn möglicherweise zählt jede Minute.«

»Für mich zählt auch jede Minute«, sagte Peters. »Die Konkurrenz nimmt keine Rücksicht.«

»Wollen Sie Menschen gefährden, um einer Sensation willen?«

Peters zuckte mit den Schultern. »Ich habe bereits meine Geschichte, Herr Kommissar.«

»Mann, nehmen Sie Vernunft an!« Jetzt war es echter Zorn. »Ich sollte getötet werden von gedungenen Mördern. Daß ich sie erwischt habe und nicht sie mich, daß ist ein großer Zufall, der für eine kurze Frist einen schnellen Schachzug möglich macht. Wir könnten eine ganze Organisation ausheben, wenn wir etwas Glück haben.«

»Hört doch auf ihn!« rief Claudia plötzlich. »Er weiß doch, wovon er redet! Paul, kannst du Herrn Peters das nicht klarmachen?«

»Ich habe da nicht viel zu sagen. Herr Peters ist der Redakteur, ich bin nur der Fotograf.« Paul Kress versuchte, sich aus der Schußlinie zu schmuggeln. Claudia sah ihn mit einem langen Blick an, den er nicht gleich richtig deutete. Er unterschätzte die Willensstärke und den inneren Schub, den die Ereignisse der letzten Stunden bei ihr ausgelöst hatten.

»Ja, so ist es«, ergänzte Peters. »Er ist mein Fotograf in diesem Fall. Und Sie wissen, Herr Kommissar, daß Sie mich nicht daran hindern können, über diesen Fall zu berichten.«

»Ja, ich kann Sie nicht daran hindern, aber ich appelliere an Ihre Menschlichkeit, falls die noch vorhanden ist.«

Claudia fragte mit Nachdruck: »Was ist denn mit Hans Richter? Kein Mensch hat hier bisher nach ihm gefragt. Ist das nicht eine Schande!«

Seine Tochter hatte die Geduld verloren; die Anklage in ihrer Frage richtete sich gegen alle in dieser Runde.

Stein zuckte bedauernd mit den Schultern: »Ich kann dir leider nicht viel sagen, Claudia. Er wurde noch operiert, als wir dort waren. Aber es scheint sehr ernst zu sein.«

Ferdy meldete sich: »Ich habe seine Mutter angerufen. Sie will es ihrem Mann sagen. Geweint hat sie am Telefon und hoch und heilig versichert, daß sie sich um ihn kümmern werden.«

Peters hob interessiert den Kopf: »Sehen Sie, Herr Kommissar, das ist auch so eine Story, dieser Junge, seine unfähigen und teilnahmslosen Eltern. Ferdy hat mir auf dem Weg hierher einiges darüber erzählt. Dies alles zusammen ist eine Riesenstory, so etwas geschieht verdammt selten. Glauben Sie, daß ich mir diese Story entgehen lasse?«

»Nein, davon bin ich überzeugt. Aber ich kann Ihnen einen Vorschlag machen, der sie hoffentlich zufriedenstellen wird.«

»Bitte.« Sein intelligentes Gesicht zeigte höchste Konzentration.

»Ich werde jetzt mit dem Präsidium telefonieren und werde eine totale Nachrichtensperre fordern, weil sich die Fahndung in einem kritischen Stadium befindet. Eine Berichterstattung zu diesem Zeitpunkt wäre verhängnisvoll. Morgen weiß ich mehr. Dann können Sie mich anrufen, Herr Peters. Am besten am Nachmittag.«

»Gut, ich habe Ihr Wort, Herr Kommissar?«

»Ja, Sie haben mein Wort. Sie erhalten als erster die Informationen zu dieser Geschichte.«

Peters schien zufrieden zu sein.

Stein wandte sich an Inge: »Ruf doch später noch einmal im Krankenhaus an und frage nach Hans Richter. Ich muß jetzt weg.«

»Wann wirst du zurückkommen?« fragte Inge.

»Ich weiß es noch nicht, aber es könnte schon einige Stunden dauern.«

»Sie wollten telefonieren ...«, erinnerte ihn Peters.

»Ja, das mache ich vom Flur aus. Ihr seid ja wohl noch nicht fertig hier.«

Paul Kress antwortete: »Nein, ich muß noch Bilder machen. Es fehlen noch ein paar Kleinigkeiten.«

Inge ging mit hinaus in den Flur. Sie hatte die Tür geschlossen und legte plötzlich die Arme um seinen Nacken. Sie suchte in seinen Augen. »Was du jetzt vorhast, ist ziemlich gefährlich, nicht wahr?«

»Ich bin nicht allein und das Überraschungsmoment ist auf unserer Seite.«

»Aber es ist trotzdem gefährlich.«

»Na ja, mach dir keine unnötigen Sorgen. Ich weiß schon, wie ich mich zu verhalten habe.« Er umarmte und küßte sie, dann sagte er: »Jetzt muß ich Becker anrufen und auch das Präsidium. Es darf keine Panne passieren.«

»Wann willst du denn mal schlafen?«

Darauf wußte er keine Antwort, er hatte auch noch nicht darüber nachgedacht. Doch vielleicht sollte er eine Kleinigkeit essen. Sicher, er war müde, spürte die Strapazen, die hinter ihm lagen, sagte sich aber: Ich muß durchhalten. Heute ist es wichtiger denn je. Wir sind nahe dran. Wenn ich Frido und Peter Olsen erwische, wäre das die halbe Miete.

»Löse mir bitte drei Vitamin-C-Tabletten in Wasser auf. Ich werde jetzt telefonieren.«

Während er telefonierte, kochte sie außerdem eine Tasse Kaffee und machte ein belegtes Brot, das sie ihm aufdrängte. Er aß in der Küche, sie schaute ihm zu.

Becker erschien bereits zehn Minuten nach seinem Anruf. Er wußte noch gar nichts. »Im Wagen«, sagte Stein. »Während der Fahrt werde ich Ihnen alles erklären. Es ist eine ganze Menge geschehen.«

»Ein Anschlag auf Sie? Hier?« Soviel hatte er sich aus den wenigen Worten zusammenreimen können, die Inge ihm bei der Tür zugeflüstert hatte.

»Wir holen uns jetzt zwei Hintermänner, die das alles organisiert haben. Ich kenne die Adresse. Ihren Ballermann haben Sie dabei?«

»Aber natürlich, Herr Kommissar.«

»So natürlich ist das nicht. Mir ist es öfter passiert, daß ich die Waffe nicht dabeihatte.«

»Das habe ich aber nie bemerkt.«

»Sollten Sie auch nicht. Womöglich hätten Sie Angst gekriegt.«

»Angst habe ich nicht, Herr Kommissar. Und wenn ich sie doch einmal spüre, versuche ich sie mental zu bekämpfen.«

Günter Stein lächelte: »Ich weiß, daß Sie kein Feigling sind, Becker.«

Inge und Claudia standen mit besorgten Mienen bei der Tür, als sie hinausgingen. Becker schaute vom Treppenabsatz noch einmal zurück und dachte: Was für schöne Frauen das sind.

Ähnliche Gedanken bewegten auch den Redakteur Peters. Er hatte bedauert, daß sich das Gespräch zwischen ihm und dem Kommissar so zugespitzt hatte. Es war Gegnerschaft entstanden, obwohl er das nicht beabsichtigt hatte. Viel lieber wäre es ihm gewesen, wenn er bei den beiden Frauen, die sofort Eindruck auf ihn gemacht hatten, als kollegialer Journalist erschienen wäre. Aber das war er nicht. Für ihn stand fest, daß er die Story so früh wie möglich verbraten würde. Ein wenig Rücksicht wollte er schon nehmen, aber nicht zu viel. Dies war sein Fall. In Gedanken rechnete er bereits, wem und wie er die Geschichte verkaufen würde. Ein journalistisches Meisterstück sollte das werden.

»Paul«, sagte er. »Ist für dich alles klar, was die Bilder angeht?«

»Ja, ich habe alle Köpfe und den Hund. Die Szene vor der Haustür müßten wir nachstellen. Ich könnte das blitzen, besser wäre es natürlich bei Tageslicht.«

Mit wachsendem Unmut beobachtete Inge, wie die beiden Journalisten ungeniert weiterarbeiteten.

Claudias Gesicht war wie eingefroren. Sie sah, daß Peters der eigentliche Macher war. Paul hatte nach seiner Pfeife zu tanzen. Und, wie ihr schien, ordnete er sich sehr bereitwillig unter.

Leise flüsterte Paul Kress einmal dicht bei ihrem Ohr: »Was machst du denn für ein Gesicht? Ihr seid nun mal Beteiligte einer sensationellen Begebenheit geworden, über die wir berichten.«

Sie antwortete nicht, winkte nur mit der Hand ab, und in dieser Geste lag so viel Verachtung, daß er betroffen schwieg.

Der scharfäugige Peters hatte es genau gesehen. Er sagte später: »Mit diesem Mädchen wirst du noch Schwierigkeiten kriegen. Wenn die hinter das Abenteuer mit unseren geilen Models kommt, bist du bei ihr erledigt. Also, sei vorsichtig.«

»Ach was, die frißt mir doch aus der Hand. Das garantiere ich dir.«

»Dann ist es ja gut, Paul.« Er lächelte zufrieden, hatte seine Story im Kasten, wußte auch schon, wie er sie verkaufen würde. Sein Name war damit verbunden, und er würde wieder einmal groß herauskommen.

WÄHREND DER FAHRT hatte Günter Stein seinem Assistenten genau erzählt, was in den letzten Stunden vorgefallen war. Becker war erschüttert und sagte ein paarmal: »Unglaublich.«

Auch ihm schien dieser Besuch im Untersuchungsgefängnis ein wenig riskant gewesen zu sein. Zugegeben, es war die einzige Konsequenz, die sein Kommissar hatte ziehen können. Aber wie würden die Vorgesetzten reagieren?

»Was ist nur im Kopf von Hans Richter vorgegangen?« fragte er.

Sie hatten nicht weit zu fahren. Eine stille Straße, nicht weit vom Hauptbahnhof entfernt. Stein sah die Boutique, die zwei kleine Schaufenster hatte. Gleich nebenan war das Haus mit der richtigen Nummer.

Beckers Dienstwagen hatte ein Telefon. Günter Stein überlegte: »Wir könnten noch einen Wagen anfordern ...« Sein Plan stand noch nicht genau fest. In das Haus hineingehen, an der Tür klingeln, mit entsicherter Pistole eindringen ... Das alles gefiel ihm noch nicht.

Sie parkten ihren Wagen etwa dreißig Meter von der Boutique entfernt am Straßenrand. Langsam schlenderten sie an der Häuserfront entlang. Vor der Boutique, hinter deren Schaufenstern bekleidete Puppen in die Nacht starrten, stand ein Luxuswagen, der eigentlich nicht in diese Gegend paßte.

»Schreiben Sie sich mal die Nummer auf, Becker.«

Diese Nummer gaben sie an das Präsidium durch, fünf Minuten später war der Besitzer ermittelt. Er hieß Peter Olsen.

Eine ganze Weile blieben sie dann unschlüssig in ihrem Wagen sitzen, besprachen leise, ob es nicht zweckmäßig wäre, den gesamten Block abzuriegeln? Es war immerhin schon Mitternacht, aber eine schlüssig formulierte Begründung müßte ja eigentlich genügen.

Während sie noch hin und her überlegten, kamen aus einem der Häuser drei Personen, die auf den Wagen zugingen, zwei Männer und eine Frau. Sie stiegen ein, schienen es nicht eilig zu haben.

»Das sind sie, Becker. Glück muß man haben. Los, sie fahren jetzt direkt vor den Wagen, ich nehme mir den Fahrer, sie, auf der anderen Seite, den Beifahrer. Los jetzt, und die Pistolen heraus!«

Fünf Sekunden später hatten sie die beiden Männer aus dem Wagen geholt, hatten sie mit ausgestreckten Armen gegen die Hausmauer gestellt und sofort visitiert. Keiner der beiden trug eine Waffe.

Die Frau kreischte: »Sind Sie verrückt geworden! Was soll das Theater?«

»Kriminalpolizei«, sagte Stein. »Sie sind festgenommen wegen Verdacht auf Drogenhandel, Mord und versuchten Mord.«

Die beiden Männer sagten nichts, Einspruch kam nur von der Frau. »Laßt ihr euch das gefallen? Die sollen erst mal ihre Ausweise zeigen!«

Günter Stein wandte sich an den jüngeren der beiden: »Sie sind Frido?«

»Ja, ich bin Frido.«

»Und Sie sind Peter Olsen?«

»Ja, aber was soll das? Was erzählen Sie hier für Geschichten?«

»Sie werden sehr schnell merken, daß es sich nicht um Geschichten, sondern um blutige Tatsachen handelt!«

Günter Stein forderte einen Wagen vom Präsidium an: »Wir haben drei Festnahmen. Schickt einen Kombi und drei Mann Personal.«

Sie hatten Frido und Peter Olsen Handschellen angelegt. Becker stand trotzdem mit gezogener Pistole bei ihnen.

Sie schienen sich schweigend in ihr Schicksal zu fügen. Auch die Frau stand wortlos dabei, musterte jedoch den Kommissar und Becker mit unverhohlenem Haß in den Augen. Als der Kombi um die Ecke bog, fragte Peter Olsen ganz ruhig: »Wo bringen Sie uns hin?«

»Ins Polizeigefängnis. Sie werden morgen dem Haftrichter vorgeführt.«

»Meine Frau auch?« fragte Frido. »Warum denn meine Frau?«

»Das werden Sie alles in der gesetzlich vorgegebenen Frist erfahren.«

Dies also waren sie: Frido und Peter Olsen. Dazu noch die Frau, die aber keine Rolle zu spielen schien. Sie war niemals erwähnt worden, wenn die Namen gefallen waren.

Eigentlich war Frido ein kleiner, unscheinbarer Mann. Peter Olsen wirkte reifer, hatte eine bedächtige und überlegte Art, sich zu bewegen und Menschen zu beobachten. Stein spürte, daß Olsen ihn abschätzte und sich bereits ein Urteil gebildet hatte. Trotzdem hielt er Frido für gefährlicher, weil unberechenbarer. Gerissen und ausgebufft waren sie beide. Darüber gab es keinen Zweifel.

Günter Stein befahl: »Von jetzt an dürfen die sich nicht mehr miteinander unterhalten. Wir kommen mit zum Polizeigefängnis, denn ich will noch ein kurzes Verhör machen. Setzen Sie sie so in den Wagen, daß Überraschungen ausgeschlossen sind.«

Der Einsatzleiter beugte sich vor und fragte leise: »Gefährliche Burschen?«

»So ziemlich das Gefährlichste, was zur Zeit in Frankfurt herumläuft.«

Die Festgenommenen hatten von dieser kurzen Unterhaltung nichts gehört. Sie saßen streng bewacht im Wagen und starrten vor sich hin.

Während sie dem Wagen zum Polizeigefängnis folgten, gab Günter Stein ans Präsidium durch: »Wir bringen die drei Festgenommenen jetzt ins Polizeigefängnis. Ich will sofort ein Verhör machen. Es handelt sich um Peter Olsen, Frido Hansen und dessen Ehefrau. Die beiden Männer sind so gut wie überführt durch die Aussage eines geständigen Attentäters. Sie haben den Mordanschlag auf mich arrangiert und gehören außerdem zum Kreis der großen Rauschgift-Dealer in Frankfurt.«

Es war nicht das gleiche Gefängnis, in dem Silbernagel einsaß, sondern ein mehr provisorischer Bau, in dem Festgenommene nur selten länger als drei Tage zubringen mußten.

Stein war gut bekannt mit dem Aufsichtsdienstleiter, der ihn respektvoll grüßte.

»Die drei müssen streng getrennt werden. Sie dürfen unter keinen Umständen Kontakt zueinander kriegen.«

»Natürlich, Herr Kommissar. Die Frau kommt in den Frauentrakt, und die beiden Männer legen wir auf verschiedene Stockwerke.«

»Gut so. Lassen Sie zuerst Frido Hansen zum Vernehmungszimmer bringen.«

In den wenigen Minuten, in denen er mit Becker im Büro der Aufsichtsdienstleitung saß, hatte er den plötzlichen Wunsch, mit Inge zu telefonieren. Er wollte sie beruhigen und ihr mitteilen, daß die Aktion glänzend abgelaufen war.

»Aber selbstverständlich, Herr Kommissar. Natürlich können Sie von hier aus anrufen.«

Inge meldete sich sofort. Schon am Ton ihrer

Stimme erkannte er, daß etwas passiert sein mußte.

»Günter«, sagte sie. »Wir haben es vor zehn Minuten erfahren, als ich in der Klinik anrief. Hans Richter ist tot. Er ist auf dem Operationstisch gestorben...« Ihre letzten Worte waren verzerrt vom Schluchzen, das sie nicht mehr zurückhalten konnte.

Er saß am Tisch, hielt den Hörer in der Hand und spürte, wie sich eine große, hoffnungslose Traurigkeit in ihm ausbreitete. Dagegen half weder antrainierte Härte noch die langjährige Berufserfahrung. Diese Nachricht traf ihn voll.

Er wollte am Telefon keine großen Worte machen, sagte nur: »Das tut mir unendlich leid...« Und nach einer kurzen Pause: »Ich wollte dir nur sagen, daß ich bald nach Hause komme. Unsere Aktion ist beendet. Ich bin bald bei dir.«

»Bitte komm so schnell wie möglich. Ich brauche dich jetzt. Und Claudia braucht dich auch. Sie ist noch hier, die andern sind alle gegangen. Ich habe sie mehr oder weniger hinausgeworfen. Nachdem die Nachricht gekommen war, konnte ich Peters und Paul Kress nicht mehr länger ertragen.«

DER SCHMÄCHTIGE MANN saß vor ihm im Vernehmungszimmer. Dies also war Frido. Günter Stein spürte Haß, konnte sich jedoch beherrschen und in aller Ruhe sagen: »Wir können es kurz machen. Es ist immerhin schon spät in der Nacht. Aber soviel will ich Ihnen sagen: Ich werde Sie überführen des

Mordes in Hamburg, geschehen vor etwa acht Wochen. Die Waffe ist sichergestellt und ein Zeuge sagt aus, daß sie Ihnen gehört hat. Ich werde Ihnen nachweisen, daß Sie mit Ihrem Schwager in Palermo waren und dort zwei Killer angeheuert haben, die mich töten sollten.«

Nichts bewegte sich im Gesicht des Gefangenen, aber seine Augen flackerten unruhig.

»Ich werde Sie dem einen noch lebenden Mörder gegenüberstellen, der Sie identifizieren wird. Ja, der andere ist tot. Die Sache mit dem Motorrad ging schief.«

»Wahnsinn«, sagte Frido leise. »Das ist ja Wahnsinn.«

»Ja, es ist Wahnsinn. Mir scheint aber, daß Sie zu diesem Wahnsinn angestiftet wurden. Sie haben für eine große Organisation gearbeitet und von dort den Auftrag erhalten. Zweimal lebenslänglich ist Ihnen sicher. Sie sind gefangen wie die Maus in der Falle.« Er wandte sich an die beiden Wachtmeister: »Sie können ihn abführen.«

Als sie draußen waren, stützte er müde seinen Kopf in die geöffnete rechte Hand und seufzte, lang ausatmend: »Becker, das war einer der härtesten Tage meines Lebens.«

Als er nach Hause kam, war es fast zwei Uhr nachts. Becker hatte ihn bis vor das Haus gefahren. Inge und Claudia schauten oben aus dem Fenster. Voller Freude winkten sie ihm zu, als er noch neben dem Wagen stand. Becker sagte: »Wollen Sie denn tatsächlich schon um acht Uhr morgens im Präsidium sein, Herr Kommissar?«

»Ja, es muß sein.«

Oben standen Inge und Claudia schon in der geöffneten Tür und erwarteten ihn. Ihre Gesichter verrieten, wie sehr dieser Tag sie erschöpft hatte. Wortlos umarmte er Inge und dann seine Tochter. Sie gingen in die Wohnung hinein. Ehe sie sich im Zimmer setzten, fragte Inge: »Soll ich noch eine Tasse Tee machen?«

»Ja, das wäre gut«, sagte er.

Jetzt erst wurde ihm voll bewußt, wie sehr ihn die Nachricht vom Tod dieses Jungen getroffen hatte. Während der schnell aufeinander folgenden Aktionen der letzten Stunden war keine Zeit für Trauer gewesen.

Inge wußte keine Einzelheiten, sie sagte nur: »Der Chirurg hat mir erklärt, sie hätten alles versucht, aber der Körper des Jungen sei zu geschwächt gewesen, er hätte es nicht durchgestanden.«

Es war ihm jetzt nicht danach, viel zu reden. Schweigend rührte er in seiner Tasse, als wäre das eine Aufgabe, die ihn voll in Anspruch nahm.

Inge fragte: »Habt ihr die Hintermänner gefaßt?«

»Ja, wir haben sie. Sie sind jetzt im Polizeigefängnis. Diese beiden sind der Schlüssel zu einer ganzen Kette von Fällen. Heute früh werde ich sie mir vorknöpfen. Wenn sie halbwegs schlau sind, werden sie merken, daß sie nur eine einzige Chance haben.«

»Du meinst das Geständnis?« hatte Claudia gefragt.

»Ja, das Geständnis. Lebenslänglich kann fünfzehn Jahre bedeuten, es kann aber auch länger dauern. Das wissen die beiden.«

Luchs kam heran, legte den Kopf auf das Knie seines Herrn und schaute ihn an. Günter Stein streichelte ihn und sagte: »Es gäbe noch viel zu reden, aber wir sind alle müde und sollten schlafen gehen. Was zu machen war, ist geschehen. Mehr kann ich im Augenblick nicht tun.«

»Der Mordanschlag, in wessen Auftrag?«

»Morgen, Inge. Das alles erfahren wir vielleicht schon morgen.«

CLAUDIA HATTE SICH verabschiedet. »Paul wird auf mich warten«, sagte sie. »Er wird auch müde sein. Dieser Peters hat ihn ja reichlich herumgejagt.«

Es klang resigniert und enthielt die Feststellung, daß der Mann, den sie liebte, schließlich doch nur ein Handlanger war, der mithalf, einen tragischen Vorfall eiskalt auszuschlachten. Und sie hatte es mitansehen müssen.

Sie gingen ins Bett: Günter saß noch auf der Bettkante und hörte Inge sagen: »Sie sieht ihn jetzt mit neuen Augen. Weißt du, diese ersten Anzeichen von Verachtung waren unübersehbar.«

»Ja, das fiel mir auch auf«, antwortete er. »Es tut ihr weh, aber dafür hat er sicher auch kein Gefühl.«

Während er sich im Bett zurechtrückte, hörte er

ihr zu: »Es ist wahr, er merkt es nicht. Für ihn war dieser Tag ganz einfach höchst ergiebig. Genau wie für diesen Peters, der zwar intelligent ist, aber auch nur die große Sensation in dieser Katastrophe sieht. Immerhin gab es zwei Tote und einen Schwerverletzten. Du wärst beinah bei den Toten gewesen ...«

»Ja, beinahe.«

Sie hatte den Kopf an seine Brust gelegt, hielt ihn mit einem Arm umschlungen, wollte die Nähe, die hautnahe Berührung. Er begriff, was sie bewegte. Mit der linken Hand streichelte er über ihr Haar. »Vielleicht erwischen sie mich doch noch eines Tages ... Ich mache mir Sorgen um dich, und ich frage mich, ob ich das Recht habe, dich an mich zu binden?«

Sie fuhr auf, schaute ihm ins Gesicht: »Hast du etwa nicht das Recht auf Liebe? Wir sind zu zweit. Du stehst allein gegen eine schreckliche Übermacht, aber ich bin bei dir, ganz gleich, was geschieht. Ich könnte jetzt auch gar nicht mehr anders. Ich liebe dich, und du hast Liebe verdient.«

»Du bist großartig«, sagte er leise. »Ich stehe ja gar nicht mehr ganz allein gegen eine schreckliche Übermacht ...«

»Doch«, beharrte sie, ohne auf seine Anspielung einzugehen. »Männer wie du kämpfen allein gegen die Übermacht der skrupellosen Profitgier. Schau dir an, was die Menschen tun, sie verkaufen ganze Giftgasfabriken an unterentwickelte Nationen. Und haben dabei noch die Stirn, so zu tun, als wüßten sie nicht, daß sie den tausendfachen Mord verkaufen. Sie wissen es so genau wie diese Kreaturen, die sich am Rauschgift mästen, am millionenfachen schleichenden Tod...«

Er war überrascht von der Schärfe ihrer Formulierungen und fragte: »Was könnte man deiner Ansicht nach tun gegen diese Menschen? Es hat sie immer gegeben...«

»Die Todesstrafe«, sagte sie mit fanatischem Gesichtsausdruck. »Es gibt keine andere Möglichkeit. Wer überführt ist, den Menschen um des Profits willen den Tod verkauft zu haben, hat selber den Tod verdient.«

»Du bist sehr hart«, sagte er und lächelte ein wenig dabei. »Ich bin gegen die Todesstrafe, und trotzdem hätte ich heute beinahe etwas zu diesem Frido Hansen gesagt, das in die gleiche Richtung gegangen wäre. Aber man muß lernen, seinen Haß zu kontrollieren. Eigentlich ist mir Haß auch völlig fremd, doch wenn ich an Hans denke...«

»Wir haben ein Recht auf unsere Liebe«, sagte sie.

»Ja«, stimmte er zu. »Wir haben ein Recht auf Liebe. Niemand darf das zerstören.«

Er verstand jetzt ihre ekstatische, plötzliche Aufwallung, die sie in diesem einen Satz zusammengefaßt hatte. Die Liebe war bedroht von Meuchelmördern. Und dagegen hatte ihre Liebe nur ein Mittel gefunden: die Todesstrafe. So unerbittlich war ihre Liebe. Er begriff es genau.

Ehe er einschlief, dachte er wieder an den Jungen. Es war ein Schmerz, der lange in ihm bleiben und vermutlich den Rest seines Lebens nachwirken würde. Und noch einmal dachte er daran, daß er heute einen Mann getötet hatte. Doch dieser Umstand ließ ihn merkwürdig kalt.

Inge hatte das im Prinzip richtig gesehen. Entweder sorgte der Staat endlich für eine wirksame Abschreckung und Bekämpfung, oder aber er müßte alle Drogen freigeben, um damit der begleitenden Kriminalität den Wind aus den Segeln zu nehmen. Ein langer und schwieriger Weg, denn eine medizinische Kontrolle müßte permanent ausgeübt werden, aber er hielt dies für möglich.

Noch einmal sah er das Schreckensbild, schon gemildert vom Schlaf, aber doch noch klar: der Mann auf dem Motorrad mit der Pistole... Er schoß und schoß, den tödlich getroffenen Jungen im Arm haltend. Es war, als schaue er sich selber dabei zu.

CLAUDIA WAR NACH Hause gefahren. Unterwegs hatte sie sich überlegt, wie sie sich verhalten wollte. Sie würde Paul keine Szene machen, das wäre töricht. Und warum auch? Er hatte seine Pflicht getan. Er war Fotograf und hatte Menschen und Vorgänge zu fotografieren. Mit diesen Überlegungen neutralisierte sie die Stimmung, die gegen ihren Willen in ihr entstanden war. Aber protestieren würde sie gegen die Methode, gegen dieses Theater, das er von ihnen verlangt hatte. Es war einfach geschmacklos, unten vor der Tür Aufstellung zu nehmen, wie sie gestanden hatten, als die Mörder heranfuhren. Peters war für ihren Vater aufgestellt worden, mit dem Rücken zur Kamera. Die Bildunterschrift würde das den Lesern erklären. Wichtig war, und das hatte Paul ständig hektisch wiederholt, daß es echt wirken müsse, der schreckliche Vorgang sollte im Bild noch einmal lebendig werden.

Es hatte Inge und sie angeekelt, doch sie waren schließlich beide den Anweisungen gefolgt, die Paul gegeben und die Peters korrigiert hatte.

Als sie jetzt die Wohnungstür aufschloß, hörte sie Stimmen und laute Musik. Überrascht blieb sie einen Augenblick im Flur stehen und ging dann näher heran. Paul hatte wieder eine seiner Lieblingsplatten aufgelegt, ganz harter Rock. Sie kannte das bis zum Überdruß. Dennoch konnte sie die Stimmen voneinander unterscheiden. Es waren Paul und Peters. Sie hatte nicht an Lauschen gedacht, hörte aber Peters deutlich sagen: »Glaub mir, du wirst Ärger kriegen mit diesem Mädchen. Die hat die Härte des Vaters. Das ist nicht zu übersehen. Zugegeben, sie ist bildhübsch, aber kleinkariert. Was glaubst du, wie die reagieren würde, wenn sie dir auf die Schliche käme.«

»Warum sollte sie? Sie hat doch alles, was sie an Liebe braucht.«

Die beiden lachten hämisch.

Claudia spürte, wie ihr kalt im Magen wurde. Sie hatten von ihr gesprochen, darüber gab es keinen Zweifel. Doch wie war das zu verstehen? Sie erinnerte sich an den Brief, an den unmißverständlichen Text, den ein Model ihm geschrieben hatte. Hing es damit zusammen?

Leise ging sie zur Eingangstür zurück, öffnete sie und ließ sie dann laut ins Schloß fallen. Sie mußten es hören, und tatsächlich kam Paul in den Flur. Das Whiskyglas in der Hand haltend, begrüßte er sie überschwenglich. »Na, da bist du ja, Liebling. Ich habe mir schon Sorgen gemacht. Natürlich weiß ich, daß dich dieser Tag mitgenommen hat...«

Peters tauchte hinter ihm auf, hielt ebenfalls das Glas in der Hand und lächelte freundlich.

Jetzt nur keine Szene machen, sagte etwas in ihr. Freundlich sein, die Sache durchstehen.

»Ihr trinkt Whisky?« fragte sie. Es war kein Vorwurf, sondern eine Feststellung.

»Nach einem solchen Tag tut so ein Schluck gut. Paul hat mich noch auf ein Glas eingeladen, und da konnte ich nicht widerstehen.« Seine geschliffenen Manieren hätten unter anderen Umständen überzeugend gewirkt.

»Ja, ja«, sagte sie nur und ging ins Wohnzimmer hinein.

Sie hatte es fertiggebracht zu lächeln. Sie saß dann auf der Couch neben der teuren Stereoanlage und hatte das Gefühl, einer feindlichen Übermacht gegenüberzusitzen. Und vielleicht war es dieses Gefühl, das sie dann doch sagen ließ: »Paul, ich werde nicht bei dir bleiben. Es gibt Tage, die Jahre auslöschen können. Und so ein Tag war heute.«

Beide Männer zeigten Bestürzung, jeder auf seine Art. Der selbstsichere, elegante Peters hatte ruckartig den Kopf gehoben und schaute sie mit ernstem Gesicht an, ohne etwas zu sagen. Paul war bleich geworden, versuchte zu lächeln, wollte mit Worten weit ausholen, brachte aber nur hervor: »Was ist denn los? Du bist übermüdet... Das kann doch nicht...«

»Doch, das kann, und du weißt es.«

»Was soll ich denn wissen, Claudia?« Er stellte sein Glas ab, kam dicht heran und blieb vor ihr stehen. »Willst du nicht erklären...«

»Nicht heute, Paul. Ich bin jetzt tatsächlich zu müde. Morgen oder übermorgen. Es ist ja nicht so schlimm für dich, an Frauen wird es dir nicht fehlen... Du bist doch ein schöner Mann – oder etwa nicht?«

Nichts schmerzte mehr, sie lachte und war selbst überrascht, eine neue Sicherheit gewonnen zu haben, in der sie sich spielerisch bewegte.

Paul war angeschlagen. Es war, als habe er einen Schlag empfangen, den er nicht gleich verdauen konnte. Eine ähnliche Reaktion hatte er nie zuvor bei ihr erlebt.

Sie sah, daß sie ihn aus der Fassung gebracht hatte und dachte mit einer gewissen Genugtuung: Er liebt mich ja doch! Aber das genügte ihr jetzt nicht mehr. Es war nur die Feststellung, daß er sie wirklich geliebt hatte und daß ihre Liebe deshalb berechtigt gewesen war. Dies alles wurde ihr in wenigen Sekunden bewußt, eine Art Ausgleich der seelischen Bilanzen. Haften blieb das Wort »gewesen«.

Er hatte es noch nicht ganz verstanden, aber Peters war genau im Bild. Er dachte ohne Mitleid: Das ist das Ende. Er sieht gut aus, doch jetzt ist er im Vergleich zu ihr nur noch ein armer Hund.

Sie suchte nach einer Möglichkeit, sich zu verabschieden, ohne ihn zu brüskieren. Sie war verletzt, doch auf Revanche legte sie keinen Wert. Alles, was sie jetzt schnell wollte, war Distanz.

Sie sagte: »Ich gehe schlafen. Im Gästezimmer mache ich mir mein Bett ...«

Sie widersprachen. Peters wollte sich sofort verabschieden, und Paul sagte: »Warte doch, ich komme ja auch gleich. Wir hatten nur dieses eine Glas trinken wollen ...« Dabei achtete er darauf, nicht zu sehr als Bittsteller aufzutreten. Vor Peters wollte er nicht als Verlierer dastehen, doch der clevere Journalist hatte die Situation längst durchschaut.

Als Claudia gegangen war, sagte er leise: »Sie macht Ernst. Sie hat dich durchschaut. Der Brief, von dem du mir erzählt hast, war der Anfang. Auch wenn das nicht so schien, aber so was bleibt haften. Heute hat sie dich erlebt, wie du eine Sensation, bei der ihr Vater die Hauptrolle spielte, verbraten mußtest. Ihr Stolz ist getroffen. Im Augenblick hast du schlechte Karten, Paul. Es nützt jetzt nichts, hinterherzulaufen. Es besteht ja auch die Möglichkeit, daß sie jemand getroffen hat, der ihr im Moment mehr zusagt als du. So etwas passiert schon mal. Sie ist ja noch sehr jung.«

Paul Kress war ratlos, sagte sich jedoch: Es ist wahr, es wäre falsch, jetzt hinter ihr herzulaufen. Ich muß abwarten.

Mit finsterem Gesicht saß er vor seinem Glas und wartete darauf, was Peters ihm noch raten würde, denn der verstand etwas von Menschen.

Aber von Peters kam nichts, was ihn hätte zuversichtlich stimmen können. »Sie hat begriffen, was wir wollen. Wir wollen eine Sensation zu unserem Vorteil ausnutzen. Das ist schließlich unser Beruf. Und davor graut ihr. Ich habe ihr Gesicht gesehen, als wir sie alle vor der Haustür noch einmal aufstellten. Es war ihr widerwärtig.«

»Und das soll ausreichen, ihre Liebe kaputtzumachen?«

Peters zuckte mit den Schultern: »Kein Mann versteht die Frauen, Paul. Du weißt ja, ich habe meine auch verloren, obwohl ich das nicht wollte. Wir sind da machtlos.«

SIE HATTE SICH IN die Stille des kleinen Zimmers geflüchtet, das sie ihr Gästezimmer nannten, obwohl dort noch nie ein Gast übernachtet hatte. Jetzt zeigte sich, wie vorteilhaft diese Ausweichmöglichkeit war. Nicht um alles in der Welt hätte sie nun neben ihm liegen mögen. Zu der seelischen Abneigung war die körperliche gekommen. Es war ihr nicht genau bewußt, was der entscheidende Auslöser gewesen war, doch an eines konnte sie sich deutlich erinnern: Dieses hämische Lachen war eine tödliche Verletzung ihrer Liebe gewesen. Dafür gab es keine Entschuldigung.

Ihr Vater hatte Paul Kress richtig eingeschätzt. Sie

erinnerte sich auch an andere Beurteilungen aus früheren Jahren. Er hatte stets recht behalten.

Aber wie würde sie leben? Wie lebten überhaupt Frauen, die sich nach Jahren von einem Mann trennen? Auf einen neuen Mann warten? Wer sollte denn da kommen, und wie müßte er sein? Ein Mann wie der Schriftsteller Hans Krämer? So weit wollte sie nicht gehen. Erst einmal Distanz, dann würde sich zeigen, was sie zu tun hätte. Jetzt waren erst mal andere Dinge wichtig, zum Beispiel das Begräbnis von Hans Richter.

Von Anfang an war ihr klar, daß sie, ihr Vater und wohl auch Inge zu diesem Begräbnis gehen würden. Wahrscheinlich würde auch Paul erscheinen, um zu fotografieren. Daran mochte sie jetzt gar nicht denken.

Günter Stein erwachte am nächsten Morgen frisch und ausgeschlafen. Er schaute hinüber und sah, daß Inge noch schlief. Leise stand er auf, wollte sie nicht stören. Sie hatte es verdient, einmal auszuschlafen. Drei Tage wollte sie sich frei nehmen. Kurz vor dem Einschlafen hatte sie es gesagt. Er war damit einverstanden gewesen. Überhaupt war die Frage, ob sie noch jeden Tag arbeiten gehen sollte, in den letzten Tagen öfter aufgetaucht.

Sein Gefühl hatte ihm außerdem gesagt: Wir sollten heiraten. Aber er hatte sie nicht gefragt, denn da waren wieder die Zweifel. Er war kein idealer Ehemann und dazu noch einer, der immer mal wieder sein Leben riskieren mußte. Konnte er das einer Frau zumuten?

Er ging jetzt leise ins Badezimmer, duschte kurz, beendete seine Toilette fast geräuschlos und fand sie doch hellwach, als er fertig angezogen ins Schlafzimmer zurückkam.

»Willst du dich etwa davonschleichen?« fragte sie.

»Aber nein, ich wollte nur, daß du noch weiterschläfst.«

»Du hast viel zu tun heute?«

»Na ja«, sagte er und wollte abwiegeln: »Es ist fast alles Routine. Bereits feststehende Tatsachen müssen erhärtet werden ...«

»Nun hör aber auf«, sagte sie energisch. »Heute fallen doch wichtige Entscheidungen.«

»Ja, das schon, aber das ist doch alles halb so wild. Bitte, schlaf noch ein bißchen.«

»Hast du wenigstens etwas gegessen?«

»Ich lasse mir ein Br ötchen und eine Tasse Tee aus der Kantine bringen.«

»Die Tasse Tee trinkst du jetzt mit mir«, bestimmte sie und glitt aus dem Bett. Auf dem Flur stand bereits Luchs, der sie einmal zärtlich anstupste. Sie streichelte seinen Kopf, dann gingen sie zu dritt in die Küche.

Es hätte ein ganz normales Frühstück werden können, wäre nicht die Schwere der Erinnerung gewesen, die sie befangen machte. Sie konnten nicht einfach einen Plauderton anschlagen. Sie schwiegen, aber waren sich nahe.

Ehe er ging, zog er sie zu sich heran und küßte sie. Sie fragte: »Du nimmst heute deinen Wagen?«

»Ja, er steht schon lange genug …«

»Da ist noch etwas«, sagte sie. »Der Junge … Er wird doch sicher aufgebahrt. Ich möchte ihn noch einmal sehen, damit ich sein Gesicht nicht vergesse.«

»Ja«, sagte er. »Ich auch. Ich will ihn auch noch einmal sehen …«

Unterwegs legte er den Ablauf des Tages fest. Es war jetzt acht Uhr morgens. Da blieb reichlich Zeit, alles genau vorzubereiten. Die Stadt dröhnte, hatte längst angefangen, ihren unerbittlichen Straßenverkehr zu entfalten. Der Mann im Auto, begleitet von seinem Hund, kam sich winzig vor, fühlte sich bedrängt von den Kräften, die da jeden Tag aufbrachen, diesem Wirbelsturm von Energie. Dieser Verkehr schien ihm jetzt das Sinnbild der gigantischen Auswüchse dieser Gesellschaft zu sein.

Er rekapitulierte noch einmal den jetzigen Stand der Dinge: Ich habe die Aussage des Rauschgift-Dealers Silbernagel, der von Frido eine Pistole bekam. Ein Mord hängt an dieser Waffe. Frido zieht damit die Mordanklage auf sich.

Ich habe die Aussage des schwerverletzten Killers aus Palermo, daß Frido und Peter Olsen zwei Mörder gedungen haben. Der Anschlag galt mir. Ich brauche die Hintermänner, die Auftraggeber. Und hinter jedem Hintermann steht ein weiterer Hintermann – bis hin zur Spitze. Und die Spitze ist das

Ziel. Es ist entweder eine Gruppe oder ein einzelner großer Verbrecher, an den wir herankommen müssen.

Als er sich in seinem Büro an den Tisch setzte, fand er die Rundschreiben, die jedem Leiter einer Abteilung periodisch zugeleitet werden. Meist überflog er die Angaben, die Statistiken oder besondere Fälle aufschlüsselten. Doch diesmal war es etwas Besonderes, etwas, das ihn persönlich anging. Ein Bericht über Kolumbien und sein Kokain-Kartell.

Fünf steinreiche Männer führten die Gewaltherrschaft an, Milliardäre und vielfache Mörder. Sie unterhielten eigene kleine Armeen, hatten ihre Wohnsitze zu Festungen ausgebaut und beherrschen das Land mit Bestechung und Terror. Sie scheuten sich nicht, ihr kriminelles Erfolgsrezept öffentlich zu verkünden: »Plomo o Plata«, »Blei oder Geld«.

In den letzten Jahren waren diesen Gangstern Hunderte von Mitarbeitern der Justiz zum Opfer gefallen. Viele davon grausam zu Tode gefoltert. Nun hatten sie ihrem Staat offiziell den Krieg erklärt, indem sie den Gouverneur umbringen ließen. Ehe dieser Mann von der Bombe zerrissen wurde, schickte er sich an, einen Vortrag zu halten. Sein Thema: »Das Recht auf Leben in einer gewalttätigen Gesellschaft.«

Und wofür töteten diese skrupellosen Gangster? Dafür, daß sie sich grandiose Golfplätze bauten, Schlösser und Herrensitze mit Rutschbahnen, die über ein paar hundert Meter – was für ein Spaß – in glasklare Seen mündeten.

Während Günter Stein in seinem Dienstzimmer den internationalen Lagebericht über das Rauschgift las, spürte er, wie der Zorn in ihm anwuchs und riesengroß wurde. Er fühlte sich persönlich betroffen von den Abscheulichkeiten, die in Kolumbien passierten. Von dort kam die Kokainschwemme, von dort gingen im Augenblick die stärksten kriminellen Impulse aus. Sie wirkten fort, in den Vereinigten Staaten, in Europa, in der gesamten Welt. Und die Kriegserklärung, die von diesen Gangstern ausgesprochen worden war, richtete sich gegen die gesamte Menschheit. Warum wehrte sich die Welt nicht gemeinsam gegen diese Pest? Saßen nicht alle im selben Boot? Schließlich war er ein Mann, der wider Erwarten überlebt hatte, obwohl sein Tod geplant gewesen war.

Als sein Assistent Becker hereinkam, fuhr er ihn an: »Lesen Sie das schnell, Becker. Überfliegen Sie es, das haut Sie um.« Er schlug mit der Hand auf das Blatt Papier. »Hier haben sie einen Polizei-Offizier langsam zerschnitten, weil er nicht, wie die andern, das Bestechungsgeld annehmen wollte. Verstehen Sie richtig, Becker, sie haben ihn bei lebendigem Leib in Scheiben geschnitten, nachdem sie ihm vorher die Augen ausgestochen hatten.«

Der junge Mann nahm wortlos das Blatt und begann zu lesen, dabei wurde sein Gesicht schneeweiß. Da waren Details von Menschenschinderei aufgezählt, die nur dem kranken Gehirn eines Sadisten entsprungen sein konnten.

»Dagegen haben wir zu kämpfen, Becker. Warum

schließen wir uns nicht endlich alle in einer großen Offensive gegen das Rauschgift zusammen?«

»Aber haben nicht einige Rauschgift-Bosse bereits das Angebot gemacht, ihre Einnahmen dem Staat zu übergeben und den Handel mit dem Rauschgift einzustellen?«

»Es gibt keinen Frieden zwischen Massenmördern und rechtmäßig regierten Staaten. Lesen Sie später weiter, wir haben jetzt zu tun.«

Jetzt musste er den Weg durch die Instanzen gehen. Zuerst war ein Bericht bei seinem direkten Vorgesetzten, Kriminalrat Weber, fällig, der ihm wohlwollend zuhörte. Sein Vortrag war knapp und doch umfassend. Er endete mit der Bitte: »Ich brauche Vollmachten, Herr Kriminalrat, erweiterte Vollmachten. Wir haben einen kleinen Vorsprung an Zeit, der uns nicht verlorengehen darf.«

Der fast sechzigjährige Kriminalbeamte wiegte bedächtig den Kopf hin und her: »Was Sie da vorgetragen haben, ist ja eine Explosion der Ereignisse ...«

Kriminalrat Weber hatte den Vortrag des Kommissars auf Band mitgeschnitten. Dieses Band würde Direktor Schwarz und den Spitzen der Polizeibehörde vorgespielt werden, denn da gab es eine ganze Anzahl von Männern, die Entscheidungen und Entschlüsse gutheißen mußten, bis hinauf zum Polizeipräsidenten. Vor allem bestand Günter Stein auf totaler Nachrichtensperre.

»Ja, das ist mir klar, Herr Stein. Die Nachrichtensperre wird verhängt. Nehmen Sie sich jetzt die beiden Inhaftierten vor, Frido Hansen und Peter Olsen. Gegenüberstellungen halte ich für gut. Sie haben da freie Hand.«

Jetzt erst fand der Beamte ein Wort des Bedauerns für das Opfer, für Hans Richter. Und wie sah es mit den Tagen des Urlaubs aus, den jeder Kriminalist nehmen sollte, der im Dienst einen Menschen getötet hat?

»Sie wissen doch, das ist vorgesehen, damit die seelische Balance wieder hergestellt wird.«

»Nein, das möchte ich nicht. Es würde alles in Frage stellen, was wir bis jetzt erreicht haben. Ich glaube, diesmal kriegen wir die Hintermänner. Ob es bis nach Südamerika reicht, vermag ich noch nicht zu sagen. Meine seelische Balance ist übrigens in Ordnung. Ich mache mir keinen Vorwurf daraus, einen vielfachen Mörder in Notwehr erschossen zu haben.«

Der Kriminalrat sagte: »Sie wissen ja, daß Sie befördert werden; ich glaube, Sie werden gleich zwei Stufen überspringen. Das ist zwar äußerst selten. Aber in Ihrem Fall, nach diesen Leistungen …«

Als sie draußen im Flur waren, sagte Becker, der die ganze Zeit schweigend dabeigesessen hatte: »Ich gratuliere, Herr Kommissar.«

»Gratulieren Sie mir noch nicht. Sie wissen doch, man darf das Fell des Bären erst verteilen, wenn er erlegt ist.«

»Ihre Beförderung ist doch gesichert.«

»Das glaube ich auch, aber es wird noch Ärger

geben, passen Sie auf. Ich habe ein paarmal eigenmächtig gehandelt.«

Von seinem Zimmer aus gab er Anordnungen: »Ich brauche einen Kombiwagen mit drei Mann Besatzung. Es geht um einen Gefangenentransport. Drei ausgesuchte, kräftige Männer. Sie sollen Handschellen für zwei Gefangene mitbringen.«

Becker hörte zu, begriff nicht, sagte aber kein Wort. Noch durchschaute er den Plan des Kommissars nicht.

»Was tun wir jetzt, Herr Kommissar?« fragte er dann doch, als sie unten im großen Hof des Polizeipräsidiums standen und auf den Wagen warteten.

»Wir bewegen jetzt die beiden Untersuchungsgefangenen. Ich will sie nicht zur Ruhe kommen lassen. Die werden heute morgen ihre Rechtsanwälte anfordern. Denn daß jeder von denen einen Anwalt auf Abruf hat, darauf können Sie Gift nehmen.«

»Ja, und?«

»Die Staatsanwaltschaft wird von Kriminalrat Weber informiert. Er hat mir freie Hand gegeben. Es ist sicher, daß beim Haftprüfungstermin Haft ergeht, in beiden Fällen. Auch die Frau sollte noch nicht auf freien Fuß gesetzt werden. Jede Art von Kontakt nach draußen muß unterbunden werden. Ich mache die Gegenüberstellung mit Silbernagel, ehe die beiden ihr Verteidigungsprogramm anlaufen lassen können. Es gibt Anwälte, denen man nicht trauen kann. Nachrichten sickern auf diese Weise durch. Sie wissen doch, wie so was geht.«

»Sie wollen sie weichkochen?«

»Nein, das geht bei diesen Typen nicht. Aber überrumpeln, das geht.«

Der Wagen kam an, die drei ausgesuchten Bereitschaftspolizisten kannten den Kommissar und begrüßten ihn mit Handschlag.

»Wir fahren ein bißchen spazieren«, sagte er. »Vielleicht fahren wir auch ins Krankenhaus und stellen die beiden dem verletzten Killer gegenüber. Mal sehen, ob das noch nötig ist. Die beiden sofort fesseln und höllisch aufpassen während der Fahrt.«

Die Männer hatten begriffen, sie stiegen in ihren Wagen und fuhren dann hinter Günter Stein und seinem Assistenten her.

»Zum Polizeigefängnis«, sagte Stein zu Becker, der den Wagen fuhr.

DAS GEHIRN DES Kommissars arbeitete exakt wie ein Computer. Jeder der nächsten Schritte war genau festgelegt und in seiner Wirkung überdacht. Becker mußte dies an diesem Tag noch ein paarmal bewundernd denken. Er fragte sich, ob er das je lernen würde. Kann man so etwas überhaupt lernen, ist das nicht angeboren? Seltsame Überlegungen stellte der junge Mann an. Hätte etwa ein Mensch lernen können, zu denken und zu handeln wie einer der berühmten Detektive, die in die Weltliteratur eingegangen waren?

Seine Gedanken wurden durch das Erscheinen der Dealer mit den drei Wachtmeistern unterbrochen. Sie sahen zerzaust aus, begannen jedoch sofort zu protestieren. Frido schrie mit sich überschlagender Stimme: »Wohin bringen Sie uns? Wir haben ein Recht darauf, zu erfahren, wohin Sie uns bringen!«

Der Kommissar stand im Dienstzimmer und sagte ganz ruhig: »Innerhalb der gesetzlichen Frist werden Sie dem Haftrichter vorgeführt.«

Peter Olsen war gelassener, er fragte: »Herr Kommissar, haben wir nicht ein Recht darauf, jetzt zu erfahren, was Sie mit uns vorhaben?«

»Wir fahren zu einer, vielleicht sogar zu zwei Gegenüberstellungen.«

»Merkst du nicht, was er vorhat?« rief Frido. »Er will verhindern, daß wir mit unseren Anwälten sprechen. Der Scheißbulle zieht eine linke Tour ab!«

»Wenn Sie noch einmal Scheißbulle zu mir sagen, gebe ich Ihnen eine Ohrfeige, an die Sie noch lange denken werden. Das Disziplinarverfahren dafür nehme ich gern in Kauf.«

Er hatte es so gesagt, daß jeder im Raum ihm glaubte. Die beiden Gefangenen schwiegen und ließen sich wortlos die Handschellen anlegen.

Im Wagen fragte Becker: »Hätten Sie ihm wirklich eine Ohrfeige gegeben, Herr Kommissar?«

»Ja.«

Becker schwieg ein paar Sekunden, sagte dann: »Sie hassen diese Burschen?«

»Die sind menschlich der letzte Dreck.«

»Auf der Polizei-Schule hat man uns gelehrt, niemals irgendwelchen Emotionen zu folgen, sondern stets kühl zu bleiben.«

»Ich bin kühl, Becker, aber vergessen Sie nicht, was die beiden auf dem Gewissen haben. Was Ihnen da beigebracht wurde, ist richtig. Mir ist der Gaul durchgegangen, machen Sie sich das nicht zum Vorbild.«

»Nein, nein, es hat mich nur mal interessiert, wie weit Sie gegangen wären.«

»Zu weit wäre ich gegangen, aber verdammt noch mal, ich hätte es getan.«

»Und was unternehmen wir jetzt im Untersuchungsgefängnis?«

»Ich stelle ihnen eine Falle, und Sie sind es, der mir dabei helfen muß.«

»Ich?« fragte Becker erstaunt.

»Ja, Sie. Wir führen die beiden aufs Glatteis. Sie werden nebeneinander in die Sprechzellen gelegt. Sie stellen sich im Innenhof zwischen die beiden Fenster im Parterre. Sie können von drinnen nicht gesehen werden, hören aber alles, was die beiden sich zu sagen haben. Das ist eine ziemlich primitive Methode, aber sie könnte erfolgreich sein.«

»Ja, ich verstehe.«

»Vorher heize ich denen aber noch kräftig ein. Sie werden ihre Lage besprechen. Spitzen Sie die Ohren, Becker.«

Im Untersuchungsgefängnis war der leitende Beamte schnell verständigt. Grinsend sagte der Mann: »Das ist so einfach, daß ich gar nicht darauf gekommen wäre.«

Zuerst wurde der Gefangene Silbernagel ins Vernehmungszimmer geführt. Er machte einen angespannten und nervösen Eindruck, hatte nicht mehr diese kühle Gelassenheit, die bemerkenswert an ihm gewesen war.

Stein saß hinter einem kleinen Tisch, Becker hatte sich seinen Stuhl an die Schmalseite gestellt. Ein weiterer Stuhl stand mitten im Raum. Stein sagte: »Nehmen Sie Platz, Herr Silbernagel.«

»Wollen Sie wieder ein Verhör mit mir machen, Herr Kommissar?«

»Nein, diesmal ist es kein Verhör, sondern eine Gegenüberstellung. Sie können Ihre Situation entscheidend verbessern, wenn Sie nichts anderes tun, als die Wahrheit zu sagen.«

»Ich habe Ihnen doch bereits einmal geholfen, Herr Stein.«

»Ja, das haben Sie, und deshalb konnten wir Frido Hansen und Peter Olsen verhaften. Die beiden sind nebenan in den Zellen. Ich lasse jetzt Frido Hansen holen, den Rest werden Sie gleich erfahren.« Stein gab einem der Polizisten, die neben der Tür standen, einen Wink: »Holen Sie Frido Hansen.«

Als Frido hereinkam, musterte er Silbernagel mit einem kurzen verächtlichen Blick. Er sagte jedoch nichts. Günter Stein hatte plötzlich eine Pistole in der Hand. Er stand auf, ging dicht an Silbernagel heran, hielt die Pistole in dessen Augenhöhe und fragte: »Ist es richtig, daß Sie diese Pistole von Frido Hansen bekommen haben?«

Silbernagel schaute die Pistole genau an und antwortete: »Ja, die habe ich von Frido bekommen.«

»Es ist kein Irrtum möglich?«

»Nein, Herr Kommissar, da ist kein Irrtum möglich.«

»Was sagen Sie dazu, Herr Hansen? Wollen Sie das ableugnen?«

Hansen zuckte mit den Schultern, machte eine wegwerfende Handbewegung und sagte: »Der Kerl lügt. Diese Pistole habe ich nie gesehen. Er will seinen Arsch retten, deshalb schiebt er sie mir zu.«

»Ich habe die Wahrheit gesagt, Herr Kommissar. Er hat sie mir gegeben.«

»Scheißkerl!« zischte Frido.

»Bringt Peter Olsen her«, befahl Günter Stein.

Olsen wirkte fast ein wenig verlegen, wie er da hereinkam und Silbernagel mit einem kurzen Blick streifte. Das war ein anderer Mann in Haltung und Gesinnung. Günter Stein hatte es schon vorher gewußt, aus Olsen würde er etwas herausholen können.

»Herr Olsen, es ist erwiesen, daß diese Pistole von Frido Hansen an Silbernagel weitergegeben wurde. Waren Sie damals dabei?«

»Nein, ich war nicht dabei.«

»Aber Sie wußten davon?«

»Nein, ich wußte nichts davon.«

»Diese Pistole hat eine Geschichte. Es hängt ein Mord an ihr, der in Hamburg begangen wurde. Sie können sich leicht denken, daß Frido Hansen eine Anklage wegen Mordes zu erwarten hat. Dazu kommt für Sie beide noch eine Anklage wegen Anstiftung zum Mord. Sie und Hansen waren in Palermo und haben dort zwei Mörder beauftragt, mich zu erschießen. Der Anschlag fand statt... Becker, erzählen Sie weiter.«

»Die beiden Killer kamen mit einem Motorrad herangefahren, als der Kommissar mit mehreren Personen aus seiner Haustür trat. Der Mann auf dem Sozius feuerte Schüsse ab, die jedoch nicht den Kommissar, sondern einen jungen Mann trafen, der sich schützend vor Herrn Stein gestellt hatte. Herr Stein hat diesen Killer vom Motorrad heruntergeschossen und auch noch den Fahrer, der mit Vollgas davongefahren war.«

Stein setzte fort: »Der Mann ist schwer verletzt. Er liegt in einem hiesigen Krankenhaus, ist bei vollem Bewußtsein und bereit, eine Aussage zu machen. Den Rest können Sie sich denken. Als Rauschgift-Dealer sind Sie überführt, jetzt kommt noch die Anstiftung zum Mord hinzu. Sie sind doch kein Dummkopf, Sie wissen, daß lebenslänglich unter Umständen mit fünfzehn Jahren verbüßt sein kann. Gute Führung vorausgesetzt.«

Der Mann war aschfahl geworden. Er schaute Stein an, in seinen Augen stand stumme Verzweiflung. Es sagte kein Wort.

»Sie beide haben jetzt über den Rest Ihres Lebens zu entscheiden. Es gibt nur einen Weg, der Ihnen Ihr Schicksal ein wenig erleichtern kann, das Geständnis.«

Es war nun völlig still im Raum. Nur das Wort Geständnis klang noch nach.

Stein gab Becker einen Wink, das verabredete

Zeichen. Becker ging nach draußen, wo schon ein Wärter auf ihn wartete, der ihn durch das Haus zum Eingang des Innenhofs führte. Der Assistent stellte sich zwischen die beiden Fenster, die sich etwa einen Meter über seinem Kopf befanden. In diesem Innenhof war es sehr still, er würde jedes Wort hören können.

Stein wartete eine Minute, in der er kein Wort sagte, in der aber, wie er genau wußte, seine Worte nachwirkten. Es war klar, daß die beiden die Ausweglosigkeit ihrer Situation begriffen hatten. Sie mußten erkannt haben, daß ihr Schicksal besiegelt war.

»Bringen Sie die Gefangenen getrennt wieder nebenan in die Zellen«, sagte er zu einem Wachtmeister. Er stand neben der Tür und erklärte: »In zwanzig Minuten werden Sie wieder geholt. Ich nehme an, daß Sie dann Ihr Geständnis machen wollen. Ich habe jetzt hier noch im Haus zu tun, also, in zwanzig Minuten... Und Herr Silbernagel kann auch zurückgebracht werden.«

BECKER STAND BEWEGUNGSLOS zwischen den Fenstern und wartete. Er hörte, daß sie in den Zellen angekommen waren. Zunächst blieb es still, eine Minute, zwei Minuten, dann vernahm er ein leises Klopfen. Einer der beiden hatte durch die Wand ein Signal gegeben. Es war Peter Olsen, der dann vom Fenster aus leise rief: »Frido, komm zum Fenster!«

Als erstes fiel ein Schimpfwort. »Du Idiot! Diese

verdammte Pistole, die du Silbernagel gegeben hast, hat uns alles eingebrockt!«

»Red kein Blech, ich streite alles ab, da steht Aussage gegen Aussage.«

»Was denkst du denn, wem die glauben werden? Der Silbernagel hat sich doch bei denen schon verdient gemacht; über den sind sie auf uns gekommen, der hat gesungen.«

»Was sollen wir machen?«

»Mann, wir stecken bis zum Hals in der Scheiße. Die Sache mit Palermo bleibt an uns hängen. Da sind wir dran. Wenn dieser Stümper aus Palermo sagt: Das sind die beiden, dann ist Sense, Frido.«

»Willst du ein Geständnis machen?«

»Es bleibt uns kein anderer Weg. Ich kann bestätigen, daß du die Pistole in Hamburg gekauft hast, dann fällt wahrscheinlich der Mord unter den Tisch. Aber es geht uns trotzdem an den Kragen. Das Rauschgift ist jetzt nicht mehr wichtig, das macht die Suppe auch nicht mehr fett.«

»Wollen wir Möller preisgeben?«

»Wir müssen, Frido. Er war der Anstifter für Palermo. Er wollte unbedingt diesen Stein liquidieren.«

»Mann, dann käme ja auch die andere Sache ans Licht. Du weißt doch, wobei damals die Frau des Kommissars draufgegangen ist.«

»Das muß nicht sein; dieser Tölpel, der gegen die falsche Seite des Wagens gefahren ist, hat sich ja später in der Zelle erhängt. Möller wird von sich aus nichts dazu sagen. Außerdem, warum schonen wir den, das ist doch eine Mistsau, der muß mit drankommen... Wenn er nicht schon verduftet ist.«

»Ja glaubst du denn, der läßt seine Prachtvilla in Bad Homburg und seine Kaffeerösterei einfach sausen?«

»Wie ich den kenne, läuft das doch alles auf den Namen seiner Frau. Frido, denk mal logisch. Möller weiß doch genau, was für ihn auf dem Spiel steht. Beim Rauschgift ist er dran, dann die Anstiftung zum Mord. Er kann sich doch die Jahre ausrechnen, die er in den Knast wandert. Nein, der wird sich schleunigst auf die Socken nach Südamerika machen. Wenn unser Signalanruf, daß alles okay ist, in den nächsten drei Tagen nicht kommt, haut der ab.«

»Mann o Mann, diese Mafia-Stümper aus Palermo haben uns schön in die Scheiße geritten!« klagte Frido. »Sollten ihren Mann erledigen und werden selber vom Motorrad heruntergeschossen.«

»Wir sind dran, Frido«, sagte Peter Olsen. »Jetzt hilft nur noch ein Geständnis, aber der Möller ist auch dran.«

»Ich mache kein Geständnis!« rief Frido.

»Sei nicht so laut, man könnte uns hören.«

»Quatsch, dies hier ist doch der Verwaltungsflügel, da ist keiner im Hof.«

»Trotzdem müssen wir vorsichtig sein. Wir haben Fehler gemacht, Frido. Wenn unsere Anwälte kommen, können wir uns ja noch einmal verständigen. Ich gehe jetzt weg vom Fenster.«

»Warte noch einen Moment, willst du schon heute dein Geständnis machen?«

»Ja, es ist das einzig Vernünftige.«

»Peter, warum wartest du nicht, bis wir mit unseren Anwälten gesprochen haben?«

»Wir könnten es ja so machen, daß wir sagen, wir werden ein Geständnis machen, aber zuerst wollen wir mit unseren Anwälten sprechen.«

»Ja, das geht auch. Mann, ich werde verrückt, wenn ich an die Jahre denke, die sie uns aufbrummen werden.«

»Wir haben Fehler gemacht, Frido. Ich habe schon vor langer Zeit gesagt, daß wir aufhören sollten. Wir hatten genug Geld.«

»Das nutzt jetzt auch nichts mehr«, antwortete Frido.

Danach war es still, die beiden hatten ihre Fensterplätze verlassen.

Becker war erschrocken. Die ganze Tragweite des Gesagten war ihm schlagartig bewußt geworden. Der tödliche Unfall von Steins Frau war also ein mißglückter Anschlag gewesen, ein Attentat auf Kommissar Stein. Wie sollte er ihm das beibringen?

Becker ging leise auf die Tür zu, die für ihn offengelassen worden war. Er hatte viel Brauchbares gehört. Es war zu verwenden und würde den Fall ein ganzes Stück weiterbringen.

Möller war der wichtige Mann, der hing ganz dick in der Sache drin. Und der besaß eine Villa in Bad Homburg und eine Kaffeerösterei. Der Mann mußte unbedingt noch heute verhaftet werden. Aber wie sollte er Kommissar Stein diese tragische Wahrheit über den Tod seiner Frau mitteilen? Ich muß es tun, sagte er sich, doch es ging fast über seine Kraft.

»Was machen Sie denn für ein Gesicht, Becker?« fragte Stein sofort. »War es nicht erfolgreich?«

»Doch, sogar sehr. Die beiden wollen ein Geständnis ablegen, nachdem sie mit ihren Anwälten gesprochen haben. Ich glaube, sie sind weichgekocht. Peter Olsen wäre schon jetzt bereit gewesen zu einem Geständnis, aber der andere wehrt sich noch verzweifelt. Olsen versucht ihn umzustimmen.«

»Na bitte«, sagte Stein.

Und dann erzählte Becker von dem Mann namens Möller, der eine Villa in Bad Homburg und irgendwo eine Kaffeerösterei besitzen mußte. Er faßte alles zusammen, was er über diesen Mann gehört hatte. Besonders wichtig schien ihm, daß dieser Drahtzieher vermutlich auf dem Sprung war, nach Südamerika zu flüchten.

»Wir müssen ihn heute noch schnappen«, sagte der Kommissar. »Das Geständnis ist jetzt nur noch eine Frage der Zeit. Morgen oder übermorgen wird es kommen. Wir beide müssen Möllers Adresse herausfinden. Also nichts wie los.«

»Und was machen wir mit denen?« Er deutete in Richtung der Zellen, wo Olsen und Frido untergebracht waren.

»Meine Herren, die beiden können Sie ins Polizeigefängnis zurückbringen. Wir müssen ja nicht dabei sein. Sie bleiben während der Fahrt gefesselt.«

»Keine Sorge, Herr Kommissar. Wir bringen die

schon sicher wieder zurück.« Die Polizisten verabschiedeten sich mit Handschlag und gingen hinaus.

»Da ist noch etwas«, sagte Becker. »Aber das sage ich Ihnen lieber auf der Fahrt. Es fällt mir schwer, es Ihnen zu sagen. Aber es muß sein, ich habe da nämlich etwas gehört, daß Sie persönlich betrifft. Und auch den Tod Ihrer Frau ... Aber darf ich noch damit warten, bis wir im Auto sitzen?«

»Gut, Becker, warten Sie noch. Sie werden sicher einen guten Grund dafür haben.«

ALS SIE WIEDER IM Wagen saßen, kostete es den Kommissar Überwindung, nicht sofort zu fragen, was Becker auf seinem Horchposten über den Tod seiner Frau erfahren hatte. Was konnte das sein? Er war selber dabeigewesen, hatte jede Sekunde miterleben müssen.

Becker begann umständlich: »Wissen Sie, ich konnte es Ihnen nicht in dem Dienstzimmer erzählen, vor allen Leuten, weil ich doch weiß ...«

»Schießen Sie los, Becker. Was ist es?«

»Die Sache mit Ihrer Frau war kein Unfall, sondern ein Mordanschlag auf Sie. Der Mann, der den Anschlag ausführte, stand unter Drogen und fuhr gegen die falsche Seite des Wagens. Und so hat es Ihre Frau getroffen.«

Günter Stein schwieg. Er hatte sich aufgereckt, sich zu Becker herumgedreht, doch er schwieg. In seinen Gedanken arbeitete es. Konnte das sein? Aber natürlich konnte das sein! Die Trauer fiel zugleich mit dem Zorn über ihn her. Wenn es so ist, und er zweifelte nicht daran, dann ist sie für mich gestorben! Und ich bin schuld an ihrem Tod! Aber zugleich mußte er sich sagen, daß die Umstände die Schuld trugen. Doch was nützte das schon? Er erinnerte sich, daß der Fahrer des fremden Wagens unter Drogen gestanden hatte, und es waren ja damals auch Drogen bei ihm gefunden worden. Später hatte er davon erfahren, daß der Mann sich in der Zelle erhängt hatte.

»Sagen Sie mir alles, was Sie wissen, Becker!« Einen ähnlichen Ton hatte der Assistent nie bei Günter Stein gehört: drängend, ungeduldig, befehlend.

Becker faßte zusammen. Auch damals war Möller der Anstifter gewesen, und seine Handlanger waren auch damals Frido Hansen und Peter Olsen.

»Ich werde ihn kriegen. Fahren Sie schneller, Becker. Wir müssen noch einmal ins Präsidium zurück. Er wird leicht zu fassen sein mit den Anhaltspunkten, die wir haben.«

»Falls er noch dort ist.«

»Wenn er nicht mehr dort ist, werde ich ihn jagen, und wenn es bis ans Ende der Welt sein müßte. Dieses Schwein, dieses hundsgemeine Schwein!«

Schon während der Fahrt gab Günter Stein den Namen und alle weiteren Details ans Präsidium durch. »Stellt noch zwei Wagen mit je zwei Mann bereit. Maschinenpistolen mitnehmen!«

Becker fuhr so schnell er konnte, aber dieser

Wagen hatte keine Sirene, und so dauerte es doch eine Viertelstunde, bis sie im Innenhof des Präsidiums ankamen.

Sie eilten hinauf. Im Dienstzimmer erwarteten ihn seine Leute. Name und Wohnsitz waren bereits ermittelt, die Villa in Bad Homburg und die Kaffeerösterei. Alles mit genauer Streckenführung.

Wo sollte er anfangen? Um diese Zeit war er wahrscheinlich in seinem Unternehmen.

»Becker, rufen Sie an, und fragen Sie nach Möller. Sagen Sie meinetwegen, Sie hätten fünf Zentner Rohkaffee, die Sie rösten lassen wollten. Oder sagen Sie irgendwas ...«

Aber Becker mußte sich nichts einfallen lassen, denn als er dort anrief, erhielt er sofort die Auskunft, der Chef sei heute noch nicht in der Firma gewesen.

»Also auf nach Bad Homburg. Zwei Mann müssen in die Rösterei und dort warten. Falls er kommt, sofort festnehmen. Aber Vorsicht. Ich vermute, der Kerl ist bewaffnet. Wir fahren jetzt los. Während der Fahrt bleiben wir in Kontakt mit dem Präsidium. Wenn wir dort sind, gehen Becker und ich hinein. Ihr postiert euch schußbereit an den vier Ecken des Hauses.«

Jetzt erst bemerkte er, daß ihn sein Hund vorwurfsvoll ansah. Er hatte sich nicht vorgedrängt, sondern geduldig gewartet. Trotz der Eile nahm er sich die drei Sekunden Zeit. Er sagte: »Bleib sitzen, Luchs. Wir kommen bald wieder.«

Aus der Schublade nahm er noch schnell zwei

Magazine mit je neun Schuß, die er in seine Jackentasche steckte. Dann gingen sie hinaus. Im Wagen, schon in voller Fahrt, erfuhr er: »Dieser Möller ist nie in Erscheinung getreten. Es lag nie etwas gegen ihn vor. Nicht einmal eine Verkehrsbuße, rein gar nichts.«

Ein ruhiger Mensch, vollkommen unauffällig. Er dachte: Einer von denen, die immer die anderen die Dreckarbeit machen lassen.

Während dieser Fahrt sprach er kaum ein Wort, aber in seinem Kopf arbeitete es unablässig. Noch einmal traf ihn die Nachricht, die sich langsam in ihm ausgebreitet hatte, wie ein Schmerz, der von der betroffenen Stelle ausgeht und sich verteilt. In Gedanken sah er seine Frau, erinnerte sich genau an den Tag, die Stunde. Ihr Gesicht stand vor ihm, so genau wie eine Fotografie. Die ganze Bitterkeit, die er langsam überwunden glaubte, stieg wieder in ihm auf. Dieser Mann war es. Möller heißt er. Und büßen soll er, verdammt noch mal, die härteste Strafe soll er erfahren!

Sie waren schon nahe am Ziel. Er sagte: »Wir müssen bei diesem Kerl mit allem rechnen. Es darf nicht der geringste Fehler passieren. Falls er nur eine falsche Bewegung macht, sofort schießen!«

Er rechnete mit Widerstand, mit irgendeiner hinterhältigen Überraschung. Ein Mann wie dieser läßt sich nicht einfach gefangennehmen und einsperren. Ein solcher Typ trifft Vorsorge für alle denkbaren Fälle.

Aber wird er überhaupt dort sein? Saß er nicht

schon längst in einem Flugzeug in Richtung Kolumbien? War dann noch an ihn heranzukommen? Ein Foto von ihm mußte für alle in Frage kommenden Flughäfen beschafft werden! Er gab es an das Präsidium durch und erhielt zur Antwort: »Wir haben kein Foto von ihm. Wie sollten wir es beschaffen?«

»Das gibt es sicher in seinem Betrieb. Und wenn nicht, dann laßt ein Phantombild von ihm zeichnen. Ihr findet in seiner Rösterei genug Leute, die ihn genau kennen.«

Sie hatten verstanden und entschuldigten sich, daß sie nicht vorher daran gedacht hatten.

»Schon gut, schon gut«, sagte er.

Becker drehte ihm den Kopf zu: »Wir sind gleich da, Herr Kommissar.«

»Etwas langsamer jetzt.«

Er war genau nach der vorgezeichneten Route gefahren.

Und dann sahen sie die enorme Villa. Sie lag hinter einem schmiedeeisernen Zaun, war umgeben von mächtigen, alten Bäumen. Hier also wohnte der Mörder, in einer Umgebung, die jedem Betrachter Respekt einflößen mußte. In dieser Gegend war Reichtum angesiedelt, hier wohnten nur Erfolgreiche und blieben unter sich. Diese Straße wurde kaum je von einem Fremden betreten.

Seltsame Regungen tauchten in seinen Gedanken auf, während er den Angriff in Gedanken durchspielte. Der Mann, dem dieses Haus gehörte, hatte zwei Menschen töten lassen, weil er ihn, den Kommissar, beseitigen wollte. Zweimal hatten andere für ihn ihr Leben lassen müssen. Jetzt war er hier, jetzt begann die Revanche, und er, Günter Stein, war der Ausführende, der Verantwortliche. Jetzt durfte kein Fehler mehr passieren. Die Rechnung mußte beglichen werden.

Er hatte seine Leute aufgeteilt. Das Haus war nun so umstellt, daß je ein Mann an einer der vier Ecken stand und von dort aus zwei Seiten mit der Maschinenpistole erreichen konnte. Bis jetzt war alles planmäßig verlaufen. Die Beamten waren über den Zaun geklettert, denn das Tor war verschlossen. Kein Mensch hatte sie in der völlig stillen Straße gesehen.

»Jetzt können wir klingeln«, sagte der Kommissar zu Becker.

Er läutete und wartete vor der Sprechanlage auf eine Antwort. Nichts regte sich. Nach dem zweiten Versuch sagte er: »Es müßte jemand zu Hause sein. In einem solchen Haus gibt es doch sicher Angestellte.«

»Vielleicht hat er sie entlassen und ist dann mit seiner Familie geflüchtet«, überlegte Becker.

»Geflüchtet mit der gesamten Familie? Wenn einer wie der flüchtet, dann tut er es allein. Es bleibt uns nichts anderes übrig, als über das Tor zu steigen.«

Sie kletterten nebeneinander über die scharfkantigen Zacken des Tores, die wie Speerspitzen nach oben drohten. Er war sich des Risikos dieses Augenblicks bewußt. Was für ein perfektes Ziel hätten sie für einen Mann geboten, der aus der Sicherheit des Hauses auf sie geschossen hätte. Nichts regte sich, als sie dann auf die Haustür zurannten. Beide hatten die Pistole in der Hand, und beide hätten sie sofort benutzt, wenn sie auf Widerstand gestoßen wären. Die Haustür war verschlossen; eine massive Tür aus Eichenholz, die in ungefähr zwei Meter Höhe zwei kleine, rechteckige Fenster hatte.

»Wir müssen hineinschauen. Los, Becker, ich hebe Sie hoch.«

»Es ist nichts zu sehen«, sagte Becker, nachdem der Kommissar ihn angehoben hatte. »Da hängen ein paar große Spiegel mit Goldumrandung. Mir genau gegenüber ist eine hohe Tür. Rechts und links kleinere Türen. Der Raum ist quadratisch, etwa dreißig Quadratmeter groß ...«

»Das muß die Vorhalle sein. Von da aus wird es zum Salon gehen. Wir schleichen jetzt erst mal um das Haus herum.«

Sie hatten schon vorher bemerkt, daß alle Fensterläden im Parterre geschlossen waren. Das Haus bot nirgendwo eine Möglichkeit einzudringen.

»Ausgeflogen«, meinte Becker.

»Ja, es sieht ganz so aus.« Er überlegte kurz: »Wir brechen ein, Becker. Gehen Sie zurück zum Wagen und holen Sie ein paar Brecheisen. Nehmen Sie den Mann mit, der an der rechten Ecke postiert ist. Fragen Sie auch gleich im Präsidium nach, ob sich in der Rösterei etwas getan hat. Und ob sie das Phantombild schon haben. Beeilen Sie sich.«

Während er allein rechts neben der Tür unter

einem der geschlossenen Fenster stand und auf Becker wartete, beschlich ihn das Gefühl, etwas vergessen zu haben. Etwas hatte er unterlassen, was war es nur wieder? Ungeheuer viel war geschehen in den letzten achtundvierzig Stunden. Die Ereignisse hatten sich überschlagen. Natürlich hätte er Inge anrufen sollen. Sie sorgte sich. Von den neuen Entwicklungen hatte sie keine Ahnung. Er wollte ihr die Wahrheit über den Tod seiner Frau sagen. Am Abend würde er es tun, und er wußte schon jetzt, wie schwer es ihm fallen würde. Es war kaum zu glauben, zweimal war er dem Tod entgangen, weil ein anderer Mensch für ihn gestorben war. Schwer wie Blei lastete diese Tatsache auf ihm.

Als Becker keuchend mit zwei Brecheisen herankam, konnte er schon an seinem Gesicht erkennen, daß sich kein Erfolg abzeichnete.

»Nein, nichts. Er ist nicht aufgetaucht. Aber sie machen gerade das Phantombild, das dann an Interpol und alle Flughäfen geht. Aber da ist doch etwas passiert. Stellen Sie sich vor, eine Zeitung hat den Anschlag auf Sie schon am Morgen gebracht. Es steht alles drin.«

»Das war Peters. Dieser Mistkerl. Für seine Scheißkarriere gefährdet der ohne Rücksicht Menschen. Natürlich sind auch die Fotos von meinem angehenden Schwiegersohn dabei.«

»Das weiß ich nicht, Herr Kommissar. Vielleicht hat es Möller aus der Zeitung erfahren.«

»Natürlich. Eine echte Schweinerei! Los, machen wir uns an die Tür. Das wird harte Arbeit.«

Zu dritt brauchten sie fast eine Viertelstunde, bis sie die Tür aufgebrochen hatten. Abwechselnd hatte je einer mit der Maschinenpistole gesichert, während die beiden anderen arbeiteten. Die Tür gab nach. Sie waren in Schweiß gebadet.

Sie waren eingedrungen in diese Atmosphäre von Luxus und sattem Reichtum. Die Vorhalle bestand aus hellem Carrara-Marmor, der Salon war riesig und prunkte mit eleganten Sitzgruppen. Die Bilder an den Wänden stellten zweifellos ein Vermögen dar, genauso wie die riesigen Teppiche, die den Boden bedeckten. Sie standen eine Zeitlang sprachlos zusammen im Salon, bevor Stein seine Leute ins Haus rief und sagte: »Einer muß stets den Eingang absichern. Wir durchsuchen jetzt das Haus.«

Er begann mit Becker im Salon, die andern verteilten sich in den übrigen Räumen. Er hörte plötzlich einen Mann rufen: »Herr Kommissar, in der Küche liegt ein toter Hund!«

Sie gingen nach vorn zur Küche. Auf dem Boden lag ein toter Schäferhund, über den eine Tischdecke gebreitet war. Günter Stein untersuchte das Tier. Er sah den Einschuß hinter dem linken Ohr, verbrannte Haare. Es war ein prächtiges Tier.

»Das war Möller«, sagte er. »Aus nächster Nähe abgefeuert. Vor etlichen Stunden, aber die Leichenstarre ist noch nicht voll eingetreten. Sehen Sie, Becker, dieser Kerl hat alles aus der Zeitung gewußt.«

»Was für ein schönes Tier«, bedauerte Becker.

»Ja, das war ein schöner Hund. Er wäre ihm lästig

geworden auf der Flucht, also hat er ihn kurzerhand erschossen.« Der Kommissar starrte auf den Hund und murmelte: »Was für ein elender Mensch.«

Das Haus gab nichts her, keinen Hinweis auf Rauschgift oder andere kriminelle Tatbestände. Sie hatten jedes der Zimmer genau untersucht. Dabei waren sie auf ein gerahmtes Foto gestoßen, das sich in einem schönen Raum befand, dessen verspielte, feminine Ausstattung darauf schließen ließ, daß es das Zimmer der Hausherrin war. Becker hatte das Bild auf einer antiken Kommode gefunden. Er hatte es hochgehalten und gerufen: »Schaut euch das an! Das ist todsicher Möller mit seiner Familie. Und der Schäferhund ist auch dabei!«

Stein betrachtete dieses Foto. Die Frau war eine Schönheit, die lächelnde Tochter ebenfalls. Nur der Mann war von geradezu abstoßender Häßlichkeit. Einer der Beamten bemerkte trocken: »Mein Gott, gegen den ist ja Frankensteins Monster ein Adonis.«

Es gab keinen Zweifel, daß dies ein Familienfoto war, das Bild einer wohlsituierten, selbstbewußten Familie, deren bürgerliche Stabilität Respekt einforderte. Ein Brustbild, in das der intelligente Kopf des reinrassigen Schäferhunds hineinragte.

Der Kommissar hielt das Bild in der Hand und sagte: »Es gibt ja so etwas wie eine erhabene Häßlichkeit, aber das ist hier nicht der Fall. Ich werde das Bild mitnehmen. Wir können es noch brauchen.«

Becker, der neben ihm stand, überlegte: »Seinen Hund hat er erschossen; wäre es nicht möglich, daß er auch den Rest der Familie ...« Er beendete den Satz nicht, die Mutmaßung schien ihm zu grauenhaft.

»Bei diesem Mann muß man mit allem rechnen, aber eigentlich glaube ich es nicht. Wir werden sehen.«

Er bestimmte zwei Mann, die das Haus zu bewachen hatten. Er wollte zurück zum Polizeipräsidium, und er wollte zu Inge, denn er hatte das Gefühl, schon zu lange von ihr getrennt zu sein.

Während der Fahrt sagte er: »Sie werden auch Ihre Frau sehen wollen, Herr Becker. Wenn man diesen Beruf hat, braucht man einen Partner. Man muß immer wieder Menschlichkeit auftanken, sonst erträgt man es nicht. Der ständige Umgang mit Verbrechen verfinstert das Gemüt.«

IM PRÄSIDIUM NAHM er sich zuerst eine Minute Zeit für Luchs. Er tätschelte seinen Kopf und redete leise mit ihm. Der Hund antwortete, modulierte seine Freude in Tönen, die Günter Stein genau verstand. Die Sekretärin des Kriminalrats kam herein und sagte: »Ich habe ihn eine Viertelstunde ausgeführt, und zu fressen habe ich ihm etwas aus der Büchse, die im Kühlschrank steht, gegeben.«

»Vielen Dank, daß Sie daran gedacht haben.«

»Oh, das habe ich doch gern gemacht.«

Er rief Becker an und sagte: »Wir müssen noch eine kurze Konferenz abhalten. Rufen Sie das Dezernat zusammen.«

Becker kam sofort herüber und fragte: »Eine Konferenz, jetzt noch?«

»Ja, ganz kurz nur. Sagen wir in fünf Minuten im Konferenzzimmer.«

Becker ging wortlos hinaus. Jetzt blieben ihm fünf Minuten Zeit für Inge. Er wählte die Nummer, sie war sofort am Apparat. »Ich mußte dich anrufen, Inge. Es dauert alles länger als vorgesehen. Es sind Dinge an den Tag gekommen, die mich sehr aufregen. Aber das kann ich dir nicht am Telefon erzählen.«

»Sage es mir wenigstens in Andeutungen. Den Rest kannst du mir ja erzählen, wenn du nach Hause kommst. Wirst du bald kommen?«

Er überlegte: Andeutungen? Nein, das ging nicht, aber dann sagte er doch: »Es war hart für mich, und es wird auch dich überraschen, aber hoffentlich nicht zu sehr irritieren. Es ändert zwischen uns nichts... Meine Frau kam nicht durch einen Unfall ums Leben, sondern durch einen Anschlag, der mir gegolten hat. Ich muß das erst verdauen, und ich möchte mit dir darüber reden. Zwei Menschen, die für mich sterben mußten, das ist kaum zu ertragen.«

»O Gott, das ist ja fürchterlich«, sagte sie. »Übrigens hat der Vater von Hans Richter angerufen. Er war sehr niedergeschlagen und wollte dich sprechen. Ich habe ihm gesagt, du hättest viel zu tun. Er wollte es dann im Präsidium versuchen.«

»Gut, gut. Ich wollte jetzt wenigstens ein paar Worte mit dir wechseln, deine Stimme hören. Das hilft schon ein wenig.«

»Komm bald, ja?«

»Ich werde mich beeilen. Bald bin ich bei dir.«

Er hörte das Vibrieren ihrer Stimme: »Ich habe Sehnsucht nach dir. So ein Tag ist lang.«

»Bald, mein Liebling, bald …«

Zur Konferenz kamen neun Mann vom Rauschgiftdezernat. Auch Kriminalrat Weber erschien unerwartet. Er sagte: »Ich habe auf Sie gewartet. Der Vater von Hans Richter war hier. Er hatte mich vorher angerufen, und dann stand er kurz darauf schon auf der Matte. Ich habe ihm erklärt, daß Sie wichtige Aufgaben hätten. Er wollte es später noch einmal versuchen. Wie ist es gelaufen?«

Stein faßte zusammen: »Wir haben beträchtliche Teilerfolge. Zwei Großdealer, die mit zwei Morden in Verbindung stehen, sind überführt. Ihr Geständnis steht unmittelbar bevor. Mit Hilfe von Assistent Becker habe ich ihnen eine Falle gestellt, in die sie prompt hineingetappt sind.«

»Und was ist mit diesem Möller?«

»Er ist überführt durch die Aussagen von Frido Hansen und Peter Olsen. Wir waren in seiner Villa in Bad Homburg. Er ist geflüchtet. Im Haus lag nur der tote Hund, den Möller vor seiner Flucht erschossen hat. Was hat sich in der Kaffeerösterei getan?«

»Unser Phantombildzeichner ist noch dort, außerdem zwei Mann, die den Eingang bewachen. Wenn er dort auftaucht, wird er sofort verhaftet.«

»Ich glaube nicht mehr, daß er da erscheinen wird.«

»Warum wollten Sie noch eine Konferenz machen, Herr Stein?«

»Weil mir ein paar Ideen gekommen sind, die wir schnell umsetzen sollten.«

»Lassen Sie hören, Herr Stein.«

Stein nahm sich einen Stuhl und sagte: »Ich habe mir überlegt, daß ein Mann wie Möller das Rauschgift sicherlich nicht in seinem Haus lagert. Was also bietet sich an? Natürlich seine Kaffeerösterei! Dort sollten wir mit mindestens sechs Mann jeden Winkel und jeden Kaffeesack untersuchen. Ich nehme an, daß da irgendwo der Stoff lagert. Wir heben das Lager aus, das ist Punkt eins. Und das sollte jetzt sofort geschehen.«

»Ist in Ordnung«, sagte Weber.

»Was die Villa betrifft, so sollte dort in einem sechsstündigen Turnus die Wache abgelöst werden, obwohl ich nicht glaube, daß er dort noch einmal auftauchen wird. Sie haben ja gesehen, was sich die Zeitungen geleistet haben. Möller ist genau informiert, und vielleicht nicht nur von dieser Seite.«

»Wie meinen Sie das?« fragte der Kriminalrat in scharfem Ton.

»Ich möchte jetzt noch nicht darüber sprechen, aber ich habe da meine Vermutungen. Übrigens habe ich hier ein Bild der gesamten Familie Möller. Wir könnten es sofort für die Fahndung verwenden.«

Er reichte Weber das Foto. Der Kriminalrat

schaute es sich genau an und sagte: »Das ist brauchbar. Wir werden es nehmen. Aber sagen Sie mal, dieses hübsche Mädchen, das ist doch wohl seine Tochter. Glauben Sie, daß er Frau und Tochter auf seiner Flucht mitgenommen hat?«

In diesem Augenblick meldete sich Becker zu Wort: »Da geht etwas nicht ganz auf. Im Schrank der Frau sah ich noch zwei Zobel- und drei Nerzmäntel hängen. Eine Frau, die flüchten muß, nimmt doch wohl diese Mäntel mit. Wie ich die Frauen kenne ...«

Niemand im Raum glaubte, daß Becker die Frauen ausreichend kannte, aber sein Argument war einleuchtend.

Es wurde noch ein wenig gestritten, ein Oberinspektor fragte nach Schmuck. Sie kamen zu dem Ergebnis, daß das Haus noch einmal gründlich durchsucht werden mußte, genauso wie die Rösterei. Drei Mann machten sich auf nach Bad Homburg, vier Mann würden die Rösterei auseinandernehmen.

»Ich kann dann wohl nach Hause fahren?« fragte Günter Stein. »Ich habe jetzt dreizehn Stunden Dienst hinter mir.«

»Selbstverständlich können Sie jetzt gehen«, sagte der Kriminalrat. »Sie haben getan, was Sie tun konnten.«

Er wollte Luchs holen und dann nach Hause fahren, aber auf dem Gang sah er einen Mann, der auf Kriminalrat Weber zuging und fragte: »Kann ich jetzt den Kommissar sprechen?«

Es war nicht zu umgehen, und Günter Stein

wollte das auch nicht. »Kommen Sie bitte in mein Büro«, sagte er.

Der Mann war um die Fünfzig, sah intelligent aus und hatte einen energischen Zug um die Mundwinkel.

»Sie werden verstehen, daß ich den Menschen einmal sehen möchte, für den sich mein Sohn geopfert hat. Es ist doch irgendwie rätselhaft ...«

»Ja, das ist es auch für mich. Niemand kann das so recht verstehen. Sie hätten sich mehr um ihn kümmern müssen. Er war einsam und hilflos.«

»Ja, es ist meine Schuld. Aber jetzt ist es zu spät. Alles ist zu spät. Jetzt, nachdem ich sie kennengelernt habe, ist mir übrigens klar, warum er es getan hat. Er hat Sie zu seiner Vaterfigur gemacht. Und da er seinen leiblichen Vater verachtete, wollte er uns beschämen. Und das ist ihm ja auch gelungen. Er wollte uns zeigen, zu welcher Größe er fähig war.«

»Ja, er hat uns alle beschämt.«

Der Vater sank ein wenig auf seinem Stuhl zusammen, in seinen Augen stieg Traurigkeit auf. »Morgen wird er begraben. Ich kann es immer noch nicht fassen. Mein Sohn ... Das war ein unheimlich starker Abgang ...«

ALS ER NACH HAUSE KAM und in ihre Augen schaute, sah er sofort, daß Inge geweint hatte. Er fragte: »Warum hast du geweint?«

Sie zuckte mit den Schultern, als wollte sie sagen, es sei nun mal so gewesen.

»Ich will nicht, daß du weinst«, sagte er.

»Es ist so viel geschehen«, sagte sie. »Und immer, wenn du längere Zeit von mir getrennt bist, habe ich das Gefühl, es könnte dir etwas passieren. Du lebst wie auf Abruf. Sie wollen dich töten. Wie kann man so etwas ertragen?«

Nachdenklich sagte er: »Ja, es ist enorm viel geschehen in diesen Tagen. Übrigens war der Vater von Hans Richter bei mir, als ich gerade nach Hause gehen wollte.«

»Und was hat er gesagt?«

»Er hat viel von seinem Sohn erzählt und seine Mitschuld an dessen Entwicklung zugegeben. Zum Schluß hat er geweint. Es ist ziemlich schlimm, einen Menschen so hilflos zu sehen. Mir ging das an die Nieren. Kein schlechter Mann, aber einer, der zeitweilig vergessen hatte, daß er einen Sohn hat. Morgen wird Hans begraben.«

»Können wir ihn noch einmal sehen?« fragte sie.

»Ja, er ist aufgebahrt, wir können ihn sehen. Ich habe bei Kriminalrat Weber um ein paar Stunden gebeten. Bis ein Uhr mittags habe ich Zeit. Die Fahndung läuft ja nun auch ohne mich.«

Dann erst kamen die Fragen nach den Details des Tages. Sie hatte verstanden, daß seine Frau einem Anschlag zum Opfer gefallen war, der ihm gegolten hatte. Und sie wußte, wie schwer das zu verkraften war. Sie könnte noch leben, wenn er einen weniger gefährlichen Beruf gehabt hätte. Mit der Last dieser Tatsache mußte er in Zukunft leben.

»Natürlich werde ich meine Frau nicht vergessen,

das hätte sie auch nicht verdient, denn sie war ein großartiger Mensch. Als sie wußte, daß sie sterben würde, hat sie gesagt: ›Wie wirst du leben – allein?‹ Ich konnte darauf keine Antwort geben. Ich habe ja noch nichts von dir gewußt.« Er nahm sie zart in den Arm.

Sie flüsterte: »Es ist so viel geschehen. Ich brauche dich. Niemals hätte ich gedacht, daß ich so viel aushalten könnte. Was für ein Irrsinn: Man hat deine Frau ermordet, als sie versuchten, dich zu töten.«

Und dann sagte er etwas, was sie nicht von ihm erwartet hätte: »Du bist mein Trost. Ich vertrage ziemlich viel, doch alles hat seine Grenzen, und vor dir will ich auch gar nicht den starken Mann spielen, den nichts umwerfen kann. In den letzten Tagen bin ich mit so viel Niedertracht und Habgier konfrontiert worden, daß ich mich frage, wie lange ich noch die Kraft haben werden, dagegen anzukämpfen. Möller ist an allem schuld. Diesen Mann muß ich unschädlich machen. Ich bin mir das schuldig, und ich bin es meiner Frau schuldig. Das ist der letzte Dienst, den ich ihr erweisen kann.«

Sie lag in seinem Arm und fragte: »Bist du das nur deiner toten Frau schuldig?«

»Nein«, sagte er. »Eigentlich bin ich es allen Menschen schuldig, denn einem solchen Ungeheuer muß das Handwerk gelegt werden.«

Jetzt erst sprach er über die Abläufe dieses Tages, die Kleinarbeit, die Recherchen. Als er von dem toten Schäferhund erzählte, spürte sie eine Gänsehaut. Sie fragte, wie alles weitergehen würde. Es waren doch nur Teilerfolge?

»Wenn ich Möller zur Strecke gebracht habe, ist der Fall für mich abgeschlossen.«

»Hast du nie daran gedacht, daß er dich zur Strecke bringen könnte?«

Er sah die Angst in ihren Augen.

»Dieser Mann hat einen Vorsprung vor dir, weil er gewissenlos ist. Das bist du nicht. Vielleicht bist du ihm deshalb nicht gewachsen, das wäre doch möglich?«

»Ich habe keine Angst. Ich habe nur Angst um dich, und ich frage mich, ob ich dir das alles zumuten kann. Gewiß, es könnte mich eines Tages erwischen.«

»Glaubst du, ich könnte dich jetzt noch verlassen? Ich gehöre zu dir, und alles, was auf dich zukommt, werde auch ich ertragen. Ich kann nicht mehr anders, selbst wenn ich es wollte. Ich habe geweint, weil ich Angst um dich hatte, und weil ich an den Jungen gedacht habe. Und ganz einfach, weil die Welt so ist, wie sie ist. Wenn man darüber nachdenkt, muß man weinen. Aber jetzt bist du bei mir, und jetzt ist es gut. Ich habe niemals gedacht, daß ich so lieben könnte. Vielleicht ist das so, weil unsere Liebe ständig gefährdet ist. Nimm mich in die Arme«, sagte sie. »Nimm mich ganz fest in die Arme. Vielleicht ist morgen schon alles zu Ende. Wissen die Menschen eigentlich, was du opferst, was du erleiden mußt?«

»Ich glaube nicht, daß sie es wissen. Ich bin ein Beamter, ich werde bezahlt nach meiner Besoldungsstufe. Vielleicht habe ich einen seltsamen Job in den Augen der Leute. Aber für mich ist er mehr als das. Mein Beruf hat auch seine großen Seiten: Ich muß die Schwachen schützen. Ich versuche mein Bestes, obwohl das nicht immer genügt.«

»Du bist so gut«, sagte sie.

»Es tröstet mich, wenn du das sagst.«

Sie liebten sich, und es war, als hätten sie lange Zeit aufeinander gewartet. Dann lagen sie still nebeneinander und dachten beide an morgen, denn morgen würde der Junge begraben werden. Sie sagte später: »Eigentlich solltest du ein paar Worte an seinem Grab sprechen, einfach sagen, daß ihm im Leben einiges mißlungen ist, aber daß er im Tod Größe gezeigt hat.«

»Ich weiß nicht, ob ich das kann. War ich denn sein Freund?«

»Du hättest es werden können, und er wäre es wert gewesen.«

Er dachte an die Worte, die der Vater gesagt hatte: »Alles zu spät ...«

Es waren Worte, die nichts anderes gewesen waren als die Umschreibung des eigenen Versagens. Die Liebe hat dem Jungen gefehlt, und daran ist er zugrunde gegangen. Noch im Schlaf erfüllte ihn das mit Bitterkeit.

Kurz nach acht Uhr rief Claudia an. Sie war bestürzt über die Zeitungsmeldungen. »Das ist doch ein ganz mieser Vogel, dieser Peters. Und Paul hat das alles mitgemacht. Was sind das nur für Menschen. Sie haben nicht nur der Sache geschadet, sie haben auch dich sehr gefährdet.«

Stein war noch im Schlafanzug. Eigentlich hatte er ein wenig länger schlafen wollen, aber damit war es jetzt natürlich vorbei. Er antwortete einsilbig, wollte jedoch nicht über Ärgernisse reden. Außerdem mußte er ihr noch die Wahrheit über den Tod ihrer Mutter erzählen. Sie hatte ein Recht darauf. Doch er hatte jetzt nicht die Kraft, es ihr zu sagen.

Erstaunt hörte er seine Tochter sagen: »Und damit du es weißt, ich bleibe nicht bei Paul. Er ist menschlich eine solche Enttäuschung. Weißt du, was er heute morgen zu mir gesagt hat?«

»Nun, was hat er gesagt?«

»Er meinte, zum Begräbnis von Hans Richter würden Hunderte von Menschen kommen, weil alles in der Zeitung gestanden hat. Er will dort ein paar tolle Fotos machen, um sie zu Höchstpreisen an die Illustrierten zu verkaufen. ›Das reißt die Leute vom Hocker‹, hat er noch gesagt. Ihr geht doch wohl zur Beerdigung?«

»Aber natürlich gehen wir hin.«

»Ich kann leider nicht weg. Mein Chef ist krank. Nehmt bitte ein paar Blumen für mich mit.«

»Wir werden nachher einen Kranz kaufen, aber ohne eine bedruckte Schleife, einfach so.«

»Ja, das ist auch gut«, sagte sie. »Ich muß jetzt arbeiten.«

Es ging auf halb neun. Er wählte die Nummer des Präsidiums und ließ sich mit Kriminalrat Weber verbinden.

»Schön, daß Sie anrufen«, sagte Weber. »Stellen Sie sich vor, unser Kommando hat heute nacht in Möllers Kaffeerösterei Kokain im Wert von fast fünf Millionen Mark gefunden. So viel Schnee auf einem Haufen hat noch keiner von uns je gesehen. Kommt aus Kolumbien, das Zeug.«

Was für eine gute Nachricht. Von der Villa in Bad Homburg gab es allerdings nichts zu berichten. Möller war nicht aufgetaucht. Die beiden, die dort Wache hielten, hatten abwechselnd damit angefangen, die Nachbarschaft nach Frau und Tochter zu befragen.

»Das kann unter Umständen wichtig sein.«

»Ja, Herr Kriminalrat.« Er legte dann auf.

KURZ VOR ZEHN UHR waren sie auf dem Weg zum Hauptfriedhof. Günter Stein trug einen dunklen Anzug, dazu eine gedeckte Krawatte. Inge hatte einen schwarzen Übergangsmantel angezogen. »Nicht die Kleidung macht die Trauer«, hatte sie gesagt.

Er sah mißmutig aus, abweisend. Sie verstand, was in ihm vorging. Dies war seine Art der Trauer. Er kapselte sich ab, redete kaum ein Wort, zog sich in sich selbst zurück. Schweigend gingen sie nebeneinander her. Vor dem großen Portal kauften sie einen Kranz aus weißen Chrysanthemen. Er trug diesen Kranz.

Paul Kress hatte die Situation richtig eingeschätzt. Auf dem weiten Platz vor der Trauerhalle standen tatsächlich Hunderte von Menschen, die gewiß nicht zur Familie zählten. Aus Neugier waren sie gekommen, vielleicht aus Mitgefühl, denn Peters hatte mit bewegenden Worten die noble Tat des Hans Richter geschildert. Ein Mensch hatte sich für einen anderen geopfert. Wo gab es das noch in dieser Zeit?

Dutzende von Fotografen hatten sich unter die Menge gemischt und schossen ihre Bilder. Sie sahen auch Paul Kress, aber weder Inge noch Günter Stein verspürten Lust, ihn zu begrüßen. Er gehörte für sie nur zu dieser gierigen Meute, die auf der Jagd nach den spektakulärsten Trauerbildern war.

Der Sarg war noch nicht geschlossen. Sie hatten ihren Kranz abgegeben, dort, wo schon Berge von Blumen und Kränzen lagen. Zögernd waren sie in diese große Halle mit den vielen kleinen Fenstern eingetreten. Sie mußten sich hinten anstellen, denn viele Menschen wollten den toten Jungen hinter dem Glas sehen.

Auf weißen Kissen lag er und sah rein aus, ein asketischer Jüngling mit edlen Gesichtszügen.

Frauen weinten, während sie dort standen, und wurden dann weitergeschoben. Männer machten brummige Gesichter, betonten in Gesten und Ausdruck den Ernst und die Bitternis dieser Stunde.

Dann standen sie nebeneinander vor dem Fenster. Inge griff nach seiner Hand und drückte sie fest. Sie weinte lautlos. Günter Stein biß die Zähne zusammen, daß ihn die Kiefermuskeln schmerzten. Er fühlte eine große, hilflose Trauer um den Jungen hinter dem Glas.

Vor der Tür stand völlig allein ein Mann im schwarzen Anzug: der Vater. Fünf Meter weiter eine schwarzgekleidete Frau, deren Gesicht noch schön war, obwohl sie die Fünfzig sicherlich überschritten hatte. Sie weinte still vor sich hin: die Mutter. Diese beiden hatten den Sohn gezeugt, als sie sich noch liebten, vor mehr als zwanzig Jahren. Jetzt kannten sie sich nicht mehr. Es klaffte eine eisige Leere zwischen ihnen, die, für alle sichtbar, von keinem der beiden überbrückt werden konnte. Vielleicht schämten sie sich ihrer Leere, ihrer Nacktheit vor allen Menschen.

Sie sahen auch Ferdy, der neben einem Mädchen stand. Ein wenig linkisch grüßte er herüber, aber er kam nicht auf sie zu. Dafür tauchte plötzlich Paul Kress neben ihnen auf. Er hatte die Hand zum Gruß ausgestreckt, doch beide übersahen diese Hand.

»Es ist nicht meine Schuld«, sagte Paul Kress leise und achselzuckend. »Peters hat die Story sofort verkauft.«

Günter Stein sagte nur: »Verschwinde! Ich kann dich jetzt nicht ertragen!« Er sagte es weder laut noch aggressiv, aber doch mit so endgültiger Bestimmtheit, daß der Fotograf alles begriff. Er drehte sich um und ging sehr langsam davon.

Die Trauerhalle war überfüllt. Viele Menschen hatten keinen Sitzplatz mehr gefunden und standen bei der Tür hinter den Bänken. Dort trafen sie wieder auf Ferdy, der blaß und bekümmert aussah. Er sagte leise: »Ich habe ihm einen Studentenpfarrer besorgt, der die Trauerrede halten wird. Wer hätte es sonst tun sollen? Er ist ja nicht in der Kirche gewesen.«

Dieser Pfarrer war sehr jung, und er hatte eine helle, schneidende Stimme, als er, beim Sarg stehend, rief: »Niemand hat größere Liebe, als wer sein Leben gibt für seine Freunde!«

Über dieses Bibelwort sprach er und über: »Kommet her zu mir, die ihr mühselig und beladen seid.«

Es war eine anklagende Rede, vielleicht auch eine Art von »heiligem Zorn« über die Stumpfheit der Menschen, über ihre Herzenskälte und ihr egoistisches, zerstörerisches Treiben. Er deutete mit der Hand auf den Sarg und rief: »Dieser da war kein Egoist, er war nicht herzenskalt, sondern eine große Liebe war in ihm – die größte, die es auf Erden gibt!«

Es folgten ein paar Seitenhiebe auf die Medien, auf die Presse, denn was hatten sie aus diesem ungeheuren Geschehen gemacht? Einen sensationellen Lesestoff! Eine flammende Rede war es, eine Klage um den Menschen, für den es trotz allem eine Zuversicht gebe. »Tod, wo ist dein Stachel, Hölle, wo ist dein Sieg?«

Als die Orgel nach der Rede einsetzte, schluchzten viele Frauen und etliche Männer wischten sich verstohlen über die Augen. Der Trauerzug formierte sich dann vor dem Portal und bewegte sich langsam in die Tiefe des riesigen Friedhofs hinein. Günter Stein ging mit Inge im ersten Viertel der endlos langen Menschenschlange. Er sagte leise zu ihr: »Ich werde nicht am Grab sprechen.« Er hätte es unpassend gefunden, dieser starken Rede noch viele Worte hinterher zu schicken.

Inge schaute ihn von der Seite her an und sagte: »Kannst du ihm nicht wenigstens deinen Dank nachrufen?«

Er nickte stumm: Dank, ja, das wäre wahrhaftig angebracht. Er überlegte bereits, was er zu sagen hatte, und fand die kürzeste Formel, die am meisten aussagen würde. Als dann später einer nach dem anderen vortrat, um die drei Schippen Sand ins Grab zu geben, wußte er es genau. Vor dem Grab stehend, sagte er mit lauter, fester Stimme: »Du hast dein Leben für mein Leben geopfert. Ich danke dir und werde es niemals vergessen!«

Er gab die erste Schippe, und etwas in ihm dachte, als wäre es laut gesprochen: Junge, ich werde es ihnen heimzahlen! Die zweite: Für den Rest meines Lebens werde ich gegen sie kämpfen! Die dritte Schaufel Sand, die auf den Sarg klatschte: Ich werde an dich denken, wenn ich je müde werden sollte!

Sie gingen schweigend den langen Weg zurück zum Ausgang. Er spürte, daß ihn dieses Begräbnis mitgenommen hatte. In der Nähe des Ausgangs sagte er einmal: »Viele gehen verloren, und wir können ihnen nicht helfen.«

Sie verstand, was er meinte, und daß er die ganze Zeit daran gedacht hatte.

»Das war ein guter Junge. Er tut mir so leid«, sagte sie.

»Mir auch.«

»Was du da zu Paul Kress gesagt hast, das kann doch wohl nichts anderes bedeuten als das Ende eurer Beziehungen.«

»Genau das sollte es auch bedeuten. Ich kann ihn nicht mehr ertragen. Ein oberflächlicher und karrieregeiler Schönling, nichts weiter.«

»Wie wird es mit ihm und Claudia weitergehen?«

»Es geht nicht weiter, sie wird ihn verlassen. Sie hat es mir heute morgen am Telefon gesagt. Sie weiß jetzt, wer er ist.«

»Aber wo wird sie wohnen?«

»Wir werden für sie etwas finden. Claudia ist kein Kind mehr.«

»Sie könnte meine Wohnung haben«, schlug Inge vor.

Das war eine überzeugende Idee.

»Ja, bis sie etwas passendes gefunden hat, wäre das ideal.« Und dann sagte er ohne jeden Übergang: »Inge, ich möchte dich heiraten.«

Und sie sagte: »Günter, ich will dich auch heiraten.«

Sie waren stehengeblieben, sahen einander in die Augen und lächelten sich voller Zutrauen an. Es war das einzige Lächeln an diesem traurigen Morgen.

Am Nachmittag knöpfte er sich noch einmal Frido Hansen und Peter Olsen vor. Becker war dabei. »Ich werde sie hart rannehmen«, hatte er zu dem jungen Mann gesagt. Becker konnte schon am Gesicht des Kommissars erkennen, daß es ein scharfes Verhör sein würde.

Günter Stein ließ die beiden ins Vernehmungszimmer bringen. Von der Aufsichtsdienstleitung hatte er erfahren, daß sie Besuch von ihren Anwälten gehabt hatten. Peter Olsen wirkte deprimiert, wie er da hereinkam und sich sehr langsam setzte, als wäre er ein alter Mann. Frido Hansen aber hatte fast sein altes Selbstvertrauen wiedergefunden. Als er sich auf seinen Stuhl setzte, sagte er: »Sie werden es nicht glauben, Herr Kommissar, wir machen ein Geständnis.«

Es war Feindschaft in Steins Worten: »Ich komme gerade vom Begräbnis von Hans Richter. Das ist der junge Mann, den ihr auf dem Gewissen habt. Also Anstiftung zum Mord. Aber da ist noch etwas ...« Er stand auf und ging auf Frido Hansen zu. Vor ihm stehend, sagte er: »Bei dem ersten Mordanschlag auf mich, als euer Killer gegen die falsche Seite des Wagens fuhr, starb eine Frau ...« Er packte Hansen beim Kragen, riß ihn hoch und schrie ihm ins Gesicht: »Das war meine Frau!«

Der Gefangene war ganz plötzlich nur noch ein Bündel Angst. Er sagte nichts, steckte in diesem Griff in einer Zange und rollte hilfesuchend mit den Augen.

»Ja, ihr Lumpen, auch meine Frau habt ihr auf dem Gewissen! Und dazu noch viele junge Menschen, die ihr süchtig gemacht habt, damit ihr Dreckschweine leben konntet wie die Made im Speck!«

Bei jedem Wort hatte er den Gefangenen hin- und hergeschüttelt. Hansen lief rot an im Gesicht und litt bereits unter Atemnot.

Olsen schaltete sich ein: »Herr Kommissar ... Herr Kommissar, sagen Sie uns doch, was Sie wollen. Wir sind ja bereit auszupacken. Wir haben das Spiel verloren, wir wollen reinen Tisch machen.«

Günter Stein gab Hansen einen Schubs, so daß er auf seinen Stuhl zurückflog. Er faßte sich wieder, war nahe daran gewesen, seine Beherrschung total zu verlieren. Becker und die beiden Gefangenen hatten das genau gespürt.

»Wo ist Möller jetzt? Mit wem ging er auf die Flucht? Wir haben für fünf Millionen Mark Kokain in seiner Kaffeerösterei gefunden. Wir haben vierzehn kleinere und mittlere Dealer ermittelt, die von euch beiden beliefert wurden. Es kommen aber noch mindestens zwei Dutzend hinzu. Ihr beiden ward in Frankfurt als Großdealer bekannt. Möller ist nie aufgetreten. Das Rauschgift wird euch höchstens fünf Jahre einbringen, doch doppelte Anstiftung zum Mord, ihr könnt es euch denken, das zusammen ergibt lebenslänglich!«

Sie starrten ihn schweigend an, begriffen, daß er fast alles über sie wußte. Es gab nur einen Weg, den er ihnen offengelassen hatte, das Geständnis, umfassend und lückenlos.

Als er fragte: »Sind Sie bereit, alles auszusagen

und nichts zu verschweigen?«, gab es für beide nur eine Antwort: »Ja.«

Olsen kam auf die erste Frage zurück: »Wir wissen nicht, wo Möller jetzt ist, aber wir glauben, daß er nach Kolumbien geflüchtet ist, denn von dort kam der Stoff. Und dort ist ja auch der Sitz einer mächtigen Organisation, die eng mit ihm zusammengearbeitet hat. Ich vermute, daß die dortigen Bosse ihm weiterhelfen werden.«

»Also nach Bogotá, und wohl auch nach Medellín?«

»Ja, das nehmen wir stark an.«

Er hatte erreicht, was er wollte. Er würde jetzt die beiden in ihre Zellen zurückbringen lassen. Am nächsten Morgen sollte dann alles schriftlich fixiert werden. Er stand auf und läutete nach den Wachtmeistern.

Als sie an ihm vorbeigingen, um den Aufsichtsbeamten zu folgen, sahen ihre Gesichter aus wie zerstört. Sie hatten die erste Etappe ihres Untergangs erlitten.

IM POLIZEIPRÄSIDIUM erwartete ihn eine große Überraschung. Kriminalrat Weber kam atemlos, wie es gar nicht seine Art war, in sein Zimmer und sagte: »Die Tochter von Möller ist hier. Sie will Sie sprechen. Mir scheint, das Mädchen hat nicht die leiseste Ahnung, wer ihr Vater wirklich ist. Sie hat mir weinend die Zeitungen mit dem Familienbild vorgelegt, sie hat protestiert.«

Als sie in sein Zimmer eintrat, weinte sie nicht mehr. Sie hielt Zeitungen in der Hand, legte sie vor ihm auf den Tisch, schlug zwei, drei Mal mit der flachen Hand darauf und sagte: »Das hier ist eine abscheuliche Verleumdung! Was hier steht, kann nicht wahr sein!«

»Wollen Sie sich nicht setzen?«

Widerstrebend nahm sie den Stuhl vor seinem Tisch. Fragend schaute sie ihn an. Sie war schön und jung, und er ertappte sich bei dem Gedanken, wie ein Mensch wie Möller nur eine solche Tochter haben könne.

Sie hieß Stefanie Möller, zeigte ihren Paß und sagte: »Ich kam heute vom Internat und wurde von zwei Beamten in unserem Haus festgenommen. Sie haben mir diese Zeitung gegeben, weil ich nicht glauben konnte, was sie sagten.«

»Leider stimmt, was in den Zeitungen steht. Es ist natürlich, daß Sie Ihre Eltern lieben und nur das beste von ihnen annehmen. Aber Ihr Vater, das ist erwiesen, hat einen Rauschgiftring aufgezogen, und er ist als Anstifter an Mordanschlägen beteiligt. Es fällt mir nicht leicht, Ihnen zu sagen, daß er mit Sicherheit viele Menschen auf dem Gewissen hat. Ich weiß nicht, welche Rolle Ihre Mutter dabei spielte, aber eigentlich müßte sie doch etwas gewußt haben, denn sie sind doch auch zu zweit geflüchtet.«

»Das kann ich nicht glauben!« rief sie.

Dieses Mädchen wußte nichts, er spürte es.

Sie begann zu schluchzen, fragte unter Tränen: »Glauben Sie denn, die beiden hätten mich ganz einfach so im Stich gelassen, sie hätten sich ohne ein Wort aus dem Staub gemacht? Ich bin doch ihr Kind!«

Was sollte er ihr jetzt sagen? Auch dieses Mädchen war ein Opfer.

»Sie dürfen mir glauben, alles, was da gegen Ihren Vater angeführt wird, ist die reine Wahrheit. Ihr Leben geht weiter, finanzielle Sorgen werden Sie nicht haben, soweit ich es in Erfahrung bringen konnte. Ich weiß, das klingt sehr einfach. Ich weiß auch, daß die Charaktere der Menschen sehr vielschichtig sind, einerseits krank und verbrecherisch sein können, andererseits voller Liebe und Fürsorge gegenüber ihren Nächsten. Haben Sie einen Anwalt?«

Sie nickte und rief dann: »Ich kann es nicht glauben! Ich kann es nicht glauben!«

OBWOHL ES EIN Sonntagmorgen war und Günter Stein nicht gestört werden wollte, blieben die beiden Reporter hartnäckig. »Wir müssen eine Story über Sie bringen«, sagte der Mann am Telefon. »Unsere Redaktion hat uns in Marsch gesetzt ihretwegen. Wir dürfen gar nicht zurückkommen, ohne Sie gesprochen zu haben.«

»Alles, was es über den Fall zu berichten gibt, hat bereits in den Tageszeitungen gestanden.«

»Aber nur sehr oberflächlich. Wir wollen den Mann richtig kennenlernen, der so etwas zustande bringt. Wir wollen wissen, was er denkt, wie er lebt...«

»Und womöglich wollen Sie auch noch ein Foto von mir machen.«

Die Sache mit dem Foto konnte er ihnen in einer Minute ausreden, als sie dann doch kurz darauf in seinem Wohnzimmer standen, ein Redakteur mit seinem Fotografen.

»Sie sind der Held der ganzen Geschichte«, sagte der Redakteur. »Wann ist das je passiert, daß ein Mann erschossen werden sollte, aber am Ende die Attentäter auf der Strecke bleiben? Wie geschieht so etwas? Wie kann man so schnell und eiskalt reagieren?«

»Sind Sie schon einmal beschossen worden?« fragte Stein.

»Nein, noch nie.«

»Was glauben Sie, wie schnell Sie reagieren würden, wenn die Mündung einer Waffe auf Sie gerichtet wäre? Sehen Sie, es ist unmöglich, solche Fragen zu beantworten. Übrigens verdanke ich nicht alles meiner Schnelligkeit. Dieser Hund da hat den ersten Schritt zu meiner Rettung getan. Den Rest kennen Sie. Von ihm können Sie gern ein Foto machen.«

Die Männer schauten interessiert auf Luchs, der den Kopf schief hielt und fast so etwas wie Verlegenheit zeigte.

»Wie leben Sie?«

»Ganz normal.«

»Welche Hobbys haben Sie?«

»Laufen und Schwimmen, meinen Hund. Und dann möchte ich ab und zu mit meiner Frau ein gutes Essen genießen. Sie hat eingekauft und macht nachher ein saftiges Steak mit Kartoffelbrei und Salaten.«

»Dürfen wir das schreiben?«

»Aber natürlich dürfen Sie das schreiben.«

»Wie steht es bei Ihnen mit der Angst? Hatten Sie je Angst?«

»Selbstverständlich habe ich Angst, wie jeder normale Mensch.«

»Aber trotzdem ...« Der Reporter wollte den Unterschied herausfinden, der zwischen Günter Stein und dem Rest der Menschheit bestand.

»Ich kann Ihnen da nicht helfen«, sagte er. »Ich bin ein Mensch wie jeder andere. Alles ist eine Frage des Trainings. Und der Einstellung, die man gegenüber seiner Arbeit hat. Dementsprechend kann man sich dann einsetzen.«

»Was sagt Ihre Frau zu Ihrem Beruf?«

»Sie ist noch nicht meine Frau. Und nun entschuldigen Sie uns, wir wollen ein bißchen in der Sonne auf dem Balkon sitzen, denn das ist auch unser Hobby.«

SIE SASSEN DANN AUF dem Balkon in der Sonne zwischen den üppig blühenden Hortensien und dem Oleander. Ein stiller Tag nach einer fast friedlichen Woche. Nur zwei Morde hatte es in der Szene gegeben. »Leicht zu klärende Fälle«, wie Becker gesagt hatte.

»Wir sollten jetzt mal genau über unsere Hochzeit sprechen«, sagte er. »Seit dem Begräbnis sind wir da nicht viel weitergekommen. Du hast Ja gesagt. Nach dem Gesetz ist das bindend.«

Inge lächelte: »Ich habe ständig daran gedacht. Allerdings wollte ich nicht gleich nach der Beförderung davon reden.«

»Gerade dann hättest du davon reden sollen. Der Mensch will fest gefügte Verhältnisse. Alles ist stabil für uns.« Er kniff sie zärtlich in die Wange. »Ich bin ja nun schließlich Hauptkommissar und bin in der Lage, dich ausreichend zu ernähren und zu bekleiden. Wir können gar nicht verfressen, was ich verdiene. Ich meine natürlich, wenn wir nicht zu locker mit dem Geld umgehen.«

Sie ging auf seinen Scherz ein: »Du bist nie locker mit deinem Geld umgegangen. Du hast ja sogar ein Sparbuch.«

Er lachte leise: »Ja, ich bin ein Kriminalkommissar mit einem Sparbuch.«

»Was findest du daran so ungewöhnlich? Hast du nicht die gleichen Rechte wie andere Menschen?«

»Doch, die habe ich.«

»Und warum lachst du darüber?«

»Der Held des Tages hat ein Sparbuch. Was hätte dieser wichtigtuerische Journalist wohl für ein Gesicht gemacht, wenn ich ihm davon erzählt hätte?«

Sie blieben bei dem scherzhaften Ton, auch als Claudia kam, die zum Essen eingeladen war.

»Ihr seid ja in Bombenstimmung«, sagte sie. »Bei mir ist es allerdings nicht so toll. Paul will nicht glauben, daß Schluß ist mit uns. Aber davon ein anderes Mal. Sagt mir lieber, warum ihr so gute Laune habt.«

»Ich könnte mir denken, daß du es schon ahnst«, sagte er. »Wir heiraten, Claudia. Und außerdem lief beruflich einiges recht gut. Wir haben vierzig Mann gefaßt. Alles Abnehmer von Frido Hansen und seinem Schwager. Die haben ihr Geständnis gemacht. Wir konnten ganze Verteilerringe ausheben. Das war bisher der größte Schlag gegen diese gespenstische Front hier in Frankfurt. Da wackeln jetzt einige Figuren, die auch noch drankommen.«

Und dann erschrak er ein wenig. Er hatte ihr noch immer nicht die Wahrheit über den Tod ihrer Mutter erzählt. Vielleicht wäre es besser für sie, nie davon zu erfahren. Wäre das nicht eine barmherzige Lüge? Es war noch Zeit, darüber nachzudenken. Es muß nicht jetzt sein. Diesen Sonntag wollte er für sich und seine Familie, einen Tag der ungetrübten Harmonie.

Schon am Samstag wußte er es, aber er hatte weder Inge noch Claudia davon erzählt. Bei Möllers Tochter hatte sich ein Rechtsanwalt namens Molteni gemeldet. Das Telefon der Villa war angezapft, denn der Kommissar hatte damit gerechnet, daß sich Möller bei seiner Tochter melden würde. Und wenn es nicht Möller selber wäre, dann vielleicht doch die Mutter. Welche Eltern verlassen ihr Kind für eine lange, unübersehbare Zeit, ohne noch eine Nachricht zu geben?

Er war am Samstag morgen kurz ins Präsidium gerufen worden. Kriminalrat Weber empfing ihn mit den Worten: »Das müssen Sie hören, Herr Stein.«

Er spielte ein Band ab, das mit den Worten begann: »Sie sind Fräulein Stefanie Möller? Hören Sie mir gut zu: Am Montag werde ich gegen zehn Uhr morgens zu Ihnen nach Bad Homburg kommen. Ich handle im Auftrag Ihres Vaters. Mein Name ist Molteni, ich bin Rechtsanwalt. Ich weiß, Sie haben nie von mir gehört…«

Sie hörten ihren Aufschrei vom Band: »Wo ist mein Vater, wo meine Mutter?«

»Sie werden alles erfahren, und ich kann Ihnen schon so viel am Telefon sagen, für Sie ist alles bestens geregelt. Sie müssen sich keine Sorgen machen.«

Gequält klang ihre Stimme: »Aber wo sind sie? Und ist das wahr, was in den Zeitungen über meinen Vater steht? Ich muß das wissen!«

»Sie werden alles erfahren, was für Sie nötig ist…«

Der Ausschnitt war beendet, der Mann hatte aufgelegt. Weber und der Kommissar schauten sich an. »Also, Montag gegen zehn Uhr. Ich werde mit Becker hinfahren. Inzwischen sollten wir ermitteln, wer dieser Rechtsanwalt Molteni ist. Das läßt sich doch wohl noch über das Wochenende machen?«

AM MONTAG STANDEN sie um halb zehn mit dem Wagen in der Nähe der Villa. Sie konnten die gesamte Straße überblicken. Becker war aufgeregt:

»Wie gut, daß wir das Telefon angezapft haben. Wer ist dieser Molteni, und was wird da gespielt?«

»Molteni ist ein Rechtsanwalt aus Lugano. Und was da gespielt wird, werden wir bald wissen, denn da vorn kommt bereits sein Wagen.«

Sie sahen, wie der etwa sechzigjährige, elegante Mann aus der schwarzen Limousine stieg und auf das Tor zuging. Er trug einen ledernen Aktenkoffer. Zweifellos ein interessant aussehender Mann, der eine selbstsichere Gelassenheit ausstrahlte.

»Wir warten nicht länger als zehn Minuten, dann gehen wir hinein«, sagte der Kommissar. »Er wird eine Nachricht überbringen, die wir erfahren müssen.«

Darin hatte sich Günter Stein nicht getäuscht, nur die Art der Übermittlung verblüffte ihn dann doch noch.

Stefanie Möller hatte den Rechtsanwalt in den Salon geführt. Sie trug ein eng anliegendes Jackenkleid, das ihre knabenhafte Figur betonte. Ihre Hände zitterten; nur mühsam beherrschte sie sich und zwang sich zu der logischen Reihenfolge: »Wer sind Sie? Woher kennen Sie meinen Vater, und was haben Sie mir zu übermitteln?«

Herr Molteni lächelte: »Aha, ich erkenne den Vater in der Tochter. Ich werde Sie über alles aufklären.«

Mit verkrampft zusammengefalteten Händen saß sie auf der Sesselkante und hörte zu: Vor anderthalb Jahren hatte ihr Vater diese geschäftliche Verbindung in Lugano geknüpft. Seine Geldgeschäfte mit der Schweiz waren über das luganeser Anwaltsbüro gelaufen. Der Mann sah sie bedeutungsvoll an: »Zu Ihrem Besten, meine Liebe, zu Ihrem Besten.«

Dieser Mensch redete von Geld, von Grundstücken und Häusern. In seiner halblauten perfekten Diktion sprach er unaufdringlich von den vielen Millionen, die ihr Vater ihr schon zu Lebzeiten überschrieben habe. »Und nicht zu vergessen die Kaffeerösterei mit dem Grundstück. Und natürlich auch diese Villa hier. Sie sind, was man landläufig ein steinreiches Mädchen nennt.«

Sie sprang vom Sessel auf und rief: »Es interessiert mich nicht, ob ich steinreich bin! Ich will wissen, wo meine Eltern sind! Und ob es wahr ist, was in den Zeitungen steht.«

Herr Molteni lächelte ein wenig und sagte: »Hören Sie, was Ihr Vater Ihnen dazu mitteilt. Ich habe hier ein kleines Tonbandgerät. Er hat darauf gesprochen, ehe er mit Ihrer Mutter nach Südamerika flog. Sein Wagen steht noch in unserer Garage. Wir haben Ihre Eltern nach Zürich zum Flugplatz gebracht.«

Er schaltete das Tonband ein, regulierte die Lautstärke. Stefanie Möller hörte, unverwechselbar, die Stimme ihres Vaters: »Mein Kind, du wirst jetzt eine schwere Zeit haben, aber für dich ist bestens gesorgt. Wir mußten fliehen. Nur schweren Herzens konnte ich mich dazu entschließen. Die Geschäfte dieser Zeit sind hart. Sie sind manchmal unmenschlich. Ich mußte sehr hart sein gegen andere Menschen, denn sie waren es auch gegen mich.

Bleib in unserem Haus, da bist du in Sicherheit. Wir melden uns von Zeit zu Zeit. Und wenn du geschäftliche Fragen hast, dann wende dich an Herrn Molteni, der dir dieses Band überbringt. Unser gesamter Besitz wird von seiner Gesellschaft verwaltet und ist gegen den deutschen Zugriff abgesichert. Du hast die alleinige Vollmacht. Ich vertraue dir, denn du bist ja mein kluges kleines Mädchen. Was immer dir andere Menschen über deinen Vater erzählen mögen, denke daran, daß ich dich sehr liebe und immer nur an dein Bestes gedacht habe. Mach's gut, mein Schätzchen. Wir melden uns wieder. Mutti wollte auch noch etwas sagen, aber die Zeit ist zu knapp, sie läßt dich ganz herzlich grüßen.«

Ihr Gesicht war wie versteinert. »Noch einmal von vorn«, sagte sie.

Molteni gehorchte wortlos. Wieder hörte sie die Stimme des Vaters, die überzeugenden Worte der großen Zuneigung, der Liebe. Und doch war die ungeheure Anschuldigung nicht entkräftet.

Sie schaute Molteni an, fragte mit leiser, zögernder Stimme: »Es ist also wahr, was in den Zeitungen steht?«

Der Anwalt machte eine hilflose, aber doch beschwichtigende Geste mit beiden Händen, die zu bedeuten schien, sie solle die Vorwürfe gegen den Vater nicht so ernst nehmen. War er nicht ein liebender Vater? Hatte er nicht weitsichtig und vorausschauend ihr Leben gesichert, ihre Zukunft? Mit vorsichtigen klugen Worten, die leise ausgesprochen wurden, versuchte Molteni, ihr inneres Gleichgewicht zu regulieren. Er hatte sich darauf vorbereitet.

Sie schnitt mit einem einzigen Wort, das sie ständig wiederholte, seine Bemühungen ab.

Sie schrie: »Nein! Nein! Nein! Nein! Nein!«

In diesem Augenblick kam Kommissar Stein mit Assistent Becker, der bestürzt das verzweifelte bildhübsche Mädchen anstarrte. Sie hatten einen Nachschlüssel benutzt.

Molteni war aufgestanden, deutete eine Verbeugung an und sagte: »Sie sind gewiß Kommissar Stein. Ich habe Sie erwartet.«

»Erwartet?«

»Ja, mir war klar, daß Sie unser Telefongespräch abhören würden. Ich vertrete Herrn Möller, und wie Sie noch erfahren werden, alle Belange von Stefanie Möller. Zu Ihren eventuellen Bemühungen, Vermögenswerte der hier anwesenden Stefanie Möller zu beschlagnahmen oder zu blockieren, kann ich Ihnen sagen: Alles ist doppelt abgesichert und für den staatlichen Zugriff unerreichbar.«

Günter Stein schaute den Mann unverwandt mit kaltem Blick an. Er kannte diesen Typ, aalglatt und gefährlich, aber stets im Rahmen des Gesetzes handelnd. Es wäre sinnlos gewesen, mit diesem Mann zu diskutieren. Es gab keine Handhabe, keine Lücke. Er hatte eine ihm vom Staat zugebilligte Funktion erfüllt. Daß er damit einem vielfachen Mörder diente, war vor dem Gesetz ohne Belang.

Er wandte sich dem Mädchen zu, das zusammengekauert, leise schluchzend, auf dem Sessel hockte.

»Haben Sie eine Nachricht von Ihrem Vater?«

Sie nickte stumm, wischte sich mit dem Taschentuch über die Augen und starrte dann wortlos vor sich hin.

Herr Molteni nahm einen dicken Aktenhefter aus seinem Koffer, legte ihn vorsichtig auf den Schoß des Mädchens und sagte: »Meine Mission ist hiermit erfüllt. Fräulein Möller, alles, was unser gemeinsames Unternehmen betrifft, steht in diesen Akten. Es ist für Sie leicht verständlich aufgelistet. Außerdem stehe ich jederzeit zu Ihrer Verfügung. Ich darf mich verabschieden.«

Er streckte ihr die Hand entgegen. Das Mädchen übersah die Hand, zeigte keine Regung, schien in irgendeine Ferne zu blicken, war im Augenblick für niemand in diesem Raum erreichbar.

Leise fragte sie: »Wo ist unser Hund?«

Molteni hatte die Frage nicht mehr gehört, denn er war bereits bei der Tür gewesen. Günter Stein gab auf die Frage keine Antwort, wollte sie schonen. Zugleich aber spürte er einen unermeßlichen Zorn gegen ihren Vater, der so vieles brutal zerstört hatte. Für was? Für seinen Profit, obwohl er längst ein vielfacher Millionär gewesen war.

Stein dachte an Frau Möller. Welche Rolle spielte Möllers Frau? Er konnte sich genau an das Familienbild erinnern. Sie hatte sympathisch auf ihn gewirkt. Die Ähnlichkeit zwischen Mutter und Tochter war nicht zu übersehen. Freundlich sagte er zu Stefanie Möller: »Sie müssen uns diese Akte zur Einsicht mitgeben. Sie werden sie unversehrt und vollständig wiederbekommen. Wie war die Nachricht Ihres Vaters? Hat er gesagt, wo er sich befindet?«

»Er hat ein Tonband besprochen. Ich weiß nicht, wo er jetzt ist, aber irgendwo in Südamerika.«

Er beugte sich vor, griff nach dem kleinen Tonbandgerät: »Darf ich?«

Sie nickte, er stellte ein, und da kam die Stimme wieder: »Mein Kind, du wirst jetzt eine schwere Zeit haben, aber für dich ist bestens gesorgt. Wir mußten fliehen. Nur schweren Herzens konnte ich mich dazu entschließen ...«

Er hörte schweigend zu, stand neben dem Mädchen, war noch unschlüssig. Ja, das war Möller, den er noch jagen mußte. Ich werde dich finden, sagte etwas in ihm.

Er konnte nicht wissen, daß Möller zu diesem Zeitpunkt bereits tot war.

Er fuhr mit Becker zum Präsidium zurück. Der Assistent war übermannt von seinem Mitgefühl. »Ein armes reiches Mädchen«, sagte er. »Kann man so etwas überwinden?«

»Ich hoffe es für sie«, antwortete Günter Stein. »Wie fanden Sie diesen Anwalt?«

»Das war ein geschliffener Widerling. Ich wette, daß er eine ganze Menge auf dem Kerbholz hat.«

»Ja, davon bin ich auch überzeugt. Wir müssen jetzt erst einmal die Akten sichten lassen. Aber wahrscheinlich ist dieses ganze Gefüge unangreifbar. Wir werden sehen.«

Im Präsidium saß er eine Weile in seinem Zimmer und blätterte in den Unterlagen, die ein ungeheures Vermögen bescheinigten. Dies alles mußte von Experten noch durchgearbeitet werden.

Kriminalrat Weber war nicht in seinem Zimmer. Er ging hinüber zu Becker und fragte: »Kommen Sie mit zum Essen?«

»Ja, ich habe auch Hunger. Einen Riesenhunger.«

Sie gingen miteinander zur Kantine. Während des Essens sagte Becker einmal: »Wie wird dieses Mädchen leben, so völlig allein?«

»Sie ist noch jung, sie wird es zwar äußerlich verkraften, aber an diesem Vater wird sie ein Leben lang leiden.«

Als sie bei der Tasse Kaffee angekommen waren, erschien plötzlich Kriminalrat Weber an ihrem Tisch. Ohne Umschweife sagte er: »Möller ist tot. In Bogotá. Es kam vor zehn Minuten durch. Die Frau liegt mit einem Nervenzusammenbruch in einem Krankenhaus. Es wird mindestens eine Woche dauern, bis wir sie hier haben.«

Günter Stein spürte, wie sehr ihn diese Nachricht traf. Er realisierte, daß auch ein wenig Bedauern in seiner Regung war. Es war also nicht mehr möglich, die persönliche Rechnung zu begleichen. Dann aber sagte er sich, daß andere ihm die Dreckarbeit abgenommen hatten.

»Weiß man etwas Genaueres?« fragte er.

Weber antwortete: »Seine Frau hat eine Rolle gespielt. Sie hat sich gegen ihn gekehrt. Er hat sogar noch auf sie geschossen, als er das begriffen hatte.

Aber dann hat die Polizei ein Sieb aus ihm gemacht.«

»Ein Sieb? Wie geschmackvoll, Herr Kriminalrat ...«

»Na, ich bitte Sie, Herr Stein. Außerdem ist es ein Segen für die Menschheit.«

»Ja, das denke ich auch. Aber mich würden trotzdem die Einzelheiten interessieren. Irgendwie war diese Sache ganz speziell mein Fall. Zweimal hätte er mich um ein Haar umgebracht. So was bleibt hängen, Herr Kriminalrat.«

Genau eine Woche später wußten sie alles. Möller mußte schon frühzeitig von dem mißglückten Anschlag der Sizilianer erfahren haben. Von wem? Aber das wußte die verhärmt aussehende Frau nicht zu sagen, die im großen Konferenzzimmer vor ihnen saß. Ihr Kopf zitterte. Mühsam nur konnte sie sprechen, und während sie redete, durchlitt sie noch einmal die Stationen ihrer Flucht. Sie sah ihn, wie er ins Haus gestürmt war. Er hatte geschrien: »Koffer packen! In zehn Minuten müssen wir das Haus verlassen haben!« Sie fragte entgeistert, was denn passiert sei? Er hatte sie barsch angefahren: »Frag jetzt nicht, sondern tu, was ich dir sage! Es ist alles vorbereitet für den Ernstfall!«

Sie erinnerte sich: Die Koffer hatten bereits im Wagen gelegen. Dann war er noch einmal zurückgegangen, und sie hörte den Schuß. Sie rannte ins Haus und sah den toten Schäferhund. Und das war der Augenblick, in dem etwas in ihr zerbrach. Er war jetzt nicht mehr der geliebte Mann, sondern plötzlich ein eiskalter Verbrecher, dem sie zwar noch folgte, der aber in einer einzigen Sekunde ihre Liebe getötet hatte.

Die Fahrt durch die Schweiz. Er hatte ständig das Radio eingeschaltet. Schon weit hinter dem Gotthardtunnel kam die Nachricht, daß in Deutschland, in Frankfurt am Main, ein Anschlag auf einen Kriminalbeamten vereitelt worden war. Durch eben diesen Kriminalbeamten, der eigentlich das Opfer sein sollte. Zwei Tote und ein Schwerverletzter.

Und da hatte er, am Steuer sitzend, laut geschrien: »Dieser Stein, dieser verfluchte Stein!«

Wie geistesabwesend hatte sie neben ihm gesessen, war mit ihm in Lugano gewesen und dann mit nach Zürich gebracht worden, wo sie die Maschine nach Kolumbien bestiegen.

Unzusammenhängend, aber doch nachvollziehbar, folgte der weitere Bericht der verstörten Frau. In Bogotá hatte er vergeblich versucht, Kontakte herzustellen, aber dort war der Bombenterror eskaliert; es gab keine Kontakte mehr. Seine Leute waren geflohen. Die Armee war im Einsatz, und auch die Bevölkerung half den Mördern nicht mehr. Sie waren jetzt Gejagte. Seine Pläne gingen nicht mehr auf.

In einem kleinen Hotel hatten sie sich versteckt. Sie hatte noch immer nicht alles begriffen. Er wollte sie nicht vor die Tür lassen, aber sie schrie ihn an: »Ich ersticke in diesem muffigen Zimmer!«

Und dann war sie davongerannt, hatte am Bahnhof einen Kiosk gesehen, an dem auch deutsche Zeitungen aushingen. Sie sah das Familienfoto in der Zeitung und erlitt auf offener Straße einen Weinkrampf. Jetzt wußte sie alles. Sie ging zur Polizei und sagte: »Mein Mann, der Mörder aus Deutschland, im Hotel ist er…«

Sechs Polizisten mit Maschinenpistolen hatten ihm vor dem Hotel aufgelauert. Als er seine Frau in Begleitung der Polizisten sah, richtete er in ohnmächtiger Wut die Pistole auf sie, doch er traf sie nicht mehr, denn die Kugeln der Polizei hatten ihn schon erreicht, zerfetzten ihn, warfen ihn zu Boden. Und dort lag er, häßlich und entstellt. Der Tod war nicht gnädig mit ihm, sondern entblößte ihn, zeigte ihn als das Ungeheuer, das er zu seinen Lebzeiten gewesen war.

Die Frau zitterte, war völlig erschöpft: »Mehr kann ich nicht sagen…«

Kriminaldirektor Schwarz, der zu dieser Sitzung gekommen war, nickte Kommissar Stein mit einer Miene zu, die seine Ergriffenheit nicht verbergen konnte.

Es war still im Raum, so still, daß das leise Schluchzen der Frau unnatürlich laut klang. Alle schauten sie an, sahen sie als Opfer und fühlten sich völlig hilflos.

Auf dem Weg zurück sagte Schwarz zu ihm: »Herr Stein, Sie haben einen Sieg errungen, einen großen

Sieg. Eine unglaublich gute Arbeit haben Sie geleistet. Allerdings hätte er Sie beinahe erwischt, dieser Möller.«

»Ich weiß es, beinahe... Sieg, meinen Sie? Ich habe einen hohen Preis zahlen müssen. Ich weiß nicht, ob das ein Sieg war.«

»Was werden Sie als nächstes unternehmen?«

»Heiraten werde ich, die Frau heiraten, die mir bei allem geholfen hat. Allein steht das keiner durch. Es ist zu mörderisch. Sie wissen, was ich meine.«

»O ja, ich weiß, was Sie meinen. Es ist für den einzelnen nicht zu ertragen. Zu viel Grausamkeit ist dabei, zuviel Zynismus...«

Der Kriminaldirektor wollte noch wissen, ob sich Günter Stein auf seinen Vortrag vorbereitet hatte. »Der Termin kommt ja immer näher.«

»Ja, ich bin vorbereitet.«

»Und was werden Sie sagen? Ich meine, wie wird der Tenor sein?«

»Der Staat hat den Weg zu gehen, den er notwendigerweise auch beim Alkohol gegangen ist. Die Drogen müssen freigegeben werden. Es sind zu viele Verbrechen mit dem Verbot verknüpft. In meinem Fall sind es, wenn ich alles zusammenzähle, bereits vier Tote. Das kriminelle Umfeld muß bekämpft werden. Das Drogenproblem selbst kriegen wir in den Griff, wenn es intelligent angegangen wird. Mit der Legalisierung wird das gesamte Problem sein tödliches Umfeld verlieren.«

»Das ist auch meine Meinung, Herr Stein. Die

Menschen müssen lernen umzudenken. Sie werden es lernen, oder ein Teil der Menschen wird untergehen.«

»Sie werden nicht untergehen, Herr Direktor. Es gibt eine Kraft im Menschen, die ihn bewahrt. Oft scheint sie verschüttet, ist nicht sichtbar, und dann bricht sie plötzlich hervor. Ich habe das erlebt. Wissen Sie, der Junge, der da für mich gestorben ist, der hat meinem Leben einen Sinn gegeben, der niemals wieder verlorengehen kann. Die Menschen werden lernen. Ich glaube fest daran...«